I0646983

L'ÉPOPÉE HUMAINE

LA

MORT DES DIEUX

PAR

J. DE STRADA

PARIS

LIBRAIRIE DE L. HACHETTE ET Cᵉ

BOULEVARD SAINT-GERMAIN, N° 77

1866

LA MORT DES DIEUX

Ye

©

33545

s 156711

VERSAILLES. — IMPRIMERIE CERF, 59, RUE DU PLESSIS

L'ÉPOPÉE HUMAINE

LA
MORT DES DIEUX

PAR

J. DE STRADA

BIBLIOTHÈQUE IMPÉRIALE

DÉPOT LÉGAL
Seine & Oise
N° 280
1866

PARIS

LIBRAIRIE DE L. HACHETTE ET Cie
BOULEVART SAINT-GERMAIN, N° 77

—

1866
(Droit de traduction réservé)

PRÉFACE

I

Deux partis se disputent le monde : l'un qui veut l'absorber par les despotismes au nom de Dieu ;

L'autre qui veut détruire Dieu comme la base de tous les despotismes.

Lutte horrible, lutte absurde qui est notre temps. Les hommes la contemplent et s'en reposent par l'indifférence, le dégoût et l'athéisme.

Au fond ces deux théories n'en sont qu'une : l'homme s'imposant aux lois absolues, ici au nom de la force ; là au nom du caprice. Impiété égale des deux parts.

Cette double et immense folie nous couvre comme un linceul, nous ronge comme les vers du tombeau, nous sommes la proie de cette mort de toute doctrine.

On ne pourra nous arracher de cette tombe que si l'on fixe à la raison humaine sa véritable attache avec l'esprit universel; si l'on pose, inébranlable, le lien de l'homme et de Dieu. Triple question en principe.

1° Question de méthode par les lois de l'esprit;

2° Question de métaphysique par les lois de l'être et de la substance;

3° Question de morale par les lois du bien,

Question pratique enfin pour l'homme et pour les sociétés par l'application des lois posées.

En somme, que voulez-vous?

Vous, vous voulez la force imposant le divin et le vrai.

Je ne la veux pas.

Vous, vous voulez l'homme par sa vue propre faisant le divin et le vrai.

Je ne le veux pas.

Vous, vous voulez endormir l'homme et endormir Dieu à votre profit.

Je ne le veux pas.

Vous, vous voulez tuer Dieu au profit de l'homme.

Je ne le veux pas.

Vous, vous voulez Dieu.

Je le veux.

Mais sachez que le lien de l'homme et de Dieu n'est que la liberté même.

Vous, vous voulez la justice et la liberté.

Je les veux.

Mais vous dites : faisons de la justice utilitaire. Je dis faisons de la justice divine.

Qu'est-ce que la justice sans Dieu vivant? Une abstraction comme Dieu même. La vie combat pour la vie, non pour l'abstrait.

Et qu'est-ce que la liberté quand votre justice ina-nimée sera tombée sous les emportements de la matière vivante, vivace, tuante?

Vous, si vous voulez Dieu, veuillez la liberté; vous, si vous voulez la liberté, veuillez la justice; si vous voulez la justice, veuillez-la vivante; si vous la voulez vivante, veuillez Dieu par qui seul vit indestructible et éternelle, toute idée et l'idée même.

C'est un théisme magnifique et puissant qu'il faut construire. Il y a philosophiquement et scientifiquement un déisme et un panthéisme; mais scientifiquement et philosophiquement, le théisme n'est pas. Il faut qu'il soit: rude labeur! Il doit apporter à l'homme l'idée nette du lien de l'homme et de Dieu, ou il n'aura rien fait. Ma vie est à cette pensée. Je vous ferai, par l'ensemble de mon œuvre, le lien si visible, si palpable, si néces-saire, si infrangible, qu'il sera impossible de ne pas le voir, et, le voyant, de ne pas l'aimer, et, l'aimant, de songer jamais à le rompre.

Vous tous, dans tous les camps, qui ne savez pas établir et respecter Dieu, l'homme et le lien de l'homme et de Dieu, à vous les tyrans, les superstitions, les luxures, les suicides, les abaissements, les infamies, à vous la matière lâchée et l'esclavage!

A nous la liberté et les sacrifices; car nous prenons l'esprit et le lien de l'homme à Dieu par l'esprit.

Je vois bien parmi vous les défenseurs de la matière, mais je ne vois pas ceux de l'esprit. Si vous ne faites travailler l'esprit que pour la matière, ce n'est que la matière que vous défendez.

Je vois bien parmi vous les défenseurs de la force,

mais je ne vois pas ceux de Dieu. Si vous ne faites travailler Dieu que pour la force, ce n'est que la force que vous défendez.

Travailleurs de la matière et de la force, vous faites l'esclavage par la matière; vous faites l'esclavage par la force.

II

C'est que toute question en revient là. Deux termes : esprit, matière. Et l'amour qui va de l'un à l'autre, unit ou divise, hiérarchise ou déclasse selon qu'il aime dans le juste ou l'injuste, le bien ou le mal, avec ou sans Dieu.

C'est donc bien entendu. Vous, vous n'êtes plus les disciples de ce noble Hégel, qui aspirait à continuer le christianisme qu'il admirait éloquemment. Vous en êtes tous au Dieu Moloch de Feuerbach. Dieu est le dévoreur de l'humanité. L'athéisme n'était que la négation simple; vous êtes la négation et l'insulte.

La question n'en est plus à cette haute mais indécise philosophie allemande; elle se pousse à sa lucidité pratique; elle est sortie des nues métaphysiques qui la recélaient. L'onde matérialiste qui en coule a fécondé vos pensées. La pratique France montre le nu. Ce n'est plus ce vague panthéisme où les substances en fusion factice font l'unité abstraite des choses; ce n'est plus cet esprit facteur d'absolu. C'est le paganisme faisant irruption de torrent. C'est le grand Pan, c'est la bonne déesse couverts des poudres d'or de la poésie et des riches manteaux de l'érudition.

Vous qui voulez le paganisme après avoir déifié l'homme, vous êtes logiques. Ou Dieu est au-dessus de l'homme et fait l'homme, ou l'homme fait Dieu et est Dieu. En deux mots, c'est à choisir.

Allons donc voir où le paganisme a mené le monde, et recommencez-le si vous l'osez. Écoutez la prière finale de l'homme qui se croit un Dieu, et tressaillez d'horreur.

Et vous qui voulez les despotismes, voyez du même coup où ils ont conduit l'homme et Dieu.

Ils se sont avancés tous deux ensemble, matière et despotisme, c'est-à-dire paganisme et esclavage. Du fond de l'Inde, de la Perse et de l'Égypte ils ont inondé la libre Europe. Comme les deux géants se sont abattus sur l'Inde, la Perse et l'Égypte, ils se sont abattus sur la Grèce et Rome, et ils s'abattront sur nous si un esprit ferme portant une main sûre à la métaphysique, la grande mère, ne vous sauve en vous donnant le lien de l'esprit à Dieu par la méthode, le lien de l'existence finie à l'existence infinie par la philosophie de l'être ; — alors vous retrouverez le lien de la conscience au bien absolu.

C'est une loi fatale. Le mal a son unité logique comme le bien la sienne. La matière et le despotisme retombent sur l'esprit partout où Dieu ne parle pas à l'homme, partout où l'homme cherche à parler par soi-même. Dieu seul est la force de pensée, d'être, de volonté, et seul il est l'équilibre dans l'être, la volonté et la pensée.

Quand l'homme se confine en soi-même, dans le grand combat de la matière et de l'esprit, la matière est toujours la plus forte. Pourquoi? C'est que sans l'idée que Dieu vraiment vivant fait vivantes les pensées du bien et du vrai, la raison n'est plus qu'une abstraction vacillante sous les troubles baaliques, bachiques, vénériens. Baal, Adonis, Vénus, Bacchus, c'est-à-dire les personnifications saisissantes des emportements de matière, sont les seules réalités; le beau, le juste, le vrai, ne sont plus que des idéals et des rêves invivants.

Le monde a secoué puissamment une première fois les vieux esclavages de la pensée et des sociétés par la Grèce. Mais ne s'étant pas affranchi des esclavages de la matière, il est retombé sous les despotismes, et Rome a été la résultante de ces soubresauts antiques, aboutissant aux désespoirs.

Le Christ, lui, est venu affranchir des esclavages de la matière. Il a fait la religion de l'esprit.

Fils de la Grèce et fils du Christ, génies tendres ou passionnés qui vibrez comme des lyres aux vents journaliers de nos sociétés sans méthode, les fleurs que vous répandez couvrent et comblent la tombe où vous enfermez l'esprit. — Fils de la Grèce et fils du Christ, les uns, parmi vous, veulent tuer le Christ; les autres veulent tuer la Grèce. On ne tue ni la Grèce ni le Christ, parce qu'après la Grèce et le Christ, on ne peut tuer ni la liberté ni l'esprit.

Le mal est grave, très-grave. Ailleurs j'ai couru à la méthode, le grand naufrage chrétien et moderne (1);

_____

(1) Je crois avoir établi le véritable rapport de l'homme à Dieu

ici je cours à la vie pratique, saisissante dans sa terrible réalité. Il faut répondre à la science par la science, à l'art par l'art.

C'est donc la guerre, soit. A qui pénétrera plus profondément et plus juste; à qui ira plus près de Dieu. Pas de combat pour le combat : laide chose ! Que nos personnalités s'effacent. Non pas à qui aura plus de génie; je salue le vôtre et chacune de vos œuvres; mais les œuvres sont jugées par la vérité qu'elles contiennent. A qui donc dira la plus grande somme de vérités.

Il y a parmi vous de nobles et sincères amants de l'esprit, de nobles et sincères amants de Dieu; mais les uns tuent l'esprit au nom de la science, les autres, Dieu au nom de la foi. Pieux assassins, le résultat moderne vous appartient à tous. Reculez; ne voyez-vous pas qu'autour de vous seule vit la matière, tout enguirlandée de vos fleurs, et tendant ses mains impures au despotisme, qui viendra la saisir, tôt ou tard, même malgré lui.

Ainsi vous voilà en présence, esprit et matière, bien et mal, despotisme et liberté, homme fort par Dieu, homme avili par la solitude de Dieu.

Despotisme, où vas-tu? à la corruption des hommes pour assouvir la tienne par les meurtres et les horreurs.

par les lois de l'esprit dans la *Méthode ou* ultimum organum, *base de la Métaphysique.* Bientôt je publierai le vrai rapport de l'être fini à l'être infini, dans la *Philosophie de l'être.* Ce poème, non pas pris dans une de ses parties isolées, mais en son tout, sera à ces œuvres comme l'expansion de la vie est à la méditation, la respiration au corps, le battement du cœur au solide squelette. Il faut que tout la nature de l'homme se fasse jour et parle.

Matière, sais-tu où tu cours? Vois-le ici : à la déifi-
cation du Phallus. C'est ton terme, ta joie, ton pa-
roxisme.

Et toi, esprit, tu sais où tu marches, tu aspires à Dieu
par la science, par la vertu, par les grandes choses.

Marchez donc, esprit et matière, vous voilà déchaînés ;
toi, amour, va de l'un à l'autre, aime là, aime ici, salis-
toi, grandis-toi.

III

Dans son développement complet, ce poème sera
donc l'homme et Dieu vivant dans leur lien et dans
leur séparation. C'est la question de tous les temps,
mais c'est surtout celle du nôtre.

Qu'est Dieu? qu'est l'homme? comment sont-ils unis
l'un à l'autre? Que devient l'homme par l'attache? où
va-t-il quand il la rompt? Questions éternelles de la
métaphysique et de la vie (1).

Où prendre ce grand spectacle, sinon dans la raison
et dans l'histoire, dans l'homme idée et dans l'homme
action?

(1) Dans la partie que je publie, je ne donne pas le mot de ces
problèmes. Je prends le monde au milieu de sa marche. Il vit ;
voilà tout. Ces hauts sujets seront abordés ailleurs. La poésie sera
un perpétuel renvoi à la métaphysique. Puisse la vie donner le désir
de pénétrer la loi, puisse la loi connue s'appliquer dans la vie!

Comment l'exprimer, sinon par les élans, les ardeurs, les enthousiasmes du bien, du beau et du vrai dans la pensée et dans l'existence ; par les haines, les horreurs du mal, se manifestant dans les faussetés, les ignorances, les dégradations, les vices et les haines?

Dans quelle forme laisser éclater les cris, les élans d'âme qui naissent de cette double vue, sinon par la poésie, qui a droit de tout dire, comme la science, et qui peut toujours pousser dans le bien un plus large vol que dans le mal?

Ce poème, c'est le surnaturel et le naturel, le métaphysique et le matériel, l'historique et l'imaginé, mais à la façon qu'Aristote disait que la poésie était plus vraie que l'histoire.

Les grands problèmes de philosophie y trouveront leur place peu à peu et au courant du développement. Dans une époque où la métaphysique se fait littérature et poésie, où la littérature ne se plaît guère qu'à des pétillements extérieurs de vie, il est imprudent sans doute de vouloir faire entrer la métaphysique dans le poème. Qu'on le sache cependant, le grand lien de l'infini et de l'homme restera toujours la plus mâle des poésies. C'est que le fond de la vie est là, si la forme est dans les grâces des images changeantes et dans les ondoiements de l'existence. Si la poésie virile est dans la haute pensée par laquelle l'homme et Dieu se touchent, se font deviner et s'illuminent l'un l'autre, j'ai raison. Si les formes et les choses n'en sont que le vêtement, j'ai raison. Il y a une hiérarchie jusque dans les choses de poésie, et je crois que les grands hommes ne s'y sont jamais trompés. Le désordre et le déclassement sont dange-

1.

reux dans ces souffles fugitifs comme dans la vérité
elle-même. L'art, sous ses allures qui doivent être de la
liberté vivante, a des lois aussi fermes que la science.

Les héros sont Dieu et l'homme. Dieu considéré tout
à la fois en soi et dans son lien avec l'homme, infini et
verbe de l'infini. L'homme considéré dans sa vie et dans
les lois de sa vie, c'est-à-dire dans ses réalisations per-
sonnelles du mal et du bien. La suite des développements de l'humanité, c'est l'épanchement du divin dans
l'homme par les révélations du savoir et du bien, c'est
la résistance qu'y oppose l'homme personnifié dans des
individualités tranchantes, hardies, et vivaces par les
passions, les vices, l'ignorance.

Trois voix parlent donc ici. Ces trois voix deman-
daient trois formes. J'ai donné à ce poème ce triple langage, qui m'a paru également nécessaire pour rendre le
calme de l'Éternel, l'agitation inquiète de l'homme vers
le bien ou vers le mal, et enfin le lien des deux. L'é-
pique pur, c'est Dieu; le drame, c'est l'homme; le ly-
rique participant à la fois des heurts dramatiques et de
la largeur épique, c'est l'union permanente de l'homme
et de Dieu par la communication de l'esprit à l'esprit.

Est-ce un poème épique? on le jugera quand il sera
entier.

L'essence de ce genre de composition sans lois ex-
pressément définies, me paraît être l'union du naturel et
du surnaturel avec une unité générale de direction, de
faits et de héros, qui n'exige pas l'unité de temps et
n'empêche pas les épisodes.

IV

Ne pas représenter l'homme moins Dieu comme le fait le théâtre anglais, ne pas remplacer Dieu vivant par la froide abstraction du devoir à la façon du théâtre français, m'a paru également nécessaire pour avoir l'homme tout entier.

Sans Dieu, la femme, comme l'a vue Shakespeare, n'est guère que la victime effacée de l'homme ou l'effrontée qui a la même parole et la même vie que lui ; Ophélia, Béatrice, Cressida. Par le devoir, le théâtre français nous a donné ces femmes qui n'ont jamais suspendu leurs bras au cou de l'homme aimé et dont la tendresse ne coexiste pas avec la force. C'est Pauline qui se retrouve jusque dans Molière. Les sens seuls ont animé Phèdre. Le théâtre a-t-il rendu l'idéal vivant de la femme ? nous ne le croyons pas. Types virils, types affaiblis, mais non ce balancement admirable où tout est vraiment féminin, depuis l'idéal de la pureté jusqu'à l'idéal de la tendresse, depuis l'héroïsme ardent jusqu'à la faiblesse ineffable, depuis l'amour toujours présent pour Dieu, jusqu'à l'amour entier pour l'homme. C'est ce que nous essayons dans Fausta.

Il n'y a qu'un idéal de la vie, c'est l'amour entraînant l'homme à toutes les hauteurs, à toutes les bassesses, par la passion qu'il met au service tantôt du bien et du

beau, tantôt du mal et des vices. La juste hiérarchie
des amours de la matière et de l'idée, des êtres vivants
et du Dieu vivant, c'est la vertu, c'est l'ordre dans la
passion par la passion même. Le déclassement de
l'ordre dans l'amour, c'est le vice. Là me paraît la seule
esthétique qui ne force pas à refroidir les héros du bien
quand ceux du mal se déchaînent; la seule esthétique
complète où l'homme ne laisse pas vivre à sa place le
devoir, mais bat, respire, s'efforce pour le bien, ne laisse
pas davantage vivre en son lieu des passions qu'il subit
comme une folie, mais où l'ardeur de la passion et de
l'amour du bien égalent et dépassent l'amour et la
passion du mal, où l'amour triomphe de l'amour, la
passion haute de la basse, la passion ordonnée de la
passion déclassée.

Aussitôt que la grande idée de Dieu n'est plus là pour
jeter à l'homme son puissant attrait, l'équilibre des
passions et des amours se détruit. Toute l'ardeur de
l'âme se porte par saccades exclusives vers un objet vu
uniquement et isolé. La passion prend fatalement un
caractère d'idée fixe, une tension de folie, de mono-
manie. C'est donc un caractère qui s'attache nécessaire-
ment à la passion dans le mal. La passion dans le bien,
au contraire, porte un sceau de domination, de liberté,
qui est le balancement de toutes les puissances de
l'homme par l'amour. Homunculus, Caligula, Tibère,
Aspasie, les païens d'un côté, Humanus et Fausta et
les chrétiens de l'autre, sont l'essai de réalisation vivante de cette théorie.

Que je réussisse ou non à le rendre, c'est le seul idéal
absolu de l'art.

V

Je donne ici une des tragédies de ce poème avec son cadre épique immédiat.

Dans cette partie, le Christ revêt la figure du Verbe. Il est le lien moral de l'homme et de Dieu ; les hommes de génie qui l'accompagnent en sont le lien intellectuel. Le Christ opère l'attache par la volonté et la vertu ; les grands hommes par les lois nécessaires de la vérité découverte. Ils sont donc cette double apparition de la pensée divine coulant incessamment dans l'homme tout à la fois par le génie et par Dieu même. Ils se lient à l'action divine par leur présence dans les chants épiques ; à l'action humaine par leur intervention dans les chœurs, d'où ils enfoncent la pensée éternelle toujours plus avant dans l'esprit de l'homme en marche.

L'on ne peut nier que l'union de l'homme et de Dieu ne s'opère par toute doctrine haute qui conduit l'humanité au progrès. Or, depuis dix-huit siècles, la théorie la plus élevée et qui a eu la plus grande influence civilisatrice, a été sans contredit la doctrine chrétienne. Indépendamment donc de toute idée religieuse, le Christ a, historiquement et philosophiquement, le droit d'être considéré comme le Verbe, comme le lien moral le plus intime qui soit connu entre Dieu et l'homme. Que si l'on songe à lui enlever ce grand rôle, c'est encore à faire.

Humanus est le héros du drame multiple qui se déroule par l'histoire dans des tragédies successives; c'est l'humanité dans son continuel besoin de confusion avec l'absolu par la vertu et le bien, le juste et les organisations sociales basées sur les droits éternels des hommes, par le vrai et le savoir, par le beau et les développements artistiques des civilisations; c'est l'aspiration au progrès moral, intellectuel, social; c'est l'éternel appétit de Dieu, cette vision fixe de l'esprit qui avance dans les temps.

Homunculus est l'humanité qui s'embarrasse dans les difficultés de l'œuvre, subit le joug des milieux corrupteurs ou affaiblissants que les âges traversent, et qui, poursuivi par le sens du divin, s'en écarte de chute en chute, de vice en vice, et se perd dans le suicide ou la dégradation.

Les autres types, variés suivant les époques et les hommes que l'histoire fait vivre, sont les entraves ou les soutiens de ces deux destinées qui sont l'humanité en acte; elles sont les causes occasionnelles de leurs luttes, de leurs défaites ou de leurs victoires.

Chacun des drames qui se dérouleront successivement a sa pensée spéciale. Condensée dans telle ou telle époque, il faut l'en extraire et la faire s'agiter, comme la vie, dans des caractères et des individualités réelles dans le bien, dans le mal.

Ici, c'est le spectacle de l'impuissance de la force humaine à son comble, quand elle veut effacer Dieu de ses conseils; de la puissance de la faiblesse qui agit avec et pour Dieu. C'est la folie du mal, sa démence, son idée fixe, l'hallucination du luxe et de la luxure s'assouvis-

sant dans le meurtre et ne s'apaisant que par la mort;
c'est la pureté qui va tirer le monde de cet abîme avec
l'enthousiasme et l'amour fixe du bien; c'est le progrès
par le christianisme, jeune, sauvage, ardent de nou-
veautés. Ceux là peuvent y trouver une réponse qui ne
veulent pas voir dans le Christ le principe moral des
vérités dont la civilisation moderne a développé le germe.
Païens d'universités, d'académies, de journaux et de
boudoirs, vous entendrez encore la voix du Christ parmi
vous. Homme ou Dieu, qu'importe; la vérité est divine.

Il faut qu'on sente de quel égout le christianisme a
tiré le monde. Je ne reculerai pas devant ces peintures
qui sont l'homme tombé au dernier échelon de la matière, par le découragement et la négation des idées
hautes. Les époques extrêmes font voir l'homme tendu
à l'extrême, lâché comme une bête fauve sur le mal, ou
sautant à son Dieu d'un effort immense.

Celui qui voit les choses vivantes, non les conven-
tions, les rend comme elles s'agitent, non comme le pré-
jugé de telle époque ou de tel art les défigure. Le combat
du bien et du mal ne s'expose pas sans hardiesses. Le
bien redressera le mal. Si cette rude science n'est pas
faite pour la chasteté de nos femmes, elle est due à l'esprit humain. Ni la Bible, ni les littératures latine, ita-
lienne, anglaise, espagnole, allemande, n'ont reculé
devant ces forts spectacles qui ont la moralité de l'horreur à côté de celle de l'amour du bien. Les peuples
graves les ont contemplés sans scandale.

La séduction pousse au vice, la violence moralise.
Voici une violence qui veut faire tomber les séductions.
Voici le vice et le crime nus. Ils passent ici soutenus

l'un sur l'autre, sans fard, hideux, violents, impuissants, pleins de sang. Si cette terrible vue ne vous fait
pas reculer d'horreur à l'autre pôle où tout est fort,
élevé, passionné, généreux, qu'êtes-vous donc? Si le
fer chaud du vice ne vous fait pas une blessure et une
douleur, si le charbon ardent de la vertu ne vous brûle
pas d'enthousiasme, vous êtes gangrène.

Le vice est si inhérent à notre temps qu'il ne le sent
plus. La moralité violente est nécessaire pour sortir des
sommeils de la séduction. Il faut brûler ces engourdis
d'immoralité. Pour vous qui ne savez pas vous élever à
la pureté de la pensée sous les violences nécessaires,
fermez le livre. Je sais que vous êtes presque toute la
France; il n'importe. Le libertinage d'esprit qui règne
le plus souvent chez nous jusque dans les mœurs
honnêtes, empêche de voir le côté sérieux de la débauche.
On ne refait pas une nation, mais on peut protester contre
son esprit. Je le fais. Il faut vomir cette tiédeur morale
du Gaulois qui se traduit toujours par le rire démorali-
sateur. Les excès de la passion ont de tristes excuses ;
mais elle n'en a pas cette médiocrité, qui joue avec le
vice, en cache l'horreur sous l'épicuréisme littéraire et
sous le bon goût de la jouissance.

Cet acculement du monde dans l'impudicité, la
luxure, les attentats entassés par l'obscénité et la dureté
de cœur, est la résultante nécessaire des doctrines de
l'antiquité. C'est pour cela qu'il faut toucher du doigt
et voir où toute divinisation de l'homme conduit
l'homme. Sous quelques couleurs qu'elle se cache, la
doctrine qui le mène à la divinisation le mène à l'abru-
tissement. Que ce spectacle reste l'accident d'une époque

monstrueuse. Les autres tableaux que nous aurons à
exposer montrent d'autres vices et d'autres vertus.

J'ai cherché à conserver à ces tragédies, qu'on pourrait facilement ramener aux exigences, aux proportions
et aux convenances nécessaires de la scène, une onde
plus large et plus épique que ne permettent soit l'activité
plus extérieure que réellement dramatique de notre
théâtre actuel, soit la structure classique de nos tragédies trop vides dans leur cadre roide. Nous avons
assez fait de sonates, n'est-il pas temps d'essayer des
symphonies? La France est fort portée aux arts de
convention, fort peu à l'abandon sans lequel il n'y a
point d'art. Elle sort d'un faux absolu pour tomber
dans l'autre. Il y a du Poussin dans Racine, Corneille et
Molière. Les vraies lois absolues de l'art sont si larges,
que l'homme entier et les choses et les plans toujours
nouveaux y entrent et s'y jouent, quelque vastes et
complexes qu'ils soient. La première de toutes les né-
cessités pour avoir des émotions artistiques, c'est de
n'avoir point de parti pris. Mais voilà où il sera bien
difficile d'amener la France. Qu'elle ait les yeux toujours fixés sur cette audacieuse et naïve statuaire
grecque, qui admit toutes les laideurs pour les changer
en beautés. Que la France serait grecque si elle avait la
naïveté que donne l'abandon, si elle avait l'audace que
donne l'émotion profonde. Jusque-là elle restera France,
c'est-à-dire convention, manière et pusillanimité devant
les arts forts, qu'elle n'adopte que lorsque la grande
voix des temps les lui impose.

La partie de ce poème que je présente au public,
prête depuis plus de quatre ans, a été retardée par des

travaux d'un autre ordre. Je voulais attendre d'avoir achevé ce qui précède pour qu'on saisît plus pleinement l'idée générale. Je me décide cependant. Ébauche déjà avancée, le reste sera publié prochainement. Babel et Humanus, deux tragédies enclavées dans les chants épiques, sont presque arrivées à leur fin.

CHANT PREMIER

LE PASSÉ

L'ÉPOPÉE HUMAINE
LA MORT DES DIEUX

CHANT PREMIER

LE PASSÉ

DANS L'ESPACE

Le Christ assemble les grands hommes du passé, qui sont la révélation intellectuelle, comme il est, lui, la révélation morale de
l'humanité. Il les entraîne pour contempler le combat du christianisme contre la décadence antique, et pour inspirer à l'homme
les doctrines du beau et du vrai, comme lui celle du bien. C'est
le courant de l'esprit du passé à l'avenir, des cieux à la terre.

I

C'étaient des bruits obscurs sur terre et dans les cieux,
Une confusion de cris. — Les vices-dieux
Couvraient la voix d'en-haut de la vertu divine.
C'était comme un discours d'Olympes sans doctrine.
On doutait. — La raison, lasse des grands combats,
Laissait l'homme enlacé du mal rouler plus bas.
Le cri de Dieu mourait sous les cris de la terre;
De la matière à l'âme un hâle délétère
Montait. — C'est le néant; mais néant sans repos;
Des esprits c'est le grand chaos. —

II

L'immense, l'inconnu, le fort, le grandiose,
L'insondable patent qui fait vivre et compose,
Circulait, force et joie, à travers chaque chose.
Le concert éternel continuait en haut.
Rien n'était ralenti des effluves du beau,
La terre s'épandait éclat sans agonie,
Le ciel était azur, la lumière harmonie,
Le temps veillait sans fin sa fatale insomnie,
L'espace avait toujours l'éternité pour nid,
Et la vie, à longs flots, ruant de l'infini,
Inondait, débordait, faisait être chaque être.
Tout sourdissait, vibrait dans le bonheur de naître,
     Tout par l'extase était uni.

III

L'homme, l'être sacré, que le doute rend ivre,
L'homme, qui de l'esprit recevait le grand don,
Jetait le fort Seigneur dans l'immense abandon.
Il recevait le sang vermeil, l'ardeur de vivre,
Le soleil, les splendeurs, les mystères, la nuit,
L'innocence, l'enfant, la tendresse, la femme,
Le désir éternel dont l'Éternel est l'âme,
La beauté, rêve d'or, que l'on frôle et qui fuit ;
Il recevait l'amour, la liberté sa force,
Ce lierre qui des cieux suce la vaste écorce ;
La terre bondissait et bondissaient les mers ;
     Dieu versait à plein univers. —

IV

Mais pourquoi donc, ô ciel ! vient pleurer la rosée ?
Pourquoi, flots déchirés, ces lamentables cris ?

Et pourquoi ta pâleur, ô nuit! triste épousée
Qui, loin du lit de l'homme à la force épuisée,
Chasse la vérité pleurant sous tes mépris ?
En longs fleuves de sang, débordez, ô nuées!
Vertu, cache ton front : place aux prostituées!
Place à l'homme-luxure, ignoble olympien !
Lorsque le Tout-Puissant fait le puissant lien,
L'homme le rompt. Pourtant Dieu dans le sein lui vibre,
Mais lui chasse le fort dont la vie est sa fibre,
    Et dont la vertu le fait libre. —

V

C'est le grand deuil ; l'esprit est mort. Restaient les chairs
Qui brûlaient de leur sang et polluaient les airs.
On sentait pénétrer une odeur fade et vile
Des spermes répandus hors du vase infertile.
L'odeur âcre énervait toute mâle vertu,
Le poison dans le sein écrasait le fêtu,
L'assassinat fumait comme fume un cratère,
L'inceste était fadeur s'il n'était adultère,
Et tout mâle tombé de la couche aux plaisirs,
Ne se relevait plus, même sous ses désirs ;
Les femmes, en passant, l'écrasaient dans leurs danses,
S'excitant, s'enivrant d'immenses impudences,
    Et tombant enfin de démences.

VI

La chair vivait; linceul! —l'esprit, la vie, est mort! —
La voix n'est plus la voix ; c'est un son rauque et fauve.
L'amour n'est plus qu'un cri d'une brute qui mord.
Quel cri! d'où sort-il? d'où? des mères dans l'alcôve?
De leurs filles hurlant de leur virginité?
Du bourreau violant la mort, ô volupté?

Du lit public? du meurtre étalé des arènes?
Des tigres enivrés buvant le sang des veines?
Ou du roi-dieu, tyran des hommes contrefaits,
  L'homme-monstre saoûl de forfaits?

VII

L'homme était venu là, qu'il n'avait plus l'idée.
Il embrassait la nuit. Et sa tête vidée,
La matière criait, la matière pâmait,
La matière ruait, se vautrait, s'abîmait,
La chair aveugle règne. Et la brute lâchée
S'accouplait à la brute : inféconde nichée!
Au lieu de s'accoupler, d'engendrer avec Dieu. —
  O cloaque! Rome est le lieu. —

VIII

Dans cette heure suprême, infâme, basse, immonde,
Qui revient dans chaque âme et revient dans le monde
Aussitôt que Dieu seul est fidèle à la loi,
Quand l'homme, enfant bâtard, ne voit plus rien que soi,
Dans cette heure inféconde au fond du vieil espace,
Le jour, la nuit, les morts, les vivants, toute race,
Ouïrent un cri vainqueur, — c'est l'homme-vérité. —
C'était loin par les cieux et par l'éternité.
La voix tonne, gémit, menace, pleure ensemble
  Et parle comme un cœur qui tremble.

IX

  « Me voilà, terre; voilà les saints.
Lève tes yeux, tes mains, tes bras, tes cœurs éteints,
Moi, Christ aux pieds sanglants, aux mains coulant encore,
Je vous appelle tous, passés que je viens clore,

Prophètes et martyrs de toutes nations,
Sages en qui Dieu mit les belles visions,
Levez-vous, ô vainqueurs, le grand combat s'apprête.
Tempête sur le mal ! — c'est l'immense défaite ! —
C'est l'union de Dieu descendant à l'esprit ;
Le baiser où le Ciel avec le cœur s'unit.
Portez les anneaux d'or, c'est la noce éternelle,
L'homme et Dieu s'enlaçant ; couvrez-les de votre aile,
Esprits faits de splendeur et de joie immortelle,
De la sagesse, ô vous ! gigantesques essaims.
    Me voilà, terre ; voilà les saints, » —

X

De tous les hommes bons, la bienheureuse armée
Surgit. Tel des feux d'or l'argent de la fumée
Fuit. Des bords sans contour, fond des éternités,
Ils sortaient, fronts d'éther, regards d'immensités,
Et tous avaient les yeux au beau jeune visage
Du Christ, l'Homme-Mystère, assis sur le nuage,
Dont le front triomphant rayonne, ô grand mirage !
    Le nimbe ardent des vérités,

XI

Le Verbe du Bien dit : « L'homme en vivant oublie,
J'ai donné le divin, vous le savoir. Je lie
Par les fortes vertus à la divinité,
Vous par les lois du vrai. Foudres de charité,
De clarté, combattons. L'avenir est notre ère ;
Un entre nous, faisons à l'homme l'unité. »
Tous les yeux, dans le Christ, se fondaient en prière
    Comme une étoile à la lumière. —

XII

Ils vont. — Aux profondeurs des éthers inconnus
Ils vont. — Par les zéniths aux espaces perdus,
Dans les mers du vertige, aux flots des atmosphères,
Aux orbes étoilés des tourbillons de sphères,
Par les grains d'or vivants, lumières et mystères,
Ils vont. Et sous leurs pieds croissent les firmaments,
Les cieux passent sans fonds et sans épuisements.
Les coupoles sans voûte, abîmes, tournoiements,
Se succèdent. Ils vont, sans aile cadencée,
Rapides comme un vol, un souffle, une pensée,
Des mondes, des azurs, des soleils et des cieux,
Ils font, marcheurs géants, l'auguste traversée,
    Immobiles comme des dieux. —

XIII

Ceux-là furent les forts, aurores de la terre,
Saintes lueurs sortant de l'éternel mystère ;
Sagesses pétrissant les jeunes nations ;
Hommes faits de pensée ; hommes non, missions,
Versant Dieu dans les lois, la science, l'histoire ;
Têtes de fort labeur, bras de grande victoire ;
Les caressés de Dieu ; cerveaux faits d'absolu,
Allant aux profondeurs d'un esprit résolu ;
Héros de l'art, du bien, du savoir, des batailles ;
Ne trouvant rien qui puisse arriver à leurs tailles,
Car ils vont sans effort, esprits simples de soi,
    Car l'Éternel vit dans leur foi.

XIV

Les yeux aux yeux de Dieu, ces demandeurs suprêmes,
Quêteurs de l'Infini, pleins du mépris d'eux-mêmes,

Livrent leurs cœurs aux vents des inspirations,
Jettent leur vie à tout, aux combats, aux poèmes,
Aux labeurs, aux pensers, aux méditations,
Au beau, le sourd volcan des admirations,
Au vrai, torrent fécond des hautes certitudes,
Au bien, roc infoulé du pied des servitudes. —
Ils allaient. Et c'était un écho souverain
Plein de rumeur divine et de voix de nature.
La pensée en était comme en ce grand murmure
Où le crâne frémit comme un canon d'airain
    Au grand bruit du génie humain. —

XV

Aubes de vérité, salut! fleurs des courages,
Préparateurs du règne où du ciel, dans les âges,
Dieu viendra; quand l'argile aura brisé sa nuit,
Qu'elle sera de l'âme où la matière luit.
Salut! audace, vol aux célestes royaumes,
Vous dont Dieu dit : Mes fils, en vous créant atômes;
Violateurs des cieux où l'homme monte et va
En brûlant la matière aux pieds de Jéhovah;
Ouragans de l'esprit, étonnement sublime,
Transfigurés d'idée, extases de l'abîme,
On faisait avec vous des Olympes jadis,
On vous nommait Hermès, Brahma, Pan, Osiris;
    Descendrez-vous de cette cime?

XVI

Hommes, ô fils du Ciel! actions de sa main,
Libérateurs sacrés du jeune genre humain,
Dompteurs de la nature et dompteurs de la terre,
Étiez-vous dieux, sauveurs à coups de cimeterre?
Vous qui de l'infini tiriez le grand niveau,
Le savoir, étiez-vous dieux? L'éternel cerveau

Vous a versé sa force et son verbe d'en-haut.
O sauveurs de matière et sauveurs de pensée,
Ne prépariez-vous pas l'heure plus avancée
Où le sauveur de l'âme affranchie, y mettrait
Des infinis ouverts l'immense et pur attrait,
    La charité par Dieu bercée?

XVII

Dieu vivait dans vos fronts; il perçait aiguillon
Par vos gestes, vos cris; il sortait tourbillon
De vos fers, de vos mots, de vos chants, de vos lyres;
Il était le grain d'or, vous étiez le sillon;
Il était le trépied, vous oracles, martyres;
    Il était Verbe, et vous délires, —

XVIII

C'est le génie. — Il vient du ciel, clairon brûlant,
C'est l'homme délivré de l'homme et Dieu parlant
Par sa voix. C'est le vrai, fier, éperdu, volant
D'un bout des temps à l'autre. Hercule vit, Homère
Vit, Job vit, comme aux jours où Tellus, jeune mère,
Naissait. L'homme jouit de vos combats, dompteurs,
De vos sublimités, poètes rédempteurs.
Serait-il sans le feu que vola Prométhée?
Aurait-il Beethoven sans la lyre d'Orphée?
Éternel aveuglé dans d'éternels tâtons,
Verrait-il jamais Dieu, s'il n'avait ses Platons,
S'il n'avait la lueur au front dès sa naissance,
S'il ne portait au cœur l'aube des vérités,
Si le grand sentiment n'appelait la science,
Si Dieu ne vivait pas foi dans la conscience,
    Certitude dans les clartés? —

XIX

Ils passent traversant les choses comme un crible,
Matière sans argile et faite d'indicible.
L'air chante sous leurs pas un hymne d'invisible.
Le silence bruit à l'inconnu. Le soir,
Le jour, la nuit, l'aurore, viennent là pour les voir;
Les constellations se penchent dans le gouffre
Où tout vit, et sur eux plongent leur œil de soufre;
L'élément, à grands cris, parle à l'immensité;
L'azur a des regards divins; l'éternité
Sent frissonner l'éther, cet immense indompté. —
Ils allaient, grands, fatals, l'air serein, mais l'œil sombre.
Il était bon de voir les bons en si grand nombre;
Ils ne commençaient pas, ils ne finissaient pas,
Des abîmes d'or. haut aux abîmes d'en bas,
Héros, poète, roi, prophète, patriarche,
    C'est l'éblouissement qui marche. —

XX

Comme deux grands courants fécondés vont unir
Leurs flots longtemps roulés aux montagnes des âges
Où l'inconnu passé cache son souvenir,
Et mêlent leurs torrents dans les eaux sans rivages
De l'unique Océan, la mer de l'avenir;
Ils allaient. Comme l'aigle, au ciel blanc, immobile
Plane, sans se mouvoir avance, marche, oscille,
Et sans coup d'aile atteint sa proie ou le soleil,
Ils allaient, reposés comme dans le sommeil. —
Chacun avait sa langue et ses beaux priviléges,
Et les vents les suivaient quand l'aigle suit les vents.
Dans leurs manteaux portant l'univers, ces cortéges
S'unissaient dans le Christ. Et ces sages fervents,

2.

De l'amour, avec lui, murmuraient le symbole. —
Par le mot Charité, Christ a fait ces Titans
Dociles ; entraînés, d'une seule parole,
    A la grande unité des temps.

XXI

« Amour, esprit, salut ! Gloire à l'âme immortelle.
Salut ! guerre, bientôt paix de l'humanité,
Religion divine à tout jamais nouvelle,
Accessible à tout homme et par l'âme unité ;
O salut ! absolue ; ô salut ! éternelle.
D'au-delà des chaos ils sont enfin venus,
Les temps pleins d'infini. L'âme n'adore plus
Aux temples de la Grèce, aux temples de Judée ;
Mais haute, forte, immense, altière, débordée,
Faite d'amour divin, elle va, liberté,
Adorer en esprit, prier en vérité. » —
Et des lueurs d'amour sortaient de leurs poitrines,
Les uns avaient aux yeux des rayons de beauté,
Les autres le feu sourd, la rude gravité
    Des méditations divines.

XXII

Ceux-ci portaient en haut, avec des lyres d'or,
Des monuments, des lois, des vaisseaux, des systèmes,
Des sculptures, des chants, des tableaux, des poèmes,
Et toute la splendeur de l'esprit en essor.
Et chaque voix d'idée, enfermée en ces choses,
Chantait, comme des chœurs immenses, grandioses,
Comme au matin, le jour, bruit un chant béni,
    L'idée en soi de l'infini.

XXIII

Ceux-là portaient un livre, un seul, dont tous ensemble,
Comme un psaume éternel, ils disaient les mots d'or.
Du livre s'échappaient les grands sons du Thabor,
Sa voix vibrait autant que toutes. Car il semble
Que l'Infini parlait à l'homme de plus près. —
Tous ces passés chantaient, voix que l'accord assemble
    L'éternel faisant le progrès. —

XXIV

Leurs pas, sans la blesser, traversent la lumière ;
Êtres puissants et forts, avec l'homme-prière,
On les voyait mouvoir, venir et s'empresser,
Toujours, sous l'œil divin, passer et repasser ;
Leurs têtes, sans un heurt, glissent dans les étoiles ;
Le nuage, à leurs fronts, ne jette pas de voiles.
La terre s'éclairait de leurs regards, grands feux ;
L'auréole, à son front, lui venait de leurs yeux. —
Ils allaient, et des voix sortaient des invisibles,
Au passage du Christ, langues intraduisibles.
Des sons battant l'abîme en faisaient des échos,
Se renvoyant les airs comme le flot les flots,
Et se répercutant aux chaos loin des mondes ;
Les globes bondissaient dans les hauteurs profondes ;
Bruits de guerre, d'amour, extases et soupirs,
Cris de passés, de deuils, d'espoirs et d'avenirs,
Voix de douleur, d'horreur, de paix et d'harmonie,
    Chants de joie et pleurs d'agonie.

XXV

« Guerre à l'aurore, au sud, au couchant, au nadir ;
L'amour, le vrai, les deux grands guerriers vont venir ;

Guerre au Zénith, au nord, à l'équateur, au pôle ;
La guerre pour la paix, Hommes, le ciel enrôle,
 Sentez ses étendards frémir. » —

XXVI

Et d'étranges drapeaux déployaient leurs images,
Des oracles voilés passaient avec des mages.
 Poètes et penseurs emplissaient l'horizon
Quand les sages parlaient, eux chantaient la raison.
Ceux qui par la beauté chassaient la barbarie ;
Ceux qui firent des cieux de leurs vers ; ô patrie,
Ceux dont les hymnes saints étaient des panthéons :
Euripide, Sophocle, Eschyle, les lions ;
Simonide, Linus, Tyrtée avec Pindare,
Gigantesques airains, clairons, buccins, fanfare ;
Virgile, frais encor de la vie, et riant
Les vers dorés du rêve éclos à l'Orient ;
Lucrèce fier amant de la Vénus féconde
Et de son rude vers recomposant le monde ;
Homère avec sa lyre immobile en sa main,
Et la lyre de soi rendait un son divin
 Comme le granit au matin.

XXVII

Orphée effaré, sombre et plein d'enfer, s'écrie :
» ζευς premier et dernier ; ζευς père fin, milieu,
Esprit, âme, origine, ordre dans le ciel bleu,
Dans les choses ; roi, chef, foyer, vie et patrie. »
Aristote gardait, religieux, ses chants.
Cette science, jour immense et sans couchants,
Voyait la vérité sous la belle figure
Montant aux cieux d'un vol où Dieu fait l'envergure.
Lui, disait du moteur les évolutions.

Partout c'est du grand tout des intuitions.
Et Platon murmurait : de l'Un tout est idée.
La belle Grèce allait à la haute Judée ;
On sentait un secret lier les nations
Et l'unité de foi sous les négations.
Et Socrate disait : Dans l'Un tout se transmue.
Et changée en nectar, fruit de sa gloire ardue,
    Ses lèvres buvaient la ciguë,

XXVIII

Car c'est ainsi : Là haut les tortures d'en bas
Seront joie ; et le fer sera notre caresse. —
    Puis les Héros tenant la gloire dans leurs bras
Venaient, cœurs forts, cœurs durs. Ces faiseurs de détresse
Sont les derniers venus et forment les bas-fonds.
Le Héros fait le bien par la mort. Sangs féconds
Mais qui crient. La colère est bien près de l'audace,
Car l'homme est très cruel, et sous sa belle face
L'animal reparaît bien vite. Ils sont nombreux
Géants, tempétueux encor et ténébreux.
Un espace divin tenait loin de l'idée
Ces bras. Pour protéger, Dieu veut ces courageux,
Il voit bien l'injustice en lave débordée,
Et les peuples martyrs et les rois orageux,
Et les vices vautrés dans leur ignominie ;
Il voit, et calme il fait passer au milieu d'eux
    Mille héros pour un génie.

XXIX

Des bouts du monde, tous viennent à l'unisson ;
Hercule et des lions, des lions et Samson ;
Les fiers libérateurs, les fondateurs de ville ;
Hector tient Alexandre avec son père Achille,

Jeunes tous trois et beaux de la grâce virile ;
Sublimes assassins, Judith triste et Brutus.
Ils allaient, fronts courbés, crimes faits de vertus ;
Les passions encor s'attachant à leurs âmes
Y jettaient des brasiers de regrets et de flammes.
Pittacus, qui fit libre et son âme et Lesbos ;
Caton le flanc ouvert, pardonné par Minos ;
Puis c'étaient Annibal, Thémistocle, Aristide,
Scévola, Curtius immortel dans ce vide ;
Ceux qui, jetant leurs sangs vermeils hors de leurs corps,
Couvraient la liberté de la pourpre des morts,
    Et mouraient ivres de transports.

XXX

Ninive fulgurante à face de sirène
Se voyait, n'ayant pas encor le flanc obscène ;
Gomorrhe ceinte encor de vertus et de sel,
Et chaste, souriant devant le feu du ciel ;
Corinthe qui nommait la pureté : Diane.
Crète élevant au ciel un amour : Ariane ;
Sodome avant son vice et jeune, avec Babel
Sans orgueil, flamboyaient pures comme l'autel ;
Sparte et Léonidas avec Lycurgue. Athène
Mère enfin et portant Socrate et Démosthène.
Le simoun aux cheveux, la gloire aux yeux, Memphis
Colossale passait dans sa robe dorée,
Elle portait Memnon étrange, et de beaux lys ;
Babylone, géante au linceul, empourprée
    Du manteau de Sémiramis. —

XXXI

Et l'on se reposait sur un groupe modeste,
Immense, recueilli, contemplant, droit, céleste ;
C'étaient les purs amants de la pure beauté,

Les parleurs sans parole, à qui marbre dompté,
Lumière, couleur, trait, sont les voix. Et leur tête
Rayonne. Ils ont bâti des temples. Polyclète,
Apelle, Phidias, esprits comblés de Dieu,
Voyant la forme en lui pleine d'idée en feu,
Faisant de sa beauté le vêtement de l'homme. —
Ne comptons plus ceux là de la Grèce et de Rome.
Regards Olympiens, ces demi-dieux, ils vont
        Avec de beaux lauriers au front. —

XXXII

O Grèce, ô belle Grèce! O ma poignante envie,
Où la vierge beauté s'éveillait à la vie,
Sur tes seins fécondés tu portais l'âge ancien.
Doucement enfermé dans ta robe divine,
Tu le faisais monter, ô mamelle bénine,
Par le beau vers le ciel, la commune origine,
        Comme la Bible par le bien.

XXXIII

Et comme l'avenir par la vaste science,
Par le vrai fondra tout dans le Seigneur immense.
Six mille ans de labeur l'auront-ils mérité,
        Beau, vrai, bien, céleste unité !

XXXIV

Grèce, rayon de Dieu, qui sait pourquoi l'on t'aime!
O charmeuse éternelle, autant dire beauté,
Ombre toujours vivante, et fugitif emblème,
O mystère subtil dans le marbre incrusté,
O Grèce, répandue aux peuples dans les âges

Qui donc voit ton secret palpable en tes ouvrages?
L'homme ne comprend plus ta révélation.
Une étreinte d'amour à ton ombre s'attache,
Et notre cœur s'émeut de fascination.
A nos embrassements je ne sais quoi l'arrache.
Et l'on meurt. La beauté s'enferme au firmament
Comme un bien usurpé dont notre âge est indigne.
Pourtant nous l'aspirons, nous courons à l'aimant;
Elle fuit sous le mot, elle fuit sous la ligne;
Et la pensée en deuil pleurant d'abaissement
    Désespère. Honte et tourment!

XXXV

Beauté, chère beauté, t'avons-nous donc perdue?
Et nous les fils du vrai, te retrouverons-nous?
O beauté, pour de l'or t'avons-nous donc vendue?
Beauté, chère beauté, que j'adore à genoux,
Es-tu donc enfermée au sommet de ta nue?
Devant nos rires plats, as-tu peur d'être nue?
Ah! nos mesquines mains salissent ton manteau!
Quoi! le vrai sur nos yeux jette-t-il un bandeau?
Le beau n'est-il donc plus son verbe qui fascine?
Si notre vrai fait peur à la pudeur divine,
Nous n'avons pas le vrai. Fuis, fausse profondeur.
Quoi! la Grèce du vrai possédait la splendeur
Sans le vrai! Ces beautés où notre âme frissonne
    Après les siècles morts,
Ce sont des faussetés que le marbre emprisonne
    En sublimes accords! —

XXXVI

L'homme ne peut-il donc contenir qu'une chose,
Petit vase du tout tenant petite dose?

Ne peut-il conquérir, le triste conquérant,
Les trois forces de Dieu, mais qu'en les séparant :
Le beau par l'instinct pur, le bien par l'ignorance,
Et les perdre tous deux par la grande science ?
Insensé qui le dit, sacrilége cent fois !
Monte plus près de Dieu, parlant par ses trois voix,
Homme, monte à son cœur, colles y ton oreille
Et sens les battements de l'Éternelle veille,
     O, des cieux, immense merveille. —

XXXVII

Et Moïse, vieillard, par les groupes divins
Passait. Autour de lui, sages, Héros, devins,
Sybilles se pressaient. Sous les mots de sa lèvre,
La grande humanité bondissait ; cette chèvre
Inlassée et mordant la fleur, tuant l'esprit.
« L'Un est le Dieu principe et le Dieu qui pétrit,
Être, moteur, esprit, créateur, vie unique,
Donnant sans s'épuiser l'être qu'il communique. »
Et tout homme venait qui prononça les noms
De Dieu dans les Sions ou dans les Parthénons,
Tous ceux qui de ce mot furent les coryphées. —
On voyait écouter tout béants les Orphées,
     Les Aristotes, les Platons. —

XXXVIII

Elle est divine aussi cette haute pensée
Qui promettait *au* BIEN la grande vérité !
Le vieux peuple venait sombre en sa gravité,
Emportant cette idée au progrès fiancée.
« Tout n'est que vanité, disait-il, hors le bien,
L'amour naît d'une Vierge et Dieu fait l'homme sien. »
Et lui voyait l'enfant vivant avec la mère

Au fond des temps. C'était l'homme du grand progrès
Vu d'une vision unique, fixe, austère.
Et le peuple parlait en éclairs, à grands traits.
Et son esprit semblait un vaste crépuscule
        Ou quelque limbe des Platons
Où le germe de l'homme est en un vestibule
        Et vit déjà comme à tâtons.
Il voyait ébloui, plein de céleste envie,
Il voyait dans son cœur, il voyait, œil en feu,
Dormir, en attendant l'éclosion de vie,
        La Vierge mère et l'enfant Dieu. —

XXXIX

Qui donc sont-ils ceux-là qui, comme des tempêtes,
Ébranlent les éthers? — ces vieillards? — des prophètes,
Les grands aspirateurs du bien, et le voyant
Et le sentant de Dieu venir en l'homme. Ayant
La voix fauve et forcés de parler, et criant
Parce que la justice a crié. Tous là blêmes
Les grands dompteurs du mal, les larmoyeurs suprêmes,
Ils pleurent deux mille ans assis dans les déserts,
Parfois hurlant un cri qui perce l'univers,
Ils pleurent deux mille ans en se souillant de cendre.
Ces muezzins du BIEN savez-vous les comprendre,
Hommes? — ils le voient mort. Ils pleurent des torrents.
Et ces fleuves de pleurs sont des feux. Déchirants
Ils retombent assis seuls et sans voix amie,
La tête dans leurs mains, de la double infamie
De leur peuple faisant de la justice un jeu
        Et du gibet fait à leur Dieu. —

XL

« L'amour de l'esprit pur s'incarnera dans l'homme,
Et restant avec lui jusqu'à la fin des temps,

cra le progrès que tout siècle consomme,
    Ce sauveur des maux, noirs Titans. »

XLI

« S'incarner, s'incarner, ô la grande parole !
La chair dans l'esprit pur et l'esprit dans la chair !
Faire ce tout divin où tout le mal s'immole
    Où l'homme et Dieu marchent de pair. »

XLII

« Dieu s'épanche dans l'homme à chaque connaissance,
Et son bel absolu nous pénètre le sein ;
Il descend dans l'esprit par la noble science
    Qui fait l'esprit sublime et sain. »

XLIII

« Par la douce beauté, par la belle espérance
Qui jusqu'à l'infini fait monter son dessein ;
Et par le bien moral la seconde naissance,
    Qui fait l'homme-Dieu, l'homme saint. »

XLIV

« Si tu ne te versais, ô ma force infinie,
Cette heure qui m'entend serait mon agonie,
    Car je manquerais de mon Dieu ;
Si tu n'entrais en moi, toi, principe et semence,
Si ton être n'était l'essence de l'essence,
    Tout s'éteindrait comme un grand feu. »

XLV

« Tu te verses, Seigneur, mais tu restes toi-même,
Infini, tout, principe, et toute vie en soi.
    Tu te verses ; et je suis moi.
Moi fini, moi vivant par toi, germe suprême,
Te sentant vivre en moi, ne me sentant pas toi. —
O chair pleine des cieux que je te sens divine !
Que je te sens divin, cerveau, fait de clarté !
Que je te sens divin, mon cœur, noble machine
    Faite à la grande volonté ! »

XLVI

« Or, l'infini planant d'une aile souveraine,
Reste toujours le Dieu jusque dans l'âme humaine.
Quand ce rayon d'or pur qu'on nomme vérité,
Se fait en moi pensée, en resté-je moins homme ?
Parce que, plein d'extase et d'éclairs, je la nomme,
    Perd-elle sa divinité ? »

XLVII

« O jour prodigieux ! le génie est l'image
Où Dieu se voit, rayon d'un pur souffle d'en haut.
Dieu pénétrant l'esprit, fait un homme nouveau,
Lien parfait des deux et sublime alliage.
O génie, ô des cieux immense vision,
O matière affranchie, ô grande mission,
O limon pétri d'âme et de rayons d'aurore,
O divin fait humain, ô verbe de clarté,
Ame faite d'esprit, d'amour, de vérité,
En te voyant, c'est Dieu qui m'illumine encore,
    Et je monte au Dieu que j'adore. —

4

XLVIII

C'était dans l'immuable où l'instant est le tout.
Ces voix montaient le cours jamais franchi de l'âge.
Les temps n'étaient plus temps, minute sans partage,
　　Les siècles parlaient d'un seul coup. —

L

Et Platon dit : « O voix de rayons inondée,
O Christ, ces chants sont doux. Ils sont construits d'idée,
La matière effacée y semble la grandeur
De l'esprit s'épanchant, éclatant en splendeur. »
O Christ, que veux-tu donc ? » — Lui, voix pure et ravie :
« Je suis le grand lien, je suis l'effluve. L'un
Coule dans tout. Le Verbe en inonde chacun.
　　Je viens transfigurer la vie. »

LI

« L'homme est la lyre où Dieu pose sa vaste main.
Si la lyre a le son, l'archet d'un doigt d'airain
Le pousse dans son flanc. Je veux que toute fibre
Sente que c'est par Dieu qu'elle remue et vibre.
L'homme vivra d'idée inondé ; le saura.
Il avait du soleil dans l'esprit, il aura
Du ciel. Car l'incomplet au moral est funeste.
Du ciel ! car le rayon est une pesanteur,
Le soleil, ce reflet de l'horizon céleste,
Est lune et tache d'ombre, auprès du Créateur.
Tout était naturel ; l'âme, l'intelligence,
L'action ; tout sera surnaturel, le jour
Où l'homme sentira Dieu, le principe immense,
Faire les volontés en leur jetant l'amour,
Comme il fait le frisson du vent ou du feuillage.

L'homme et Dieu sont un couple inséparable. » — O sage,
O Verbe ! disaient-ils. — Le penseur admirait,
La belle tête humaine innocente adorait,
   Le géant Hercule pleurait.—

LII

Des formes de grand deuil et pleines de silence
Passèrent dans l'obscur, comme se hâte un trait,
Resplendissantes d'ombre avançant dans l'immense,
Et chacune disait son nom et se montrait
   Où le nimbe de Jésus vibrait.

LIII

— « Moi, prophète de Dieu, moi sombre Malachie,
J'annonce de l'amour l'unique monarchie. »
— « Moi, prophète de Dieu, Moïse l'éleveur,
J'annonce l'aube immense où viendra le Sauveur. »
— « Moi, prophète de Dieu, moi le rude Isaïe,
J'annonce de l'amour la mission trahie ?
— « Moi, prophète de Dieu, Jérémie aux longs pleurs
J'annonce de l'amour les fertiles douleurs. »
— « Moi, prophète de Dieu, moi, morne Zacharie,
Je viens dire l'amour, immortelle patrie. »
— Moi, prophète de Dieu. David le repentir,
Je viens dire l'amour mon fils le Dieu martyr. »
— Moi, prophète de Dieu, Daniel, je dis l'heure
Où sous la main de l'homme il faudra que Dieu pleure. »
— Moi, prophète de Dieu, voyant Ézéchiel,
Je dis que Christ boira ses larmes dans du fiel. » —
Et leur nombre croissait. Ils vivaient du Messie.
   Leur sang signait leur prophétie. —

LIV

Or les temps sont venus de chasser les maudits,
Le vrai dit la nouvelle aux pauvres, aux petits.
Siècles futurs, debout ! Car la longue amnistie
Du mal va prendre fin. Le Christ a déchaîné
Le faible sur le fort. Le fort est condamné. » —
Et le bruit grandissait frémissant dans l'espace,
Comme l'eau colossale ou l'élément qui passe.
Et les échos disaient : « Dieu, Christ, fraternité. »
Et les échos disaient : « Dieu, Christ et vérité. »
Chaque atome, en passant, le vibrait aux atomes.
Les cœurs, les cieux, les mots criaient tous les idiomes.
Et les échos disaient : « Dieu, Christ et charité. »
Et les échos disaient : « Dieu, Christ et liberté. »
Et cette litanie était, sans lassitude,
      Comme est la belle certitude. —

LV

   Mais David couvrit tout de son vers inlassé :
Je l'ai vu, je l'ai vu délivrant le passé,
Je l'ai vu, je l'ai vu ! La croix était son trône ;
Ils avaient, sur son front, mis la rude couronne ;
A sa bouche, le fiel. Il pend, les pieds blessés
Et ses os dans sa peau par le poids transpercés.
      Il pend comme les trépassés. » —

LVI

La voix du vieux David fut à ce mot couverte.
Ce sang faisait un bruit dans cette plaie ouverte,
Béante. Un cri puissant frémit dans des sanglots,
Comme ces sons géants qui courent dans les flots.

O lamentations ! accents de voix navrée !
« Il pend, le Verbe ardent du bien, chair déchirée ;
Il pend, le doux lambeau de la divinité ;
Il pend, le prometteur de l'immortalité ;
Il pend, les mains en sang et la tête baissée ;
Il pend, chair déchirée et livide et glacée ;
Il pend, le flanc troué, parole trépassée ;
Il pend, les bras tendus comme pour enlacer
　　　Tout l'univers et l'embrasser ! » —

LVII

Mais Christ les entraînant plus avant dans l'espace :
« Le sang est un grand cri, le sang qui vient des cieux ;
C'est une mer fumante, implacable. Ma face
Livide est sur le monde et le fait radieux.
L'amour est la mémoire immense et sans adieux. »
Puis il les regarda. Tous les sombres visages
S'épanouirent grands. Tel ce calme qui suit
Dans les cieux étoilés les fraîcheurs de la nuit, —
Ils approchent des lieux où sont les paysages.
Dans une brume d'or, noire d'immensité,
Vapeur d'astres roulant l'énorme ubiquité,
Christ leur montre un point d'ombre en son orbe emporté.
« C'est elle, la patrie ! O Fils de la sagesse !
C'est la terre ! » Et, pleurant, il frémit de tendresse. —
Ineffable il regarde : un long frémissement
Agitait comme lui l'immense dévouement. —
Terre, toujours patrie à ces esprits célestes,
Ils t'avaient entrevue. Et des larmes funestes
　　　De leurs yeux coulaient lentement.

LVIII

Est-il possible, ô Dieu ! qu'un coin de la matière
Réveille encor nos cœurs dans ton éternité,

Quand on a pour pays la grande charité?
Quoi! ce néant, ce rien, cette motte de terre
Peut toucher l'œil qui voit les contemplations,
Et notre cœur aura des pleurs à sa misère,
A sa bassesse, ô Dieu, des lamentations!
N'est-ce pas de nos sens comme une idolâtrie?
Non, j'ai pleuré d'un toit, tremblé d'une prairie,
Et pourtant je sais bien qu'une est l'humanité,
Qu'une est la terre étroite, et qu'une est sa beauté;
Et pourtant je sais bien que la grande patrie,
     O mon Dieu! c'est ta vérité. —

LIX

Et le Christ dit : « Allons, mes fils, c'est là qu'on souffre.
Le grand drame du monde accourt du Golgotha.
Ma mort leur a montré, mais non comblé le gouffre;
La place du Seigneur n'est plus aux cieux; mais là.
L'homme combat, c'est grand! Venez, frères du Verbe,
Bien-aimés qui formez mes troupeaux et ma gerbe,
Instruments du Dieu bon, sans le connaître encor,
Venez voir comme on souffre alors que le Thabor
Et que le Golgotha combinent la lumière;
Venez souffler aux cœurs cette éternelle guerre,
     Vers les cieux éternel essor. —

LX

Les astres fuient. Eux sont où la lumière est pure,
Où l'air caresse chaste, où la grande nature
Flatte l'homme; où le beau ferait bon; où la nuit
Est un ruisseau d'argent dont l'idéal s'épanche;
Où la mer est l'azur dont la tempête fuit;
Où le fruit est de l'or se jouant sous la branche;
Où l'Éden est vivant dans l'atmosphère blanche.
« C'est Rome, » dit le Christ. — Ils n'ont jamais tremblé;

                                        3

Ils eurent peur. Ce nom fascine comme un songe. —
Ils eurent peur, car Dieu tressaille du mensonge. —
Ils cherchent l'homme ; ils voient l'animal accablé,
Traînant dans les égouts sa robe de faiblesse,
Écrasé sous le faix de sa divinité.
Être homme ! O mot royal ! ô suprême noblesse !
    O mot plein de sérénité !
« La sève des futurs bout dans ce sanctuaire, »
Dit le Christ. Dieu s'y tient. Son nom est Charité.
Partout le mal s'étend : lèpre, linceul, suaire.
Tous ces forts vont tomber dans l'immense ossuaire.
Ces faibles n'ont qu'un trou sous le sol empesté ;
    Mais leur âme a l'éternité ! »

CHANT II

LE PRÊTRE

PERSONNAGES

JULIUS HUMANUS,
MARCUS HOMUNCULUS, } Jeunes sénateurs.
SAINT PIERRE.
TIBÈRE.
CALIGULA.
MACRON.
GRAND PONTIFE.
FAUSTA, femme de Julius Humanus.
ASPASIE BACCHANTA, femme de Marcus Homunculus.
NÉCROBIE, dame romaine. — Chrétiens. — Payens. — Augures.
  — Sénateurs. — Courtisans. — Hommes du peuple. — Artistes.
  — Astrologues.
    Dans les chœurs le Christ et les grands hommes du passé.

CHANT II

LE PRÊTRE

—

CHŒUR.

(Dans les airs, les grands hommes du passé entourant le Christ,
Sur terre, les chrétiens entourant saint Pierre).

LE CHRIST.

Levez-vous, levez-vous, la gloire s'est levée !
Ouvriers de la vigne ardents à la corvée,
Criez par les cités, criez par les déserts
Le nom de Dieu, voilà l'accent des grands concerts.
Humanus, lève-toi, sublime tentative
Qui fait tout pour que Dieu dans l'humanité vive ;
Homonculus, surgis, gigantesque appelé
Qui désertes l'élu, dans la mort isolé ;
Viens Pierre porte-clefs et porteur de parole,
Les grands passés sont là, je suis votre auréole.
Allez donc, et criez : Charité, Charité !
　　Charité, c'est la guerre
En tous lieux, en tous temps, à perpétuité.
Pas de sang, pas de sang, et passant doux sur terre.
　　Allez et criez : Charité !
　　(Chœur des grands hommes entourant le Christ).

ORPHÉE.

O combat ténébreux ! Dans l'océan de l'âge
Mon œil au fond du gouffre a vu le grand mirage :
Je vois Léviathan tuer Léviathan.
Le Titan, sombre énigme, attaque le Titan.

HOMÈRE.

Corps contre corps tous deux et les dents enfoncées,
Les nageoires battant dans les chairs convulsées,
Ils vont vertigineux dans l'écume de sang.
Chaque flanc, pic terrible, a troué chaque flanc.

ESCHYLE.

Comme l'éclair grondant dans l'infini se rue,
Ils s'éloignent. Typhons debout tordant la nue,
Ils retournent fatals pour se briser du choc,
Ils vont mont contre mont, ils vont roc contre roc.

PINDARE.

Heurt lugubre ! un trou noir est béant sur les vagues,
Ils se sont enfouis. Plus rien. Jamais les dagues
N'ont d'une mer de sang fait plus grandir la mer,
Horreur ! les sphinx du temps sortent du flot amer.

DAVID.

Dressés, effroyants, fiers sur leurs terribles queues,
Ils se lancent, chemins de feu dans les eaux bleues.
Ils se brisent. Perdus comme un vent dans le bruit,
Ils sont aux profondeurs hurlantes de la nuit.

VIRGILE.

Un des deux cette fois, lentement, froid, inerte,
Rampe, le ventre blanc, dans la lueur déserte.
L'autre flaire, vainqueur, le cadavre puni,
Et passe maître et roi de l'immense infini.

PLATON.

C'est le bien, c'est le mal. Ce combat, qui le livre ?
L'homme atome géant qui d'infini veut vivre.
Raison qui se grandit, se dressant hors de soi,
Ver qui, rampant, vers Dieu monte et se lève roi.

MOÏSE.

Le monstre anéanti, c'est le mal. Et l'espace,
Mer des luttes, des heurts, des morts, mer où tout passe,
C'est l'immortalité, le vaste indéfini,
Gigantesque lien de l'homme à l'infini.

SAINT PIERRE ET LES CHRÉTIENS (s'avançant)

Au nom du Seigneur Dieu, nous, l'Église de vie,
      Nous venons parler et mourir ;
Nous venons secouer l'âme, cette asservie,
      Hommes, nous sommes l'avenir.

Le Christ a choisi Pierre et nous choisit. Apôtres,
Fronts touchés par son Dieu, petits devant les autres,
Nous sommes le volcan qui féconde et nourrit.
Tout principe rayonne austère de l'esprit ;

Jetons à l'univers toutes les conséquences,
Nous sommes les semeurs des divines semences.
Parlons donc et mourons. C'est l'heure, c'est le lieu,
Révélons l'homme à l'homme et révélons lui Dieu.

Le cœur dort, souffle obscur, dans un corps léthargique,
Pour y battre une vie étonnée et magique ;
Or, nous sommes le cœur dans ce monde romain,
Et nous battrons son sang dans ses veines demain.

Ouragans, nous soufflons le sublime incendie,
Du droit et du devoir la liberté hardie,
L'ordre naissant du vrai, le bien aux nations,
Le fier esprit de paix aux révolutions.

Que ce monde en son lit de luxure païenne
Se réveille inondé d'une sueur chrétienne !
Que l'homme, la famille et la société,
Aux ruisseaux éternels boivent la vérité !

Le bien n'a que nos cœurs, le mal a tout l'espace ;
Jupiter et Jésus, vous voilà face à face.
Voilà le grand combat que forts nous combattrons
Sous la face de Dieu ; parlons donc et mourons.

A nous, glaive du vrai, fer saint de la parole ;
    Par toi seul nous régénérons.
La tête et les pieds nus, la croix pour banderolle,
    Pour le BIEN, parlons et mourons.

UN CAVEAU, LIEU DE RÉUNION DES CHRÉTIENS

JULIUS HUMANUS, MARCUS HOMUNCULUS.

HOMUNCULUS.

Pour trouver un refuge au dégoût de la vie,
Je me marie, ami.

HUMANUS.

Devant Rome asservie,
Marcus, loin de plier il faut dresser le cœur.

HOMUNCULUS.

Tu veux guérir sa plaie?

HUMANUS.

Ou planer en vainqueur
Sur ces courants de boue et sur ces léthargies.
Nous sommes deux aiglons, les cieux vont sans finir,
Ouvrons notre aile forte aux vents de l'avenir.

HOMUNCULUS.

Va, laissons le présent sombrer dans ses orgies.
Je me marie, ami !

HUMANUS.

Moi, j'épouse Fausta,
Fille des Scipions. C'est la vertu chrétienne
En une race antique.

HOMUNCULUS.

Autant dire Vesta.
S'il en est, elle est pure. Aspasie est païenne ;
Mais chrétienne, païenne, elle est femme, toujours ;
Femme, caprice, vent, néant, en un mot femme.

Lâche ou fou qui dans Rome aspire à d'heureux jours !

HUMANUS.

Le plaisir a tué la force de ton âme,
Non sa noblesse, ami, mais son ardent bondir.

HOMUNCULUS.

Le passé de la vie entame l'avenir.
Est-ce à refaire ? non. Dans ce milieu sceptique,
Un seul cœur a-t-il donc son ressort énergique ?
Le doute a pris, sucé la moelle de nos os.
Dissous par le plaisir et par la tyrannie,
Nos courages s'en vont où tout court : au chaos.
Si je n'avais vécu dans ce temps d'agonie,
J'aurais comme un Gracchus, comme les Scipions,
Péri pour la patrie. Il n'est plus de patrie.
Aux fêtes nous savons mettre des lampions,
Nous payons les fallots dont on nous injurie.

HUMANUS.

Plus de patrie, hélas ! reste l'humanité ;
L'idée est le progrès fécondant la durée ;
Comme les grands aïeux morts pour la liberté,
Mourons pour une idée aux cieux même sacrée,
Et trempons l'avenir.

HOMUNCULUS.

Toujours grand, Humanus !
Tu voles haut ; trop haut, je ne suis plus.

HUMANUS.

Marcus !

HOMUNCULUS.

Un feu te brûle, ami, le feu des solitudes,
Tu fuis, cœur préservé, loin de nos servitudes,
Esprit près d'Aristote et cœur près de Caton,
Le miasme de mort fumant des turpitudes,
Ne peut pas t'engourdir dans les bras de Platon.

HUMANUS.

Ce temps à tous les fronts touche, et nous déshonore:
Partout j'ai trouvé l'homme en ce que l'homme adore;

Je voulais trouver Dieu. Je souffre, mais l'espoir
Est rivé là.

HOMUNCULUS.

Je doute. Et dans l'horizon noir
Je vais, chose vivante, âme morte.

HUMANUS.

Cette âme
En frappant sur le vrai, fera jaillir la flamme.

HOMUNCULUS.

La vie est un poids lourd ; j'en suis le portefaix.

HUMANUS.

Viens, comme deux lions en recherche de proie,
Levons-nous.

HOMUNCULUS.

Un cadavre enterré dans la joie !

HUMANUS.

Faut-il regarder tout de tes dédains distraits,
Tout garrotté de luxe et de jeux et de fêtes ;
Faut-il rire à ton cœur fatigué de tempêtes,
Railler l'âme de l'homme et nier sa raison !
Où faut-il, achevant l'immense trahison,
S'abîmer au torrent des grandes décadences,
Désespérer de Dieu, démence des démences !

HOMUNCULUS.

La volupté, vieux sphinx, garde ma tombe, ami.

HUMANUS.

Ton esprit voit l'idée en désespérant d'elle ;
Elle a son nid joyeux dans ton cœur endormi,
Et des germes mourants veut couver l'étincelle.

HOMUNCULUS.

Ami ! mon cœur n'a plus la trempe des héros,
Comme mon siècle usé j'aspire le repos.
O temps où l'on croyait, où l'ardente nature,
Déesse de beauté, vers l'homme se dressait ;
Où tout semblait divin de sa jeune parure,
Où Vénus au sein blanc en fécondant passait ;

Temps où tout était dieu, le tartare et les faunes ;
Où vices et vertus avaient aux cieux leurs trônes,
Où le mal et le bien se faisaient adorer !
Ah ! la foi, c'est la paix ! mieux cent fois ignorer !
Combien plus productive était cette ignorance
Qui faisait vivre, aimer les hommes enivrés,
Que ce savoir mal né, père de la souffrance,
Qui fait des morts vivants et des désespérés !
Allez fouiller les cieux, absurdes Prométhées,
A vos cent mille dieux récoltez des athées !
Cieux morts, cœurs morts ; car l'homme est sans virilité,
A l'heure où de ses Dieux meurt la divinité.

HUMANUS.

Il faut fouiller les cieux, il faut fouiller la terre,
Pour faire enfin solide et clair le grand mystère,
Jeter des dieux menteurs, c'est monter droit à Dieu.
Leurs olympes-tombeaux sont la cendre d'un feu.
Je sens bondir le flanc de la pensée enceinte,
Je sens courir dans l'air comme une chose sainte.
Je sens que le passé n'est plus qu'un froid cercueil,
Qu'un avenir est né de cet immense deuil ;
Je ne sais quoi de grand bruit à mon oreille,
Et des tressaillements de la terre si vieille,
Je sens que la stérile enfante sa merveille,
Que son sein s'est ouvert, que s'ouvre le ciel bleu,
Et du monde étonné je sens surgir un Dieu.

HOMUNCULUS.

Ami, je le connais, ton Dieu, c'est l'espérance,
De chute en chute, au fond montrant la délivrance.
Mais morte ou de dégoût, la folle a tout quitté,
Nous jetant au néant de la stérilité.

HUMANUS.

Le ciel vient à la terre et lui prête main forte.

HOMUNCULUS.

Les dieux sont morts, te dis-je, et la terre en est morte.

HUMANUS.

Je sens sourdre et bondir un nouvel univers.

HOMUNCULUS.

Tout a sombré. La barque est sous les eaux des mers,

HUMANUS.

La mer est le grand sein de la grande semence ,
Je te le dis, je sens une immense naissance.
Mon cœur a tressailli comme pour enfanter.

HOMUNCULUS.

Mon cœur mort ne peut plus seulement sangloter.

HUMANUS.

Le monde est toujours jeune et les hommes renaissent.
Des épaules des dieux que les manteaux s'affaissent !
L'Olympe peut tomber, le ciel toujous fécond
Recèle l'inconnu dans l'infini profond.

HOMUNCULUS.

Tout est dit. Rome a su prendre, pétrir le monde.
Le serpent dans ses nœuds et sous sa bave immonde
Tient tout et tout nous fuit. Rome a tout et tout meurt.
Elle est vaste; elle est belle, et sa haute clameur
Pousse sa voix d'airain aux confins de la terre ;
Mais l'âme meurt sans air, sans voix et sans lumière.
Des temples, des palais, des bruits, des mouvements,
Des sénats, des efforts, des mots, des monuments,
Tout ce qui fait la vie et le néant de vie.

HUMANUS.

Sans Dieu, sans liberté, l'âme râle asservie.

HOMUNCULUS.

Tout est dit. J'en ai vu de ces convictions ;
J'ai bu le flot amer des contradictions ;
J'ai pensé, j'ai voulu, j'ai pâli sur l'idée ;
La coupe aux vieux poisons est à terre, vidée.
Puis, je voulus aimer. A toute volupté
Je me jetai. Je sens, dégoût et conscience,
Que l'amour fut plaisir ; plaisir, stérilité.

HUMANUS.

Calme, je cherche un mot dans la grande science,
Un mot nouveau, géant, qui m'ouvre le divin.

Un vieillard va venir. Son nouvel Évangile
Donnera-t-il ce mot foi, raison, vie et fin?
Je conduirai ton cœur à ce dernier asile.
Adieu.

HOMUNCULUS.

Pour moi, je cours à mon dernier essai,
Et je vais de ce pas épouser sans délai,

(Exit Homunculus).

HUMANUS, absorbé.

Rêver Dieu, ce n'est rien; sache-le bien, mon âme.
Le rêve, c'est le doute inerte. Il faut la flamme.
Regarder dans le vent si Dieu nous apparaît;
Le demander aux flots, aux monts, à la forêt,
C'est pétrir une idole avec des poésies,
Des mots, des sons, des voix, du bruit, des fantaisies;
C'est sculpter un vain rêve, en fétiche avorté.
Je veux un Dieu vivant, esprit et volonté.
Oui, non. — Croire, douter. — Douter, ô mort immense!
Croire, ô vie! — Où va l'homme? où se perd sa semence?
Où vont les temps, l'esprit, l'âme, la nation?
Est-ce la fin ou bien la transformation?
Vrai cadavre vivant, qui, le matin, se dresse,
Qui bruit au soleil, qui s'agite, s'empresse,
Rome, le soir venu, retombe en son tombeau.
Je ne veux pas douter, c'est un trop lourd fardeau.
Je veux nier. Hélas! nier, c'est croire encore,
Sentir un vrai confus qui ne sait pas éclore.
Faut-il dire : Je crois, quand nous ne croyons plus?
S'enivrer, s'éblouir d'un bruit de mots obtus?
Trouver la fausse paix sous les mots d'un faux prêtre?
Faut-il jurer, bénin, aux paroles du maître?
Sous les absurdités plier un front moqueur,
Bégayer de la lèvre et nier dans le cœur?
Faut-il s'agenouiller devant son incroyance,
Et, pour trouver la paix, tuer sa conscience?
Croire est donc abdiquer le droit à la raison?
Religion n'est donc qu'une aveugle oraison?

Qu'un assoupissement? — Penser n'est donc qu'un piége?
Olympe ou vérité, lequel est sacrilége?
Je veux nier; mot sombre! instinct et non raison.
Mais où donc m'arrêter? Dans ce grand horizon
Mon esprit a sombré du temps à l'étendue,
Au plus profond du monde et par delà la nue.
Dans mon cœur éperdu, dans la fatalité,
Au bout de toute loi j'ai vu l'éternité!
L'éternité de quoi? Du monde ou de son Dieu?
Mystère qui tient tout, gigantesque moyeu
De la roue où gémit l'esclave créature,
L'esclave humanité dans l'esclave nature!
La nature! Pourquoi? Pourquoi l'humanité?
N'est-ce qu'un vain spectacle à son éternité?
Pour flatter son orgueil, Dieu fit-il nos faiblesses?
Et se croit-il plus grand, monté sur nos bassesses?
Folie en tout cela, folie, absurdités!
O douleurs de l'esprit! nuit des sublimités!
Mais qui me dira donc enfin la loi de l'homme?
Pourquoi, pour l'âme en deuil, Dieu n'a pas mis de baume?
Pourquoi l'homme est souffrant quand la brute jouit?
Pourquoi le trouble au cœur et la paix au granit?

(Saint Pierre entre pendant qu'Humanus pense, accablé).

SAINT PIERRE, HUMANUS.

SAINT PIERRE.

Toujours sombre, mon fils! As-tu fait la prière
Qu fera déborder Dieu dans l'âme?

HUMANUS
                              Assez, Pierre.

Je ne sais point prier.

SAINT PIERRE.
Prions.

HUMANUS.
                    Quel est le Dieu?

SAINT PIERRE.

L'infini, l'esprit pur.

HUMANUS.

Où donc est le saint lieu?

SAINT PIERRE.

Le cœur.

HUMANUS (exalté).

Pourquoi traîner aux déserts de la vie,
Sans qu'on ait consulté seulement ton envie,
Ton pas toujours empreint et toujours effacé,
Monstre moitié vivant et cadavre glacé,
Où l'être diminue, où le cadavre augmente,
Monde, homme, humanité, chose morte et vivante?

SAINT PIERRE.

Pour les cieux immortels.

HUMANUS.

Il me faut ces clartés.

SAINT PIERRE.

Viens donc voir l'homme et Dieu dans les éternités.

HUMANUS.

Prends garde! Tu seras ce qu'ont été les autres,
De pensers incomplets, les incomplets apôtres.
Ils soulevaient mon aile une heure, et je tombais,
Ces bégayeurs de faux enroulé de mots vrais.
Ma raison haletait à les suivre obstinée.
Sur les pas de Zénon elle s'est acharnée.
Pythagore m'a plu par ses austérités.

SAINT PIERRE.

Ils tronquaient l'homme.

HUMANUS.

Aussi, je les ai rejetés.
Deux hommes ont pourtant prolongé mes attentes :
Vaste éblouissement, doctrines éclatantes,
Aristote, le grand classeur de vérités,
Œil où resplendissaient les généralités.
Mais toi surtout, Platon, haute vision pure,

Qu'on aime en l'admirant jusqu'au fond du murmure ;
Toi qui, par les élans de tes sublimités,
Transfiguras Socrate et ses solidités,

SAINT PIERRE.

Et, dans ton cœur blessé, soufflent les vents du vide ?

HUMANUS.

Ce vide que Dieu seul comble... ou le suicide.
Sombre, je vais pleurer dans les temples, le soir,
Criant à l'Éternel de se faire entrevoir.

SAINT PIERRE.

Homme, Dieu te répond. La lumière est parole.
Un seul mot tient la loi, sans ombre, sans symbole :
Aime l'homme, aime Dieu. C'est là tout.

HUMANUS.

Mais comment ?

SAINT PIERRE.

Dieu vit, tout dans le tout, dès le commencement.
Toute pensée est lui, l'un, l'élément unique.
Mais l'être et la pensée ont la vie identique.
Chaque penser vivant forme les entités,
Prenant être et matière au feu des qualités,
Suivant que l'infini divise la pensée.
L'homme est une entité que Dieu même a tressée ;
Donc il doit reporter son âme à l'absolu.

HUMANUS.

Vieillard, ce que tu dis, je ne l'ai jamais lu.

SAINT PIERRE.

Mais Dieu fit l'homme libre en face de Dieu même.
L'être fatal n'est rien, n'aime pas quand il aime ;
La première des lois est donc la liberté,
Liberté, gage saint de la moralité.

HUMANUS.

C'est beau, c'est grand, c'est vrai. C'est l'essence éternelle
Et l'homme face à face. O pur lien ! loi belle !

4

SAINT PIERRE.

Tous les hommes, ces fils d'un des pensers de Dieu,
Sont fondus immortels dans l'éternel milieu,
Tous égaux par la mort, la naissance et la vie,
Frères par l'unité dans le germe asservie.

HUMANUS.

C'est bien l'humanité.

SAINT PIERRE.

           Faisons le dernier pas :
Où donc est Dieu? dis donc plutôt où n'est-il pas?
Est-il à l'infini néant qu'il ne pénètre?
Il n'est plus infini. Dieu, Pensée, est dans l'être,
Il est là devant toi, dans toi, dans nous, dans tous,
Comme la fusion dans le métal dissous.
Pénétrant un atome ou pénétrant un monde,
Les choses sont en lui qui toujours les féconde,
Chaque acte, chaque vie et le tout sont par lui.
Dieu vit donc, seul principe et nécessaire appui
Des êtres et de l'homme. Or, le vrai s'est fait Verbe,
Il a passé pur, grand, sans fouler le brin d'herbe,
Il a, dans un seul mot, mis toute vérité :
Le progrès par l'amour. Tout est là : Charité.
Le principe est amour et l'amour est la vie,
L'amour sera la fin par l'âme poursuivie ;
Pour y monter, la voie est encor l'amour.

HUMANUS.

Assez, mon père, assez; je vois tout sans faux jour.
Mon esprit est monté dans l'essence divine,
La lumière, à grands flots, inonde ma poitrine;
Dans l'homme fraternel je sens le ciel courir.
Noble fraternité qui s'accroît à mourir!
Et l'idéal de Dieu, c'est qu'aux échos du monde,
A la fraternité la liberté réponde.
Je n'en puis plus porter; assez, mon père, assez;
J'ai Dieu là dans mon sein, mes os en sont percés.
Je t'entends, ô Seigneur! quoique ta voix se taise;

Mon cœur peut donc s'épandre et t'adorer à l'aise ;
Je sens, je sais, je vois ce que je dois aimer ;
Dieu fort, je te connais et je sais te nommer.

SAINT PIERRE.

Adore donc ce Dieu sans voile et sans figure,
Dieu l'immatériel ; adore, ô créature,
Celui qui ne te veut que de ta liberté ;
Homme, adore en esprit, adore en vérité.

HUMANUS.

Sur les traces du Christ, mon père, je m'avance ;
A vous des mots sacrés la divine éloquence ;
Pour moi, je veux jeter le pur levain chrétien
Dans nos lois, dans nos mœurs, au sénat. Je sens bien
Tous les esprits fermés à la loi légitime.
Comme vous, il faut être ou vainqueur ou victime.

SAINT PIERRE.

O mon fils, lève-toi ; béni soit ton chemin,
Dans le champ-clos du mal bats le monde romain ;
S'il est trop tôt, ami, je bénis ton audace,
Politique, tu veux, le regardant en face,
Le changer par ses lois.

HUMANUS.

                    Je veux que l'empereur,
Je veux que le sénat soit notre avant-coureur,
Qu'ils dispensent d'en haut l'esprit du bien aux masses.

SAINT PIERRE.

Christ parlait aux petits ; ce sont pourtant ses traces.
Celui que l'on croira marche, fier conquérant,
Devant l'homme et les rois ; pauvre et ceint de courage,
Les peuples s'écriront, pressés sur son passage :
C'est la Vertu de Dieu, l'homme n'est pas si grand.
Ton œuvre est noble et sainte, et peut être féconde.
Parle, nous parlerons. — Nous secouerons le monde.
Si les lois d'un État relèvent les débris,
De ton grand dévouement tu recevras le prix.
Mais, si les lois ne sont que le résultat même
Des mœurs et de la foi, le principe suprême,

Alors tu reviendras combattre dans nos rangs.
Va donc; ton sang, partout, retrouvera nos sangs.

(Entrent les chrétiens.)

SAINT PIERRE, HUMANUS, FAUSTA, SES PARENTS CHRÉTIENS.

SAINT PIERRE.

Moi coupable envers Christ de toute ignominie,
Moi qui du Golgotha pus toucher l'agonie,
Moi qui dormais en lâche au torrent de Cédron,
Moi qui sentis sur moi le regard du pardon,
Moi qui l'avais voulu délivrer par l'épée,
Moi qui l'ai renié, parole entrecoupée,
Moi, que de son église, il avait fait l'époux,
Moi, Pierre, le premier et le dernier de tous,
Moi, bassesse, je viens relever vos faiblesses;
Je viens par l'Esprit-Saint, rajeunir vos vieillesses.
Prions, petits enfants, car les temps vont venir.
C'est le combat du sang qui nous va réunir.
Mourons la mort du Christ, mes fils, vivons sa vie,
Que mourir soit pour vous l'appétit et l'envie.
Nous sommes maintenant un bien petit troupeau.
Qu'ils sont grands les passés! que l'avenir est beau!
Des horizons des temps voyez le grand cortège
Qui de l'Un éternel seul a le privilége,
Terribles pour le mal comme doux pour le bien,
Et gardes inspirés du testament ancien.
Je sens sur nos fronts nus brûler vos grandes flammes
De sages et de rois, ô vous ardentes âmes,
Vous, David, Salomon, Jérémie, Isaïe,
Génie et vérité, sagesse et prophétie!
Vous fûtes conducteurs des temps jusqu'à Jésus.
Nous grandissons les cieux que vous aviez conçus.
Vous aviez la Judée et nous avons la terre,
Vous aviez Dieu caché, nous l'avons sans mystère,

Vous aviez la terreur et nous avons l'amour ;
Vous étiez une aurore et nous sommes le jour.
O mes petits enfants, gardez-vous bien sans taches.
Que vos taches au front soient le sang né des haches.
Aimez-vous, aimez-vous jusqu'à l'avènement
Du Seigneur Éternel, qui, comme un fort aimant
Tirera tout en haut par delà la nuée,
Lorsque viendra le temps de joie et de huée,
Lorsque les soleils morts et les cieux pâlissant,
Nous verrons le seul bon, l'heureux, le seul puissant,
Le roi des rois vivant sans fin sa vie entière,
Le Seigneur des seigneurs enfermé de lumière,
Celui qu'on sent partout et que nul ne peut voir,
Cet esprit que l'esprit peut enfin concevoir,
Qui seul habite au fond de son inaccessible,
Qui nous verse de soi tout le compréhensible,
Par qui tous nous allons à l'immortalité,
A qui seul est empire, honneur, éternité !
Prions le Seigneur Dieu d'être avec nous mes frères.

(Prière à voix basse — Entre un Messager.)

PREMIER MESSAGER.

J'arrive du pays qui dresse les calvaires,
Qui fait par l'échafaud les divines affaires.
Je te porte, vieillard, une lettre de Paul.
Il y souffre en prison, c'est homme qui fut Saul,
Après avoir souffert à Damas, à Corinthe.
Il salue, en priant, ton église la sainte.

SAINT PIERRE.

Gloire au Christ, gloire à Dieu ! Nous la méditerons
Cette lettre, demain ; car nous célébrerons
Étienne le Martyr.

(Prière à voix basse. — Entre un nouveau messager.)

DEUXIÈME MESSAGER.

Dans le fond de la Perse,

Matthieu, crucifié la tête à la renverse,
Est mort.

4.

SAINT PIERRE.

Gloire à Jésus et gloire au Seigneur-Dieu !
A toi, noble Martyr, vil publicain, Matthieu,
Gloire !

(Prière à voix basse. — Entre un nouveau messager.)

TROISIÈME MESSAGER.

Barthélemy, vieillard, en Arménie,
Vient d'être écorché vif.

SAINT PIERRE.

Heureuse litanie
Où chaque nom est saint ! Le sang est la sueur
Du travailleur divin ; il fait saint le tueur.
Te voilà donc venue, ô sanglante rosée !
Le Christ, ô mes enfants ! l'avait prophétisée.

(Prière à voix basse. — Entre un quatrième messager.)

QUATRIÈME MESSAGER.

Jean, pour qui le Seigneur éblouit les déserts
Des resplendissements de ses cieux entr'ouverts,
Vous mande de Pathmos, ô noble et pure église !
L'Apocalypse sainte. En Christ il fraternise.

SAINT PIERRE.

Gloire à Dieu ! Nous lisons, d'un esprit affamé,
Les révélations de Jean le bien-aimé ;
Et son aigle divin, nous prenant sur son aile,
Aux suprêmes clartés nous emporte et nous mêle.

(A l'assemblée entière.)

Hier nous étions muets, mornes, devant la croix,
Nous relevant chrétiens au signe du Dieu-Trois.
Déjà, frères, déjà vos pieds ont, sur ces pierres,
Du nord et du midi mélangé les poussières.
L'avenir est à nous, car l'avenir c'est Dieu.
Le sang, pour le vrai, coule, ô mon Christ ! en tout lieu ;
Ta voix a des échos immenses, nos supplices.

TOUS.

Gloire au Christ, gloire à Dieu !

SAINT PIERRE.

Portez les saints calices.

(Pendant qu'on prépare les calices de l'agape, Pierre unit les mains
de Fauïta et de Julius Humanus.)

A jamais, jeunes gens, soyez unis par Dieu,
Que votre feu s'épure aux ardeurs de son feu ;
Sa lueur est splendide en s'allumant à l'autre,
Car l'éternel amour engéante (1) le nôtre.

Engendrez dans la chasteté.

L'homme est l'aide des cieux dans la fécondité ;
Dieu seul fait vivre. O fils de l'union humaine !
Associés du Ciel, pure soit votre haleine,
Purs vos gestes, vos sens, vos mots et vos transports,
Et que les germes purs s'agitent dans vos corps.
O féconds ! soyez purs comme Dieu qui féconde.

(A l'assemblée entière qui se passe les calices.)

Le Seigneur soit à l'âme et que l'âme y réponde !

(1) *Ingigantisce.*

CHOEUR.

(Dans les airs, les vierges et les femmes pures du passé entourant le
   Christ. — Sur terre, chrétiens et chrétiennes entourant saint
                                                        Pierre.)

LE CHRIST.

Pierre, elle est loin la nuit où les Flambeaux marchaient,
Pierre, elle est loin la nuit où les cœurs trébuchaient,
Pierre, elle est loin la nuit où parlait la servante,
Pierre, elle est loin l'aurore horrible où le coq chante.
Fais des hommes ; c'est bien. — Pierre, écoute la loi :
Tibère est Dieu-Patrie, il est Pontife et roi.
Ami, je ne veux pas son royaume de boue ;
Mais, pour arracher l'âme à tout mal, je secoue
Les tyrans. A Dieu seul est le pontificat.
Entre l'esprit et Dieu tout obstacle s'abat ;
La liberté du vrai fait la route féconde.
Humanus, aux flots noirs jette la forte sonde,
Tu pêcheras l'abîme. — Et vous, enfants, chantez
Les doux secrets des cœurs qui ravissent la route,
Étapes de bonheur vers la céleste voûte,
Aux chemins des douleurs, lyres pures, chantez.

                         (Chœur de vierges et de jeunes filles.)

ANTIGONE.

Dans les hauteurs, loin des poussières,
Loin des fanges, près des lumières,
Aux flots blancs de la pureté
Où l'âme sent sa vie éclore,
Au regard du Dieu que j'adore,
Elle croît, la Virginité.

UNE JEUNE FILLE CHRÉTIENNE.

Dans l'éther chaste où Jésus pense,
Pas une vapeur ne balance ;

Dans le ciel, blanche immensité,
Et sur la mer, reflet immense,
Pas une ride ne s'avance;
C'est ton image, ô pureté!

UNE VESTALE.

Lys épanoui, jeune fille,
Pureté, corps où l'âme brille;
Ève qui n'a pas vu l'Adam,
Amour qui dédaigne la terre,
Qui d'un vol traversant la sphère,
Se jette à Dieu d'un seul élan.

UNE JEUNE FILLE CHRÉTIENNE.

Comme à son aïeul appuyée,
Dans le parfait toute liée,
Elle se repose au ciel bleu.
Là, son œil contemple sans voile,
Car son regard n'a pour étoile
Que la pureté de son Dieu.

UNE SYBILLE.

Elle va d'où vient la rosée,
Où resplendit, divinisée,
La prière du Tout dans l'un.
Où les puretés sont fécondes,
Où les chastetés font les mondes,
Où l'amour s'épand en parfum.

(Chœur de femmes et d'épouses chrétiennes.)

UNE JEUNE FEMME CHRÉTIENNE.

Fécondité, c'est le mystère,
Aux cieux, comme aux flancs de la mère.
Mère, être où, dans un rayon pur,
Le Ciel, en femme radieuse
A mêlé la vierge pieuse
Avec l'ange aux regards d'azur.

UNE JEUNE FEMME CHRÉTIENNE.

Son front rayonne une lumière,
Est-elle vierge, est-elle mère?

Vierge est son cœur, vierges ses yeux.
Ses fils sont-ils, vivants prodiges,
Comme de belles fleurs sans tiges,
Échappés de ses flancs pieux?

L'ÉPOUSE DU CANTIQUE.

Quand l'enfant rit sur la pelouse,
Il dit : Ma sœur, à cette épouse,
Et dans ses yeux trouve la foi.
Source où boit le cœur et la lèvre,
Son regard, plein de chaste fièvre,
Vient dire à l'amour : Lève-toi.

LA FEMME FORTE DE L'ÉCRITURE.

Frissonnement saint et superbe,
Elle voit l'homme au front de Verbe
Porter son regard jusqu'à Dieu;
Elle contemple, et, côte à côte,
Elle sent son âme plus haute
De la sainte effluve de feu.

UNE JEUNE FEMME CHRÉTIENNE.

Bénis la fécondité chaste,
Père de l'éclosion vaste,
Semeur de la fécondité,
Enfantement que rien ne lasse,
Versant l'être à l'immense espace,
Ce flanc de ta maternité !

CHANT III

PEUPLE ET PONTIFE

CHANT III

PEUPLE ET PONTIFE

———

Place publique devant le temple de Jupiter.

HOMMES DU PEUPLE assis et couchés.

LE CHEVALIER RUINÉ (entrant).
Des festins, mes valets, des jeux, mes serviteurs.
    PREMIER HOMME DU PEUPLE (se relevant à demi).
Tes valets, qui sont-ils ?
      LE CHEVALIER RUINÉ.
          Parbleu les sénateurs,
Valet, va me vider l'équateur de panthères
Le pôle d'ours blancs et le ciel de chimères.
      PREMIER HOMME DU PEUPLE.
Valet, élève-moi de hauts gladiateurs.
      UN AUTRE.
Sus, sus, valet, je veux tous les tigres d'Asie.
      UN AUTRE.
Tous les lions d'Atlas.
      UN AUTRE.
        Tous les loups de Mésie.

PREMIER HOMME DU PEUPLE.

Ou bien tous, aux lions, jetons les sénateurs.

LE CHEVALIER RUINÉ..

Hurrah, triomphateurs, et mon valet suprême,
O valet, sans égal, c'est Tibère lui-même.

TOUS.

Vive le Roi-Valet, hurrah, hurrah, pour lui.

LE CHEVALIER RUINÉ.

O César, vieux roué, c'est un robuste appui
Qu'un million de bras. Cela vaut bien les fêtes
Dont tu sais amuser nos cinq cent mille têtes ;
Cinq cent mille Romains, mes chers, fort peu Romains,
Ramassis de la terre....., et les rois des humains. —

PREMIER HOMME DU PEUPLE.

Étiez-vous, ce matin au cirque, et sans fatigue
Avez-vous vu Typhus transpercer Mordicus,
Bibus, Cactus, Mucus, Rebus, Viscus, Moschus,
Blocchus ?

LE CHEVALIER RUINÉ.

Beau coup secret !

UN AUTRE.

Divin !

UN AUTRE.

Ce coup m'intrigue.

UN AUTRE.

Le grand Blocchus disait à son école hier,
Qu'il le savait par cœur.

PREMIER HOMME DU PEUPLE.

Eh bien, qu'il en soit fier
Et l'enseigne tout frais à l'une des trois Parques.

LE CHEVALIER RUINÉ (se couche au soleil).

Laissez dormir un des cinq cent mille monarques. —

PREMIER HOMME DU PEUPLE.

Nous venons de traîner Galgachus à l'égout,
Je suis las.

UN AUTRE.

Les rois saouls, cela tient mal debout.

PREMIER HOMME DU PEUPLE (se soulevant).

Quand vers la roche tarpéienne
Nous courions, en hurlant la haine plébéienne,
Comme il sautait ce corps de sentiment privé,
La tête en bondissant sonnait sur le pavé.

UN AUTRE.

Le cou tordu cassa,

UN AUTRE.

Que devint donc la tête?

UN AUTRE.

Un chien nous l'a volée, immense et fière bête.

UN AUTRE.

L'avons-nous disputée contre ces chiens hurlants
Qui dans les trous du corps plongeaient leurs nez sanglants ! —

PREMIER HOMME DU PEUPLE.

Écoutez : Le pontife a promis pour nos fêtes
Des Juifs qui sont chrétiens pour les jeter aux bêtes.

UN AUTRE.

Ces moroses sont gens de griffe et de couteaux.

PREMIER HOMME DU PEUPLE.

On les vêtira tous de poix, et sous les porches
On les allumera, deux fois vivantes torches ;
Les flammes à leurs fronts seront les chapiteaux ;
Et dans le cirque, amis, les belles femmes nues
Dont nous verrons tomber les tigresses repues.

LE CHEVALIER RUINÉ.

Absurde. Je ferais dévorer de baisers
Les femmes par nous tous, lions apprivoisés.
Ce serait de haut goût : Dans les places publiques
Lits d'airain et vins d'or, chants, festins olympiques,
Et les femmes, amis, expirant de plaisirs.

LE PREMIER HOMME DU PEUPLE.

Je te vote l'empire, homme aux vastes désirs.

LE CHEVALIER RUINÉ.

Va, dormir au soleil est la plus douce chose:
L'herbe est tiède et le vent chasse un parfum de rose,

Et j'étais chevalier ! Diogène eût été
Ton plus grand philosophe, ô plate humanité,
S'il eût dans son tombeau mis la philosophie.

LE PREMIER HOMME DU PEUPLE.

Et s'il avait pu voir un cirque.

LE CHEVALIER RUINÉ.

Je défie
Qu'on me prouve jamais que tout ne va pas mieux
Que lorsque tout Romain, avec ou sans aïeux,
Criait, votait, suait pour la chose publique.
Hurrah pour toi, Tibère; à bas la république !

UN AUTRE.

Et Séjan qui ce soir fait le grand festin

LE CHEVALIER RUINÉ.

Je dis : hurrah Séjan ! de mon plus beau latin.

UN AUTRE.

Et Marcus qui demain donne la grande fête.

LE CHEVALIER RUINÉ.

Soit.

TOUS.

Hurrah pour Marcus !

LE CHEVALIER RUINÉ.

Est-ce assez de tempête?

UN AUTRE.

Julius qui nourrit tout le peuple romain
Durant un mois.

TOUS.

Hurrah !

LE CHEVALIER RUINÉ.

C'est un républicain.
Hurrah pour les enfers !.. mais pas de république
Et que l'on dorme en paix comme le vieux cynique.

(Ils se couchent et s'endorment.)

Dans le temple de Jupiter.

(Hécatombe dans le fond. — Le grand Pontife. — Premier Augure.)

LE GRAND PONTIFE.

Dépêchons : comme tous on t'a calomnié.

PREMIER AUGURE.

On m'a dit : mystifie ; et j'ai mystifié.

LE GRAND PONTIFE.

Pas mal. Dis-tu que moi, Pontife inamovible,
Pour les poulets sacrés, j'ai seul l'œil infaillible ?

PREMIER AUGURE.

Je le dis.

LE GRAND PONTIFE.

Jettes-tu l'anathème, ô docteur,
Contre qui se refuse à donner au quêteur !

PREMIER AUGURE.

Par mes soins chaque jour une feuille publique
Du fer de l'injure cynique
Marque le front de l'incroyant,
Hurlant, déchirant, aboyant,
Mon iambe suffoque. —
S'il ne tombe pas à genou
Plus d'un se met la corde au cou,
Tout comme Lycambé sous le vers d'Archiloque.

LE GRAND PONTIFE.

Très-bien, caresses-tu les superstitions?
Mets-tu les novateurs au ban des nations?

PREMIER AUGURE.

Les chrétiens ! mais hier par un sage artifice
J'ai semé le faux bruit que dans leur sacrifice,
Ils dévorent les chairs d'un enfant par lambeaux ;
Les mères trembleront d'autels faits de tombeaux.

LE GRAND PONTIFE.

Très-fort.

PREMIER AUGURE.

Père, je mords, je déchire, je hue,
Et je laisse aux mordus un venin qui les tue :
La haine et le mépris.

LE GRAND PONTIFE.

Et près des empereurs?

L'AUGURE.

Je calomnie.... et sais payer les délateurs.

LE GRAND PONTIFE.

Tu me parais sincère. Assez. Parfait augure,
Ne crains pas qu'à mes yeux quelqu'un te défigure.
(L'Augure baise le bas de la robe du grand Pontife et va vers l'Hécatombe. — Vient un deuxième augure appelé par le grand Pontife).

LE GRAND PONTIFE.

Dépêchons : comme tous on t'a calomnié.

DEUXIÈME AUGURE.

De l'antique croyance on a répudié
La raison. J'aime Dieu. Je ne saurais pas dire
Qu'un augure qui voit un augure sans rire
Est un fou. Je combats les superstitions
Et ne veux point souffrir que les religions
Ne soient que de l'orgueil monté sur la puissance,
Et gorgé de plaisirs.

LE GRAND PONTIFE.

Homme plein d'arrogance,
Je sais que l'on te dit un savant écrivain,
Digne du vieux Varron le plus savant romain,
Mais aux banquets secrets tu ne veux pas te rendre.

DEUXIÈME AUGURE.

Père, puisqu'il me faut à vos pieds me défendre,
Là, l'on se rit de dieux.....

LE GRAND PONTIFE.

C'est trop, l'on m'a dit vrai,
Ta vertu n'est qu'orgueil. Savant, je te ferai

Savoir toute science en un mot sans figures:
La vérité se fait par le corps des augures.
Écoute, altier niais, plein d'érudition,
Sans ton savoir malsain, donne-moi des mystères,
Bien stupides surtout, de l'or, des cimetères,
Des prêtres, des bourreaux ; l'absurde fiction
Va faire en grandissant une religion
Plus vivace cent fois que tes phrases austères.

DEUXIÈME AUGURE.

Laissez-moi donc partir, ô Pontife sacré.

LE GRAND PONTIFE.

Partir ! de l'augurat montant chaque degré,
Tu connais les dessous. Mais, c'est de l'impudence !
Va donc aux souterrains ruminer ta science.
Front cerclé de lueurs, de douceurs, aux cachots !

DEUXIÈME AUGURE.

Aux cachots ! c'est le prix de ma vertu !

LE GRAND PONTIFE.

                                    Des mots !
Ceux qui font la vertu, ce sont les seuls augures.

(Deux augures garrottent le deuxième augure et l'entrainent.)

LE GRAND PONTIFE, bas à l'un deux.

Va, qu'il meure.

LE TROISIÈME AUGURE.

        Il est mort.   (exeunt.)

LE GRAND PONTIFE, seul.

                    J'apprends à vivre aux sots.
Cette ardeur de raison veut de fortes mesures.
Ce goût de voir au clair perd notre décorum.
Où vont les temps ? va-t-on crier comme au forum ?
Pour ces libres penseurs c'est de l'hypocrisie ;
Qui paiera, dites-moi, les temples, l'ambroisie,
Les augures, l'argent, l'or, les riches habits,
Les marbres, les tableaux, les repas, les crédits,
Si l'on s'en va tout haut crier le fond des choses.
C'est fourbe et fausseté ! c'est remonter aux causes,
Dogme ! c'est politique, ordre, société,
La raison, le savoir, la belle absurdité !

Il te fallait crier : liberté, Dieu, justice,
Après ta lourde phrase à détruire le vice.
Ils croient avoir tout dit, s'ils ont philosophé,
Si sous un syllogisme ils vous ont étouffé.
La doctrine, niais, et qui donc s'en occupe ?
Par la philosophie a-t-on fait une dupe ?
Quand nous avons de l'or et de l'autorité
Tout va bien. — Ainsi soit de la témérité !

(Le cortége nuptial de Marcus Homunculus, entre dans le temple.)

LE GRAND PONTIFE.

Tout l'Olympe est en joie à vous voir dans ce temple,
Offrir le don sacré. Qu'il soit grand, haut, digne, ample. —
Les boucs, les veaux, les porcs, les bœufs, les taureaux noirs,
Ont dit vos nuits d'amour et vos jours pleins d'espoirs.

HOMUNCULUS.

Bavards !

LE GRAND PONTIFE.

Les grands présents assurent les auspices. —
Des dieux à qui l'on donne on fait des dieux propices.

(Des esclaves déposent les présents de Marcus Homunculus.)

LE GRAND PONTIFE, à part.

Cette Aspasie est belle. (A un augure.) Et les poulets sacrés ?

HOMUNCULUS.

O poulets, n'allez pas être mal inspirés !

(Il donne de l'or à l'augure qui sort.)

Pontife, montrez-nous vos trésors, vos tiares,
Vos diamants, vos ors, vos perles, vos simarres.

LE GRAND PONTIFE.

Ce sont choses du culte !

ASPASIE.

On verra sans toucher.

LE GRAND PONTIFE.

Jupiter tonnerait s'il les voyait tacher.

(Aux augures.)

Portez mes manteaux d'or, mes tiares, mes pierres,
Et quand ils passeront, qu'on fasse des prières.

HUMANUS (à Homunculus).

Ah! la fatalité nous tient par un fil sûr
Tressé d'or et d'argent, que tire un prêtre obscur!
(Les augures ont apporté et étalé les manteaux sur les autels.
. Tous regardent).

LE GRAND PONTIFE.

Toutes ces robes sont mes robes de soirée.
   (bas à Aspasie).
Es-tu née, Aspasie, à l'écume des flots
Comme naquit, dit-on, la belle Cythérée,
A la première aurore au sortir du chaos,
Ou comme un Dieu du nord, des gouttes de la neige
Sur le lait virginal des plaines de Norwége?

ASPASIE (coquette montre une étoffe).

Et ces gouttes de lait sur la pourpre de Tyr!

LE GRAND PONTIFE (bas).

Moins pures que ton sein.

LA DAME ROMAINE.

                Et l'œil bleu du saphir!

ASPASIE.

Sur ces tissus d'argent l'émeraude frissonne!

LE GRAND-PRÊTRE (bas).

Ils sont pour toi. Ta beauté me rançonne.

ASPASIE.

Et ces manteaux d'azur jouant en reflets d'or!
Ces diamants persans!

LE GRAND PONTIFE (bas, laisse tomber un diamant qu'il présentait
                à Aspasie).

                Tu les prendras encor
Si tu veux me donner une nuit étoilée.

HOMUNCULUS (s'avançant toujours railleur).

O Pontife charmant, voix chaste, main troublée,
Plus de calme; tu fais tomber un diamant
Et rougis de le perdre ainsi qu'un jeune amant. (Il le lui donne.)
     (Tous regardent de nouveau les trésors).

LE GRAND PONTIFE (bas).

Galathée, es-tu donc retournée à ton marbre?
Ton sein, Daphné, sent-il l'étreinte de ton arbre?

B.

ASPASIE (bas).

Julius vous observe. (Elle montre un diamant.)
                    Une étoile à midi!

LA DAME ROMAINE.

Une rosée en pierre!

HOMUNCULUS.
                    Un soleil refroidi?

ASPASIE.

Ce rubis, c'est Vénus se levant rouge encore
Des rayons du couchant!

LA DAME ROMAINE.
                    Cette opale est l'aurore.

ASPASIE.

Voici les yeux brûlants et doux des Orions.

HOMUNCULUS.

Enfin, c'est un écrin de constellations.

LA DAME ROMAINE.

Ces diamants vous ont les traits du Sagittaire.

HOMUNCULUS.

Et cela touche au cœur.

LA DAME ROMAINE.
                    Tous les feux d'un cratère.
N'aveugleraient pas plus, vacillant dans les yeux.

HOMUNCULUS.

Prométhée a-t-il donc ravi de plus beaux feux!

ASPASIE.

Le vertige vous prend.

LA DAME ROMAINE.
                    Quel rayon de lumière
Fait vibrer et briller et vivre cette pierre!

LE GRAND PONTIFE.

Et la grosseur!

HOMUNCULUS.
                    Ce sont de vrais œufs de Léda.

LE GRAND PONTIFE (solennel).

Là, tout est du Caucase et là du mont Ida.

Je ne veux point parler de mes orfèvreries,
Des peplums, palliums, aubes et broderies,
De ma table, des vins, ce présent de Bacchus :
Lucullus chaque jour dîne chez Lucullus.

HOMUNCULUS (toujours railleur).

O divin Lucullus, la plus forte des têtes,
Grand vainqueur de cuisine autant que de conquêtes,
Le laurier-sauce au front, triomphateur romain,
Tu traînes l'Orient une murène en main,
Et l'indigestion au bout de ton épée
Court et te suit partout, cuisine d'Epopée.
Gaster, voilà le dieu. Le pontife l'a dit :
Lucullus est prophète. Incroyant, sois maudit.

L'AUGURE (rentrant).

Les poulets très-divins mandent d'heureux messages.

LE GRAND PONTIFE.

Ont-ils mangé de face et d'un bec dégagé ?

HOMUNCULUS.

Bah ! je dis que le tout, c'est qu'ils aient bien mangé.

LE GRAND PONTIFE.

Avec de tels présents, avec de tels présages,
Les destins sont à vous. Cependant, ô Marcus,
Un présent manque encore au doux cœur de Vénus,
Je sens qu'elle est jalouse aux yeux noirs de Madame.

HOMUNCULUS.

Sa colère une nuit nous ferait quelque drame !

LE GRAND PONTIFE.

Vous, idole aux bras blancs, apaisez Apollon.

HOMUNCULUS.

Il vous tuerait Marcus, comme Achille, au talon !

LE GRAND PRÊTRE.

Certes, s'il voit passer ce rival magnanime,
Ce geste de vainqueur et que la grâce anime,
Pressant de son char d'or ses coursiers lydiens
Que, bien bas, nous disons aussi beaux que les siens.
A Vénus un présent, à Phébus Hécatombe,
Vous êtes assurés tous deux contre la tombe.

HOMUNCULUS.

Tiens donc pour l'Hécatombe et tiens donc pour Vénus.

(Tous les Augures se précipitent autour de Marcus et demandent.)

UN AUGURE.

Pour Cupidon?

HOMUNCULUS.

Prends donc.

AUTRE AUGURE.

Pour le dieu Thalamus?

HOMUNCULUS.

Prends.

AUTRE AUGURE.

Je tiens le taureau.

HOMUNCULUS.

Prends.

AUTRE AUGURE.

Et moi la génisse.

HOMUNCULUS.

Prends.

AUTRE AUGURE.

Moi le couteau.

HOMUNCULUS.

Prends.

AUTRE AUGURE.

Priape soit propice.

HOMUNCULUS.

Prends.

AUTRE AUGURE.

Pour Hécate?

HOMUNCULUS.

Prends.

AUTRE AUGURE.

Pour la virginité?

HOMUNCULUS.

Tenez pour tous les dieux de la crédulité.

(Il jette de l'or à pleines mains dans le temple, les Augures ramassent.)

LE GRAND PONTIFE, regardant les augures ramasser l'or et pesant
la bourse qu'il a reçue (à part).

Du pouvoir, du plaisir, des étoffes d'Asie,
Des femmes, des chevaux et bientôt Aspasie.

HUMANUS (s'avançant).

Vous finissez enfin ! — O Pontife romain,
Etale tes tissus bien soyeux à la main.
    Comme une femme à sa toilette
    Pour y mettre une bandelette
Arrache de ton front la vénération.
Prêtre, mendiant d'or et de donation,
Envieux de l'épouse et l'œil plein d'adultères,
Fais prier tes servants avec des mots austères,
Devant tes monceaux d'or et non devant tes dieux.
Toi qui crois être prêtre, as-tu donc en ton âme
Le feu qui s'alimente à l'éternelle flamme,
    As-tu le feu secret des cieux ?
Vas-tu donc où l'on meurt, vas-tu donc où l'on souffre,
Le front consolateur te jeter dans le gouffre ?
Le prêtre est dévoûment, le prêtre est pauvreté,
Ou son grand nom de prêtre est une flétrissure.
Hommes d'ambition, de luxe, de luxure,
    Le prêtre est chasteté. —
Augures corrompus par ce temps corrompu,
Grands ignorans du ciel, vos dieux vous ont repu
De mensonges. Leur roi, dans d'ignobles mystères
Peupla le monde entier de bâtards adultères,
Et l'Olympe divin d'incestueux bâtards.
Qui de vous confirait, répondez, ô vieillards,
Sa fille à Jupiter ?... Et vous êtes ses prêtres ! —
Quand l'homme ne sait pas qu'au ciel sont ses ancêtres,
Que Dieu seul l'a créé par le Verbe et l'Esprit,
Haletant, éperdu, baissant son œil proscrit,
Il voit autour de lui des forces inconnues.
Les fureurs de son cœur, effroyables cohues,
L'effraient ; et sa terreur lui fait partout des dieux.
L'Égypte et l'Assyrie avaient mis dans leurs cieux

L'animal avant l'homme. A l'homme était la crainte.
Puis quand l'homme eut vaincu sous sa puissante étreinte
L'animal fait esclave, alors il est resté
Devant ses passions encore épouvanté.
Il a divinisé ses désirs, ses furies,
Qui le traînaient aux vents de leurs bizarreries. —
Or, nous avons appris, nous les fils du Très-Haut,
Que Dieu peut vaincre en nous le mal. Hommes, il faut
Que le bien, que l'amour de la vérité sainte
Subsistent seuls au cœur et soient la seule crainte.
Voyez couler du fond des orients obscurs
    Ce flot de lave débordée
Du Calvaire, volcan des hauts monts de l'idée,
Il va fondre les dieux, les rois, et les cœurs durs.
Mon Dieu dissout vos dieux d'un mot de sa parole,
Comme va sous vos yeux tomber l'impure idole,
    Tous tomberont, et les futurs
Au seul pur resteront attachés toujours purs.
    (Il renverse la statue de Priape).

HOMUNCULUS.

Que fais-tu, Julius, rions de la sottise.

HUMANUS.

O Marcus, ton grand cœur avec le mal pactise.

FAUSTA.

C'est beau, mon Julius, c'est grand, je t'aime ainsi,
C'était quand tu parlais comme des sons étranges,
C'était dans l'air des cieux comme un grand cri des anges.
Est-ce ton œil ce feu pour moi si radouci ?
Julius, Julius, je t'aime, je t'admire.

HUMANUS,

J'en ai besoin, Fausta ; d'autres sauront maudire.
    (Le cortège sort du temple.)

Sur la place publique, devant le temple de Jupiter,

PANORAMA DE ROME DANS LE FOND.

(Cortége de Marcus. — Hommes du peuple. — Tibère, Macron
arrivent déguisés).

TOUS LES HOMMES DU PEUPLE.
De l'or, de l'or, de l'or, de l'or, de l'or, de l'or;
Joie et vie à Marcus.
LE CHEVALIER RUINÉ. (Au premier homme du peuple).
Va donc, voix de Stentor.
PREMIER HOMME DU PEUPLE (se dressant).
Un pas et ce couteau videra vos poitrines,
J'ai besoin d'un sérail de trente Messalines.
Que voulez-vous de l'or que Marcus va jeter?
AUTRE.
Jouer.
AUTRE.
Boire.
AUTRE.
Manger.
AUTRE.
Et moi, vous le prêter,
Hommes de passions, au taux cent.
LE CHEVALIER RUINÉ.
Douce idylle!
O maître Anacréon, je le donne à Bathylle,
Au son des voix d'amour que je ferai chanter.
UN AUTRE.
Moi j'aurai dix lutteurs.
UN AUTRE.
Pour moi j'aime l'ébène
Et j'achète demain une noire africaine.
(Tibère rit en les regardant).

PREMIER HOMME DU PEUPLE (à Tibère).
Tu veux courir à l'or, vieux ?

TOUS (riant).
Ah !

PREMIER HOMME DU PEUPLE.
Qu'en ferais-tu ?

(Le cortège passe, Marcus fait jeter de l'or par ses esclaves, les
hommes du peuple se battent. — Tibère aperçoit Fausta près
de Julius).

TIBÈRE (à Macron).
Macron, cette candeur, ce grand air de vertu
Il me faut cette femme.

MACRON.
Elle s'est mariée

Tantôt à Julius.

TIBÈRE.
Quelle soit épiée,
Enlevée. — Un œil pur ! il en est donc encor !
Il me la faut.

(Le premier homme du peuple ramassant de l'or, entend ce dern'er
mot).

PREMIER HOMME DU PEUPLE.
Tombons le vieux, il veut de l'or.

TIBÈRE.
Il te serait plus sain de ravaler ta langue.

PREMIER HOMME DU PEUPLE.
Ce bras va sur ton crâne achever ta harangue.

MACRON (bas).
Supportez cette injure.

TIBÈRE.
Allons, assez, maraud.

PREMIER HOMME DU PEUPLE.
Ça fait son sénateur.

TIBÈRE.
Il a le verbe haut.

PREMIER HOMME DU PEUPLE.
Vieux vautour, vieux hibou, vieux héron, vieux superbe.

TIBÈRE.

Il a le substantif aussi haut que le verbe.

PREMIER HOMME DU PEUPLE.

Ah ! c'est trop à la fin.

(Il s'avance le poing levé).

TIBÈRE.

Ça ! ne t'agite pas,
Et cours un peu peu plus loin remuer tes longs bras ;
A chaque mouvement tu lances ta vermine.

LE CHEVALIER RUINÉ.

Le vieux a de l'esprit.

PREMIER HOMME DU PEUPLE.

Voyez-vous le flamine !
Depuis qu'il est au monde il a bien englouti
Huit cents bœufs, mille veaux qu'il dévore en rôti,
Plus cent mille ortolans, cinq cent mille crevettes,
Et des gibiers sans fin arrangés en brochettes,
Plus mille porcs au moins, une mer de poissons,
Plus vingt mille poulets dans des lits de cressons ;
Tu t'es en un seul mot, fait passer par le ventre
Tous les êtres vivants enfouis dans cet antre.
Et tu n'as pas le cœur de nourrir un seul pou
Ou quelque sombre puce enfouie en ce mou
De ta sainte substance autant alimentée !
Vieux riche sans argent, égoïste pâtée,
Les pauvres n'ont pas tant dévoré dans leurs maux,
Mais nous donnons de nous à tous ces animaux.
Voilà le généreux ! Ah ! tu crains la vermine,
Le pou trouble monsieur, la puce le chagrine,
Crains-les donc un peu plus avec ce poing au bout.
(Il frappe Tibère. — Tous rient. — Humanus sort du cortége et
    jette d'un coup l'homme du peuple à terre.)

HUMANUS.

Quand Dieu laisse en respect la vieillesse debout,
Vous venez à son front arracher sa couronne.
Qu'avez-vous donc de saint ? Vos pères ? non, personne.
Arrière, malheureux ! baisez le sol sacré
Foulé par la vieillesse à l'esprit inspiré,

L'aurore de la vie est la faible jeunesse
N'est-ce donc rien pour vous l'âge, cette faiblesse
    Aurore de l'éternité?
Arrière. — Il faut de l'or à ta cupidité. (Il jette de l'or.)
En voilà, prends-le donc. — Et toi que l'âge accable,
Voulais-tu disputer l'or de ce misérable?
Mon palais est ouvert, tu peux y demeurer
    Devant Dieu libre d'expirer. (Il sort ainsi que le cortége.)

TOUS LES HOMMES DU PEUPLE.

Hurrah pour Julius!

TIBÈRE.

    Souviens-toi de la femme
De ce sauveur bavard qui vient nous faire un drame.
Enlève prudemment, mais bientôt, mais demain.

PREMIER HOMME DU PEUPLE.

Poignet de portefaix sous cette blanche main,
J'aime ce Julius. Battre l'un d'éloquence,
Battre l'autre du poing, puis venir sans jactance
Battre le monde entier de générosité,
C'est un homme. Hurrah! Va, ta prospérité
N'aura nul serviteur à tes pas plus fidèle!
Que sa main pleine d'or mes amis était belle!
(Tous les hommes du peuple suivent le cortége en criant. Macron
    veut suivre le premier homme du peuple. Tibère le retient.
    — Le jour baisse. — Rome s'éclaire de feux.)

TIBÈRE.

Laisse vivre ce drôle. Il est fort résolu.
Un empereur, mon cher, plus il est absolu
    Vit par les viles populaces.
J'aime ces gredins-là, ces vivantes menaces
    De tout sentiment noble et grand.
Je fais mon chien d'arrêt du tigre se vautrant.
Cela sait d'un couteau trouer une poitrine,
    Pille aussi bien qu'il assassine,
Le tout pour un peu d'or et pour beaucoup de vin.
Pour pétrir les sénats, il nous faut ce levain. —
Canailles et soldats, voilà mon idéal!
Oh! soldat est fort bon, aimant le sang, brutal,

Mais canaille est meilleur. Cela sert, cela rampe,
Cela massacre mieux et puis cela décampe.
Quand on a du soldat été quêter l'appui,
On s'en est fait l'esclave et l'on règne sous lui.
Au lieu que cette atroce et bénigne canaille
Apparaît, disparaît, va comme on veut qu'elle aille.
Canaille est le trésor d'un empire absolu !
Balancer sagement, cela m'a toujours plu,
Canailles par soldats et soldats par canailles.
Canailles vaut bourreaux, soldats vaut funérailles,
Profonde politique et beau balancement !
          Mais en attendant le moment,
Laisse cela dormir au soleil sur la borne,
Bien repu, bien gorgé devant le riche morne.
Va, ma bonne canaille, en mes coffres sous clé
Je te tiens. — Quand j'y pense, il m'aurait mutilé
Ce gredin précieux, cet Humanus stupide ;
Et toi, tu me l'allais tuer, cerveau candide :
          Vous êtes deux conspirateurs !
La canaille est sacrée !... Oh ! pour les sénateurs,
Chevaliers, gens de bien, héros, savants, pontifes,
Accordé. Mais au tigre aller rogner les griffes,
Me tuer ma canaille, halte là. — Qu'as-tu vu ?

MACRON (fait son rapport sur l'état de Rome, que Tibère est
                    venu espionner).

J'ai vu les grands à plat, le peuple bien pourvu.
J'ai vu le grand silence et ton nom qui foudroie,
La terreur qui se cache et se déguise en joie.
Nul ne parle et tout rit. Par la délation
Chacun te veut montrer quelque grande action.
Dans les palais, le jour, on s'endort de débauche,
Et la mort à grands coups tout endormis les fauche.
La plèbe vole, boit, assassine gaîment,
Les prêtres, gorgés d'or, manœuvrent savamment,
Et les vieilles le soir s'en vont, chantant des proses,
Du sanctuaire éteint baiser les portes closes.

TIBÈRE.

Tout va bien, la débauche et la dévotion.
— As-tu quelque grand coup dans la délation ?
As-tu contre Séjan monté notre machine ?
Cet ami-là me gêne. Il faut qu'on l'assassine.

MACRON.

Séjan ne fut jamais plus puissant qu'aujourd'hui.

TIBÈRE.

Je suis las de son nom, de lui, de sa puissance
Qui fait parfois à Rome oublier mon absence.

MACRON.

Oui, Rome à certains jours ne pense que par lui.

TIBÈRE.

Répétant après moi, tu fais donc le prophète ?
Je l'ai dit, pousse au fait.

MACRON.

                    Marcus donne une fête
Demain aux sénateurs, dans sa grande villa
Hors des portes de Rome. Avec Caligula
S'en iront tous les fous. — Pour moi, j'unis ensemble
Tous les hommes jaloux et que l'envie assemble,
Les vieux républicains par Séjan attroupés,
Tous les esprits têtus que l'empire a trompés.
Je promets tout aux uns, j'accorde tout aux autres,
Et demain au Sénat tous ces hommes sont nôtres.

(Tibère embrasse Macron et se retourne avec enthousiasme vers
le panorama de Rome.)

TIBÈRE.

Rome, lève-toi donc, voilà ton vieil époux
T'espionnant le soir comme un amant jaloux,
Ton époux éloigné qui réclame ta couche.

                              (Il envoie des baisers.)
Entends-tu le doux bruit des baisers de sa bouche ?
Il fait pour t'admirer un terrible chemin.
Léandre pour Héro prend son horrible bain !
        — Ah ! quel immense éclat de rire !
Esclave, elle est sur toi la main qui te déchire.

Obéis bien, immonde. A moi la volupté
De ta vieille richesse et ta vieille beauté.
Dors ton impur sommeil, ô ma Rome chérie,
    Tu peux bien être la patrie,
    — Des viols, des prostitutions,
Des meurtres, des trépas, des superstitions,
    Mais ne change jamais de maître,
Ma brebis, ton pasteur de sa main te fait paître.

CHŒUR.

(Dans les airs, les grands hommes du passé entourent le Christ.
Sur terre les chrétiens entourent saint Pierre.)

LE CHRIST.

O vision! voilà ce que les âges font!
Histoire, torrent sombre en un gouffre sans fond! —
Jupiter Belzébut, es-tu content du monde?
Est-il bien ressemblant à ton Olympe immonde?
Ah! triste humanité, dans ta soif d'adorer,
Tu vas jeter ton cœur à tout, sans différer,
Mal ou bien, enfer, ciel, pourvu que l'âme adore,
Qu'elle verse de soi ce feu qui la dévore.
Amour, poison, s'il faut dans le cœur te cacher!
Amour, vie et splendeur, si tu peux t'épancher!
C'est ce besoin fatal qui te perdit, ma fille. —
Chaque bloc de Babel chassait une famille,
On hurlait incompris, on errait sans un lieu,
C'était l'horreur de l'homme avec l'oubli de Dieu.
Il te fallait aimer et tu dressas la tête.
Le mal vivait, régnait, tout était sa conquête,
Il s'était établi sur les entassements,
Son haleine sortait de tous les ossements;
Quand il faut te donner tu ne sais pas attendre;
Tu le vis, tu l'aimas, et tu viens de descendre
Enfin le dernier pas de ses corruptions,
Fange des générations.

MOÏSE.

Voilà donc, Dieu menteur ce que tu fais de l'homme!
Une âme éteinte où vit une bête de somme!

DAVID.

Pauvre âme qui pourrait te reconnaître ainsi,
Pauvre image de Dieu, c'est donc toi, te voici?

ORPHÉE.

Est-ce toi qui sortis, brillante de lumière,
Qui devais avec Dieu converser sans frontière ?

ESCHYLE.

Toi qui pouvais d'un vol aller à l'Infini
Et du giron de Dieu te maçonner ton nid ?

DANIEL.

Est-ce toi, réponds donc, ô pauvre âme chérie,
O lépreuse mourant dans ta léproserie ?

ARISTOTE.

Ame, ce que je vois n'est-il que ton semblant ?
Et cet homme si beau voulant, pensant, parlant,
Cet homme n'a-t-il pas le doux bienfait de l'âme ?
N'est-il qu'une beauté dans la souillure infâme ?

PLATON.

Non, Seigneur, tu n'as pu railler en le créant.
Il dormait son non-être au calme du néant,
Tu n'as point ri, Seigneur, devant ta créature,
Et tu n'as pu vouloir la jeter en pâture
    Faible aux bassesses, aux tourments.

SAINT PIERRE ET

LE CHOEUR DES CHRÉTIENS.

Oh ! nous le savons bien que pour tes firmaments
Tu lui créas d'un souffle une haleine céleste,
Nous qui sentons en nous ta voix, ton cri, ton geste,
Nous qui le cœur percé, les sanglots dans le sein,
Trouvons les jours trop courts pour t'adorer sans fin ;
Nous, à qui devançant les temps de ta sagesse,
Tu donnes le transport par ta chaude caresse.
Seigneur, quand tu permets à nos lèvres ton nom,
A ta chaîne sans fin, nous le dernier chaînon,
L'âme veut nous bondir en dehors des poitrines,
Nos mains tremblent en haut dans des ardeurs divines,
La voix meurt dans la gorge et le cœur dit au cœur :
    Nous t'aimons, nous t'aimons, Seigneur.

CHANT IV

LA FEMME

CHANT IV

LA FEMME

—

CHAMBRE NUPTIALE D'HUMANUS.

FAUSTA, seule.

Mon bien-aimé, tu m'as trouvée,
Je t'ai trouvé, mon bien-aimé,
Je t'adore, mon bien-aimé,
Et d'amour je me sens couvée.

Mon front devant ton front a connu les pâleurs,
Mon cœur encore à naître a bondi sous ta vue,
L'amour a devant toi montré mon âme nue,
Comme un rayon de jour le calice des fleurs.

Il passait seul; et moi je passais isolée,
Mon âme, écho, vibra dans son âme appelée,
Mon cœur bat dans son cœur, son cœur bat dans le mien,
Nous sommes un, — non, il est tout, je ne suis rien.

Le voyez-vous, filles de Rome,
Ma main est dans sa main, ses yeux sont dans mes yeux,
Il dit mon nom, mon cœur le nomme,
Radieux, notre amour est beau comme les cieux.

Sur la colline à l'herbe rase,
Dans la ville aux riches palais,
Nos cœurs scellés comme en un vase,
Nous irons enivrés sans nous quitter jamais.

Sur son sein, dans l'extase, où nul choc ne me brise
Nous irons, le monde est si beau,
Dans la maison et dans l'église
Dans l'église et dans le tombeau.

Regardez-le, faites silence
Sa tête est là sur mon genou,
Il dort pur, grand comme l'enfance
Mon bras est doucement enroulé sous son cou.

Je suis sa bien aimée et je me sens sa mère,
Dors, mon bien-aimé, mon enfant,
Si d'en haut vient la chose amère,
Que ma mort, ô mon Dieu, le fasse triomphant.

Il perce tout de sa parole,
Poésie insondable et sereine raison,
L'esprit qui l'entend, monte, vole
Plus auguste et plus saint jusqu'à son horizon.

Ce sont les grandes eaux tranquilles sous les flammes,
Ardeur de cœur, splendeur d'esprit,
Clarté qui fascine les âmes,
Bien et beau moulés en granit.

Christ et toi vous vivez seuls, grands, divins, étranges
Dans mon sein plein de doux effroi,
Et ma lèvre et mon cœur n'ont gardé de louanges
Que pour chanter, ivre de foi,
Parmi les hommes, toi, Christ au-dessus des anges.

Seigneur, vous êtes grand, vous qui d'une pensée
Avez formé cette âme et ses perfections,

Merci, vous avez fait de moi sa fiancée,
Seigneur, vous êtes bon ! — ô douces visions ! —

En vous notre amour monte et se cache et s'abrite.
Enserrée en ses bras dans l'éternel milieu,
Je voudrais être seule où sans cesse on palpite
Avec mon bien-aimé dans le manteau de Dieu.

    Mon bien-aimé, tu m'as trouvée,
    Je t'ai trouvé, mon bien-aimé.
    Je t'adore, mon bien-aimé,
    Et d'amour je me sens couvée.

                  (Entre la mère de Fausta).

Mère, enfin ! — L'as-tu vu priant devant l'autel,
Et son beau regard bleu, reflet de l'éternel ?
Ce front qui n'a plié que sous la main divine,
Contre le mal partout se redresse et domine.

LA MÈRE.

Le ciel aime l'amour que lui-même a nourri,
Chers enfants, gardez bien cet amour attendri
D'extase, de transport, qui seul fait l'âme heureuse.

FAUSTA.

O mère, je le suis.

LA MERE.

    Viens, ma chère rêveuse.

FAUSTA.

    Heureuse comme au sacrement
    Quand il nous inonde sans voiles,
    Heureuse comme les étoiles,
    Les étoiles du firmament.

    Heureuse comme la nuit pure,
    Heureuse comme le soleil,
    Heureuse comme le réveil,
    Le doux réveil de la nature.

                    6.

Heureuse comme au paradis
Est la vierge très-pure et sainte
Lorsque son âme sent l'étreinte
De la présence de son fils.

LA MÈRE.

Ton époux vient.—Ta mère, enfant, n'est point jalouse,
Fille, je te bénis, je te bénis, épouse.
Baise les pieds du Christ et mets-toi dans ton lit.

(La mère embrasse Fausta et sort).

FAUSTA.

Que dis-tu, mère? effroi subit!
Ma pudeur n'est donc plus qu'une pudeur païenne !
Seigneur, dis-moi comment une vierge chrétienne
Peut devenir épouse et ne se point souiller.
Comment peut-elle encor briller
De la sainte et pure auréole?
N'est-elle pas la vierge folle ?

Comment oser encore affronter le grand jour,
Rester digne de Dieu se donnant à l'amour ?
Comment aimer, Seigneur, aimer en restant chaste?
Ah ! ce jour est un jour néfaste !
L'amour est une impiété,
O divine virginité !

Je tremble.—Crainte, espoir.—Hélas ! — Terreur, attente !
Devant moi va s'ouvrir cette porte béante
Et tu m'apparaîtras! Ton pas accoutumé
Me glace! Oh ! tarde ta venue,
Pourrais-je supporter ta vue?
J'ai peur, j'ai peur, mon bien-aimé.

Si tu ne portais pas le grand air des apôtres,
Si ton visage était comme celui des autres,
La mort me frapperait à ce temps solennel.
O mon père, ô sein maternel,
Seule vous l'avez donc laissée,
Seule, la pauvre fiancée !

Ah ! viens—non, ne viens pas.—Bien-aimé, viens, mon cœur
Se jette en toi malgré moi-même et ma terreur,
J'appelle ; je redoute. — O ma vie adorée,
    Viens, viens, je t'aurai conjurée ! —
    O Julius, j'aime, j'ai peur.
    Viens, toi seul es mon protecteur.

Ne viens pas, ne viens pas. — Oh ! cette nuit m'effraie !
Mon cœur aurait au fond une effroyable plaie
Si tu n'étais pas tel que t'a cru mon amour !
    Fuis-moi donc. Que je ne revoie
    Ton noble front qui fait ma joie,
    Que dans la lumière du jour.

Ne viens pas, ne viens pas. — Vois, les vierges sublimes ;
Mon amour jusqu'ici m'a caché ces abîmes,
Mais à cette heure enfin devant moi se levant,
    Une idée a passé comme passe le vent,
    Et j'ai vu sur les hautes cimes,
    La pureté du Dieu vivant.
  (Entre Humanus. Fausta se cache la tête. Humanus lui prend la
          main.)

HUMANUS.

J'avais peur de ta peur et sentais ta pensée ;
Épouse tu me fuis, tu m'aimais fiancée !
Multiplier son âme aux âmes de ses fils,
Et dans leurs cœurs sceller du bien la forte empreinte,
Garder la solitude et croître comme un lys
Sont grands. Lève les yeux, pudeur de vierge sainte,
Elle est pure la nuit de deux époux chrétiens,
Elle n'a pas un lit oublieux de l'aurore,
Je la donne au Seigneur. Quoi ! tu rougis encore
Ma sœur, ma chaste sœur.

FAUSTA.
Ah ! mon Julius !
HUMANUS.

                Viens,

Pour nous bénir tous deux entre nous Dieu se lève,
Viens lui donner le temps que nous avons vécu,
Et de notre avenir viens lui donner le rêve.
Nous prîrons, car prier, c'est n'être point vaincu.
Laisse sur ton front pur poser ma lèvre pure.

FAUSTA.

Seigneur, c'est trop de joie à votre créature.

HUMANUS.

Un baiser peut-il donc tenir tant de bonheur !
Que je souffrais, enfant, avant de te connaître.
Dans les déserts du cœur ne voyant rien paraître
De mon sein moissonné, déplorable glaneur,
Quand j'errais au hasard pesant ma solitude,
Si je voyais passer des groupes amoureux
Qui du vide pour moi doublaient la lassitude,
Des pleurs, malgré ma force échappaient de mes yeux,
Et je ne trouvais plus que deux choses charmantes :
Ou l'amour ou la mort.

FAUSTA.

         Ah ! je voudrais mourir !
Si j'étais sans la foi des âmes espérantes,
Si j'étais sans l'amour, aube qui fait fleurir !

HUMANUS.

Oh ! que tu me pesais, mon cœur, dans ma poitrine
Comme aux flancs de la mère a pesé son enfant.
Va comme un nouveau-né, va, respire, chemine
Dans ta nouvelle vie, enivré, triomphant.
Amour ! c'était le cri de mon âme jalouse ;
Dieu ! tu me l'as donné. Pour toi, cœur consacré,
De la paix de la Vierge à la paix de l'épouse
Passe sans ces tourments dont tu m'as délivré.

FAUSTA.

Je défaille et je meurs de cet excès de joie,
Car mon cœur déjà plein ne peut plus rien tenir,
Je succombe et ne puis, ami, que te bénir.
Assez, mon Julius, car mon âme se ploie.

HUMANUS.

Dis-moi, sont-ils plus grands ceux qui n'ont qu'un seul but,
Qu'un cerveau solitaire en une âme vidée
Et pour qui tout est mort excepté le salut ?
Ou ceux qui tout remplis de la féconde idée
Vont débordant d'amour, le cœur jamais froidi,
Respirant et donnant la flamme inextinguible,
Brûlant tout en passant de leur amour hardi
Et remontant aux cieux épurés par le crible ?
Je veux verser mon cœur à flots sur Dieu d'abord,
Puis sur l'humanité, sur l'enfant, sur toi, femme,
Ou sous ce flot terrible, il me faut tomber mort.
Je veux pour moi la vie à l'esprit comme à l'âme,
Dieu m'a fait cœur et tête, et je veux comme Dieu.
L'homme ce fils d'en haut n'est pas qu'un morceau d'homme,
Tournant autour d'un but comme la brute au pieu.
Je sens mes ailes, Dieu, si je me sens atome.

FAUSTA.

Mon bien-aimé.

HUMANUS.

Fausta ! je te connus enfin.
Je connus du vrai Dieu la vérité sacrée
Et mon cœur affamé put assouvir sa faim.
Ma vie est un azur, un ciel, un empyrée,
Je vis, je vis, je vis. — Tu tremblais ! ah pardon :
Allons prier, ô sainte, ô chère âme bénie
Des dons de l'Infini, toi le plus noble don,
O le plus pur des lys tout formé d'harmonie !
L'étoile a des regards comme un œil qui sourit,
Laissons monter nos voix bien haut dessus nos têtes
        Dans l'atmosphère sans tempêtes,
Sous la voûte du ciel aux lieux où Dieu bénit.

GYNÉCÉE, CHEZ LA DAME ROMAINE.

ASPASIE (seule).

Que veut dire Marcus avec ses nobles âmes,
Avec cet amour vrai qu'il cherche sans trouver ?
Ne suis-je pas ainsi que sont toutes les femmes ?
Toutes, non. — Je suis belle. — Ah! veut-il soulever
Le voile des désirs auxquels Vénus m'entraîne ?
Oui, je brûle ; et ma flamme est l'ardeur de l'amour.
Marcus l'apaise mal..C'est Julius que j'aime.
Dans les bras de Marcus j'y rêve nuit et jour.
Ce feu brûlant la chair qui me prend à sa vue,
Qui, loin de lui, m'étreint et me sait asservir,
Qui me tord sur la couche où je gis étendue,
Comment donc le tromper ou comment l'assouvir ?
Si Marcus en m'aimant apaisait mon attente !
Mais ma riche beauté n'a plus que ses mépris,
Pourquoi ? Je n'en sais rien. La chair a sa tourmente,
Je suis jeune et je sens le souffle de Cypris ;
Le corps a ses besoins où le plaisir appelle,
Et Vénus les fait doux pour nous forcer d'aimer,
Car les dieux à l'amour n'aiment point de rebelle.
Marcus dirait encor que c'est là blasphémer !

(Entre la dame romaine).

LA DAME ROMAINE (railleuse).

Triste !

ASPASIE.

Je t'attendais.

LA DAME ROMAINE.

Marcus te fuit.

ASPASIE.

Amie...

LA DAME ROMAINE.

On le voudrait haïr pour son amour trahie !

ASPASIE.

Loin d'en être charmé, blessé de mon ardeur...

LA DAME ROMAINE.

Il trouve, n'aimant plus, qu'elle est de l'impudeur.
Aujourd'hui c'est l'ennui qui pousse à l'adultère ;
Avant les lois d'Auguste on choisissait naguère
L'homme que l'on voulait, et quand on le voulait.
Moi je veux le divorce aussitôt qu'il déplait.
Un homme dure un mois, ou la métempsychose
S'en mêle. Un an entier la loi nous les impose !
Un an et nuit et jour ! C'est nous mettre aux abois.
Manquiez-vous de prétexte à nous faire des lois,
Ne nous éngluez pas l'amour dans votre poix.
Donc, tu veux un amant?

ASPASIE.

Julius, je l'adore.

LA DAME ROMAINE.

C'est le mot de l'amour à sa première aurore ;
Il en est de plus forts, il en est de plus grands.

ASPASIE.

C'est Bacchus dans sa grâce, et les yeux attirants
D'Apollon ; majesté, charme tendre, noblesse.

LA DAME ROMAINE.

Qui donc pense à cela? Te voilà bien, jeunesse!
Dans l'homme, la beauté c'est d'être large et haut.
Si tu l'aimes, Locuste est là. Donc il te faut...

ASPASIE.

Hier il était venu, nous étions seuls ensemble.
Je lui mets une main dans la sienne et je tremble...

LA DAME ROMAINE.

La main était trop peu.

ASPASIE.

Puis de mes plus doux yeux
Je le regarde...

LA DAME ROMAINE.

Hélas! il ne vit rien.

ASPASIE.

O dieux!

LA DAME ROMAINE.

Ton fou de Julius, je sais son âme altière,
Tranchant du vertueux. Ne fais pas ta prière
Devant ce Cupidon, Vénus ne l'aurait pas.
J'avoûrai, si tu veux qu'il est beau ; mais, hélas !
Le nénuphar fait homme ! on sait ses aventures,
Cent femmes l'ont voulu, suppliantes captures,
Il a tout repoussé, je le sais, et trop bien ;
Il fait le philosophe et tu le sais chrétien,
C'est un penseur. Il a découvert son affaire
Dans Fausta, vision et cœur visionnaire.

ASPASIE.

Un orgueil tout enflé de prude pureté.

LA DAME ROMAINE.

Une folle à mourir comme mourut Lucrèce.

ASPASIE.

C'est donc vrai que parfois on meurt de chasteté ?

LA DAME ROMAINE.

Pas dans Rome, en Bretagne, au vent froid de Lutèce,
Au pôle de la neige, ou chez les blonds Germains,
Quand on craint Marius et les soldats romains.

ASPASIE.

Cela rêve un époux pour n'être qu'une vie.

LA DAME ROMAINE.

C'est un pathos chrétien dont il faut que l'on rie.

ASPASIE.

Pureté, dieu ridé que l'on n'adore plus.

LA DAME ROMAINE.

Bonne arme de combat, qui fait bien un refus.

ASPASIE.

J'adore Julius ; l'innocence me pèse,
Je me donne à l'amour.

LA DAME ROMAINE.

Te donner ! parenthèse :
Lorsque a vieille achète, une jeune se vend,
Ma chère, la beauté nous est de l'or vivant,

Si tu veux un amant, je pourrais bien te dire :
Un homme est toujours prêt à se laisser séduire,
Fais le tour du Forum, étends la main et prends,
Tu peux en choisir un, car t'en voilà cinq cents.
Non. — Tu veux un amant, prends-moi donc un augure.

ASPASIE.

Je veux mon Julius.

LA DAME ROMAINE.

Prends toujours sa doublure.
En fait d'hommes le nom doit importer fort peu.
Pourtant n'imite pas nos femmes dont le feu
Pour les déshonorer n'a qu'une audace folle.
Aimant des histrions, de laids comédiens,
Des esclaves, sculpteurs, peintres, musiciens ;
Où ces sottes prenant lâchement pour idole
Quelque eunuque, néant dont la molle torpeur
Leur donne du mépris et du plaisir sans peur.
On peut être adultère, obscène, incestueuse,
Infanticide et même en poisons monstrueuse ;
On peut être un peu tout, mais, ma chère, avec art,
Et l'on n'étale pas son flanc au lupanar.
Je sais que ce n'est pas le train des jeunes femmes.
Messaline est partout. Tremble, tu te diffames.
Savoir être hypocrite est bon de tous les temps
Et c'est pour nos amours doubler les combattants.

ASPASIE.

Je déteste ceux-là qui des places publiques
Se font des lits d'hymen, ce sont choses cyniques.

LA DAME ROMAINE.

Prends l'augure. — Tout homme est sans cesse occupé,
Mais l'augure, ma chère, à tous soins échappé
Ne fait, ne pense rien. Et quand les autres hommes
Perdent toute leur force en fatigue, en longs sommes
Il la répare lui. Si les bons vont prier,
De repos il finit de se rassasier ;
Ou bien tout enivré de vin, de chère fine,
Rêvant de voluptés que son esprit raffine ;

7

Il promet les trésors de la félicité,
C'est le faune brûlant et sa fécondité.
Il nous faut donc trouver un bon mauvais augure,
D'un peu de simonie et beaucoup de luxure.
Un amant, la main vide, en ces temps de bijoux
Où de nos pourpres d'or l'empereur est jaloux !
Il faut qu'à notre luxe il apporte son aide
Ou s'il n'a pas d'argent qu'un autre lui succède.

ASPASIE.

Hélas mon Julius !

LA DAME ROMAINE.

                    J'ai ton affaire en main
Un admirable augure, haut, large, herculéen,
Toutes petites dents dans une bouche rouge.
Son père, portefaix, tenait un petit bouge...

ASPASIE.

Portefaix !

LA DAME ROMAINE.

          Elle y va trouver quelque défaut !
Il faut prendre un amant, chère, pour ce qu'il vaut.
Le fils ne le fut pas d'ailleurs, il fut augure,
Pour faire sans travail au monde une figure.
          C'était une vocation.
Il n'a du portefaix que la construction,
          Et depuis huit jours il t'adore.

ASPASIE.

Il faut cependant bien que je te dise encore :
Les augures n'ont pas un si brillant dehors,
Et des prétoriens les riches justaucorps,
Le grand air de victoire et la belle insolence,
Après mon Julius me vont par excellence.
Les augures de bouc ont une forte odeur,
Et cela me soulève.

LA DAME ROMAINE,

          O jeunesse et candeur !
Voyez-vous le fin nez ! Mais c'est l'odeur de l'homme !
L'animal est partout de tel nom qu'on le nomme,

Comme un sacré collége, une caserne sent
Et soldat comme augure. Au plus éblouissant
Ne va pas l'emporter, l'augure est le solide.
Pour le prétorien c'est une bourse vide,
Sauf les deux premiers mois d'un nouvel empereur.
C'est nous qui les payons. Plus il est discoureur
Ton nom sera crié par toutes les casernes.
Quel prétexte auras-tu devant tes subalternes
Pour faire entrer chez toi ce haut prétorien ?
Un augure, toujours adroit comédien,
A cent mille raisons toutes édifiantes,
Et ses maîtresses sont de pieuses clientes.

ASPASIE.

Amène-le moi donc à mon cercle privé.
Hélas ! ce n'est point là l'amour que j'ai rêvé.

LA DAME ROMAINE.

On n'aimerait jamais, en n'aimant que son rêve.
Amour c'est poésie et chimère sans sève !
Fais de la bonne prose, et cours sans t'éblouir
Au plaisir le solide où le corps sait jouir.
De l'amour c'est de l'âme. Y crois-tu ? belle avance !

ASPASIE.

C'est affreux et pourtant sur tes pas je m'élance,
Mais reste dans mon sein, pauvre rêve d'amour !
Je te ferai bien vivre et grandir quelque jour.

LA DAME ROMAINE, à part.

Quoi ! du fond du plaisir tu crois donc, pauvre femme,
Revenir à l'amour ! Jamais (Haut). Allons, du drame !
Tu seras fortunée entre toutes, crois-moi,
D'avoir ce vaste augure éperdu, fou de toi.
Pour les péchés d'ardeur qu'il te fera commettre,
Par la vierge Diane il les fera permettre.
Il te conduira donc, amoureux, libéral,
D'un Olympe terrestre à l'Olympe final.
Tiens, le voilà qui passe et te cherche un exorde.

(L'augure fait des signes à Nécrobie qui lui montre Aspasie.)

Place-toi sur sa route et fais donc qu'il t'aborde

(Aspasie va sortir, la dame romaine la retient.)

Un mot ; mystère, abîme, un peu plein de noirceur :
C'est le rapt de Fausta. La trame est bien ourdie.
Alors vers Julius, va comme une humble sœur
Dans sa douleur immense entre une main hardie.

ASPASIE.

O Vénus, tant de joie est pour m'anéantir !

LA DAME ROMAINE.

Va toujours, au moment je saurai t'avertir.
Ne perds pas ta jeunesse et songe que la vie
Dès la première ride est au plaisir ravie ;
          De l'augure va te nantir.

(Aspasie va au fond dans les jardins, elle regarde les fleurs, l'augure l'aborde).

                              (La Dame romaine seule).

LA DAME ROMAINE.

J'en suis débarrassée enfin de mon augure.
Il ne payait plus bien. Et sa vaste envergure
A choqué de Macron le retour imprévu.
Or, en perdant Macron je reste au dépourvu.
Ah ! je regretterai pourtant cette structure !
C'était l'homme-taureau. Quelle musculature !
Mais Macron est puissant... favori d'empereur !
Il va venir bientôt, le discret procureur.
Viens ! du rapt de Fausta nous allons nous entendre.

MACRON (appelant du jardin).

Par ici, Nécrobie.

LA DAME ROMAINE.

     Il faut cher la lui vendre.

                              (*Exit.*)

CHOEUR.

CLOACA-MAXIMA.

(Les grands hommes du passé entourent le Christ dans les airs.
Sur terre les chrétiens entourent saint Pierre.)

LE CHRIST.

L'amour n'habite point aux flancs prostitués,
L'amour n'habite point aux ardeurs effrontées,
L'amour n'habite point dans les cœurs pollués,
L'amour n'habite point aux âmes achetées.
L'amour fait sa demeure au sein de l'homme fort,
L'amour fait sa demeure aux lèvres de la vierge,
L'amour est le lien du fils au père mort;
L'amour est le torrent qui de l'esprit émerge
    Vers le bien et vers la beauté.
Or, le bien est divin et la beauté divine.
Tout s'aime donc en Dieu. Lorsque la volupté
Jouit, sans y penser encore elle s'incline
Aux qualités du beau, mais en les profanant.
Amour, c'est donc au cœur de Dieu qu'est ta demeure,
C'est de là que tu vis et sors en rayonnant;
C'est pour monter à toi qu'il faut que l'homme meure.

LES VIEUX PROPHÈTES.

    Rome, qu'as-tu fait de l'amour?
Un vain accouplement honteux et sans vergogne,
    Vénus même a fui ce séjour
    Qu'elle laisse à Priape ivrogne.
Quand la femme n'est plus le calice sacré,
Où germe immaculée une semence d'homme,
Machine de plaisir, le dieu défiguré
Va traîner ses beautés aux vices de Sodome.

Sur l'hommie, sur la bête, il se dresse brutal,
Il se trompe de sexe, il change de nature,
Et la femme béante enserre l'animal.
C'est le bon instrument d'où vient plus de luxure.

LES ANTIQUES SAGES.

Voilà Tibère et Jupiter
Sous le sceptre-phallus conduisant l'assemblée;
Et le peuple, fangeuse mer,
S'enroule en lubrique mêlée.

Tout est également souillé :
L'empyrée et la pourpre et la boue. O mélange!
Tout est couvert d'un flot caillé.
Il est des taches dans la fange.

Qu'ont donc les femmes dans leurs mains?
Et quels bijoux nouveaux pendent à leurs oreilles?
Qui saluez-vous donc, Romains
Durant le jour et dans vos veilles?

Qui passe donc en épuisant
Sa semence inféconde et qui tombe sur terre?
C'est Priape l'agonisant;
Priape tueur de lumière.

SAINT PIERRE.

Mets un sceau sur tes yeux, mets un sceau tout autour,
Scelle la pureté dans le fond de ton âme,
C'est là qu'est ton trésor, car c'est là qu'est l'amour.
Vis devant le Dieu bon. Au courant de sa flamme
Ton cœur fondra percé par l'ardeur de ses yeux,
Vase comble de lui, débordant de prière,
L'amour te brûlera, cet amour jamais vieux
Qui court indéfini l'infini sa carrière.

Qu'il t'étreigne comme un vautour,
Qu'il te ronge le monde et toutes ses souillures,
Elles n'éteindront point l'amour,
Les sombres grandes eaux impures.

LE CHOEUR CHRÉTIEN.

Ah ! que l'amour est libre et fort !
Il vole au-devant de la mort.
L'amour, ce mot de Dieu, le nôtre,
Ébranle les parois des cœurs
Qui se le renvoient l'un à l'autre.
Il ose tout, il est sans peurs,
Car il sent couler Dieu dans le sang de ses veines;
Sur ce qui n'est pas ciel de ses ailes sereines,
Il plane comme les vainqueurs.

Celui-là seul dont le cœur aime
Connaît la force de l'amour.
C'est le cri, mais le cri suprême
Qui fait vibrer aux yeux le doux rayon de jour;
C'est l'écho qui répond dans les fonds de l'espace;
C'est ce tumulte obscur, bruit de l'immensité
Qui, plus il monte haut, grandissant son audace,
Sait ébranler l'éternité.

C'est le cri que Dieu jette à l'âme
Et que l'âme renvoie à Dieu.
O grandis, mon amour, grandis comme la flamme
Que le berger la nuit brûle sur le haut lieu.
Dans le ciel noir vaste incendie
Grandis, ô mon amour; que tout te soit un feu.
Et mourant consumé de ta flamme hardie,
Jette ta cendre aux pieds de Dieu.

Un cantique d'amour à ma voix qui défaille,
Un cantique à mon bien-aimé;
Des noces de l'amour, je fais la relevaille,
Mon cœur en Dieu s'est abîmé.
Je ne me connais plus, je ne suis plus moi-même;

Éperdu, transporté, je ne fais plus un vœu,
Je suis en vous et je suis moi ; ma voix dit : j'aime !
    Et chaud de la chaleur suprême,
    Je suis tout couvert de mon Dieu.

CHANT V

LA PATRIE ET L'ART

CHANT V

LA PATRIE ET L'ART

Colonnade dans les jardins d'Homunculus, aux portes de Rome. — Grande fête dans le fond.

(Entrent Caligula, Humanus, Homunculus, Fausta, Aspasie, dame Romaine, jeunes sénateurs, chevaliers, artistes, femmes. Riches costumes. Caligula a des pierreries jusque sur les pieds.)

HUMANUS.

Noble fête, Marcus.

CALIGULA, à Aspasie.

Et bien plus belle femme.
De vos molles beautés le cœur frémit, Madame.

HOMUNCULUS (railleur.).

Tu daignes m'envier, ô futur empereur.

ASPASIE, coquette.

Caïus lance l'amour, non pas flamme, fumée.

HOMUNCULUS.

Il sait votre pudeur plus forte qu'une armée.

CALIGULA.

Je veux lutter d'amour et lutter de splendeur.
Amis, j'ai fait bâtir un palais, goût moderne.
Au triclinium fumeux on boira le falerne
Aux ides de Vénus ; et qu'on boive en Romain.

HOMUNCULUS.

Autant dire en Ilote.

CALIGULA.

Et coupes d'or en main
Qu'on tombe sous la table aux chimères sifflantes.
      (Il fait signe aux artistes qui s'approchent.
Allons, déliez-moi vos langues fainéantes
Que parler est lassant ! (Il s'assied et s'étend sur un lit.)
                  Vous pouvez coasser.

L'ARCHITECTE.

Le portique est d'argent, colonnes élégantes
De leurs niches de jaspe et beaux à caresser,
Vénus et Cupidon vous regardent passer.

LE SCULPTEUR.

Au vestibule bleu s'assied un blanc Dieu lare

HOMUNCULUS.

Qu'on salue en riant mais dont l'effet est rare.

LE SCULPTEUR.

Là, l'Egipan lascif, le satyre allumé
Domptent les nudités sous l'ombrage embaumé;
Le bouc de marbre émeut la nymphe de Carrare;
L'andryade de bronze enflamme l'atrium.

LE PEINTRE.

Sur un beau mur de pourpre autour du triclinium,
J'ai peint les fruits de Perse et les oiseaux du Phase;
La bacchante aux seins durs s'enivrant à plein vase
Et la chèvre au printemps que le pasteur embrase.

HUMANUS.

Bref, vous savez mêler la fange dans de l'or,
L'infâme dans le beau; par un riche décor
Aux vices frémissants donner un fier essor;
Mettre des flancs pourris sur de purs lits d'ivoire,
Des couronnes de rose à des fronts saouls de boire!
C'est de l'art ! Apelles, Phidias font des dieux
Qu'on voudrait adorer tant la forme extasie ;
Vous, vous changez nos toits en sombres mauvais lieux,
O Ruffians de l'art et de la poésie!

HOMUNCULUS.

Des blasés exciter la morte frénésie,
C'est le but... Et Caïus a des grammairiens
Se tuant dans l'exhèdre après quelques beaux riens.

CALIGULA.

J'ai dans mes cages d'or vingt grands lions d'Afrique,
Auxquels nous jetterons mon maître de logique,
Et nous ferons lutter tous mes gladiateurs,
Dix tigres, un poëte et quelques orateurs.
Le tout se passera sur une mosaïque
Bien digne de porter cette fête olympique.

(A l'architecte.)

Parle

L'ARCHITECTE.

Son marbre est rose avec des dessins blancs,
Et c'est un fin contraste au bronze de ses bancs.

CALIGULA.

Ainsi tous vous viendrez en robe asiatique
Qu'on ôtera dedans pour être plus au frais.

(A un poète.)

A toi,

LE POÈTE.

Car il est doux et beau sous un portique,
Quand sous le fruit nouveau courbe la branche antique,
De voir les couples nus et se serrant de près,
Se coucher mollement sur la rose échauffée,
Aux soupirs frissonnants de la lyre d'Orphée.

(Humanus et Fausta sortent).

CALIGULA (se levant).

Je veux qu'on vive nu, l'âge de la beauté
Se vêtir à vingt ans, cruelle absurdité !

HOMUNCULUS.

Brigandage des yeux, vols des cœurs !

CALIGULA.

Que la femme,
De finesse et d'ampleur ce soyeux amalgame,
Jusqu'au jour malheureux auquel elle a conçu,

Aille nue. Il nous faut ce contour, ce tissu,
Cet ambre d'une peau bien serrée à la forme.

HOMUNCULUS.

Ces maris gardent tout.

CALIGULA.

> A ce moment, réforme ·
> Très-large pantalon Troyen
> Sous le sombre manteau chrétien.
Et je veux qu'au tombeau ce masque noir la suive,
Pour ne jamais voir laid ce qu'on a vu si beau. —
Au banquet de l'amour, hypocrite convive,
S'il en venait quelqu'une, au cirque cette peau !
Quant à l'homme il est jeune à moins qu'il n'ait du ventre,
Les ventrus iront donc vêtus au moins au centre;
Et la honte sera d'être habillé demain   ,
Comme elle est d'être nu.

HOMUNCULUS.

> C'est parler en Romain.

LES SUIVANTS DE CALLIGULA.

Vive Caligula !.

> (Macron paraît et fait un signe à Caligula).

CALIGULA.

> Messieurs, j'aime une femme ;
J'ourdis en cet instant une sublime trame ;
Laissez-moi ; je sens là qu'elle va me venir,

> > (Tous sortent. Macron entré)

CALIGULA.

Je veux terrifier, écraser, en finir.

MACRON.

Bien dit ; mais jamais seule !
(Passe Fausta avec Humanus en dehors de la Colonnade. — Caligula n'ose l'aborder).

CALIGULA.

> Ah ! qu'Humanus m'assomme!

MACRON.

On ne la voit jamais que pendue à cet homme.

CALIGULA.

Cet Humanus mourra de ne la point quitter.—
Après tout, ravis-la. C'est trop me tourmenter.

MACRON (à part).

Le vent tourne déjà (haut). Vous l'aurez à Capréo.
(Caligula va dans le fond et regarde si personne ne l'écoute. —
Il revient radieux).

CALIGULA.

Je suis libre! Ah! Macron, ce penser me récrée!
Le savoures-tu bien, mon bon Caligula?
Enivre-toi mon cœur de cette gaîté-là.
Loin du sinistre vieux je me crois roi du monde,
L'avenir est présent et l'ivresse débonde. —
Que je serais donc bien mis en dieu!

MACRON.

                              Mais lequel?

Mercure le filou? Jupiter l'éternel?

CALIGULA.

Mercure est un valet dont l'aile bat de crainte.
Pour Jupiter on sait que sa foudre l'éreinte.

MACRON.

Apollon? c'est joli; mais on en est blasé.

CALIGULA.

Il n'a plus une flèche en son carquois usé.
Par Vénus! Je serais colossal en Hercule;
Je veux être fondu dès demain par Asculo.
Je veux que tous les temps me contemplent.
(Il prend la pose du Caligula en Hercule, qu'on voit au Capitole à
              Rome).

                              Recule,

Et vois.
(Tibère, toujours déguisé en vieux sophiste, rodant sans être vu,
    rit de Caligula. Celui-ci, ne sachant d'où vient le rire, s'avance
    sur les spectateurs et montrant un coin du doigt).
            On rit là-bas. — Quel est celui qui rit?
Celui là ne sait pas comme un rieur périt...
Bah! vous riez, niais, c'est que l'effet vous manque,
Ce vêtement me gâte, la tunique m'efflanque.

Mais j'ai le nu superbe, armé de fiers biceps.

MACRON.

Arrogants pectoraux !

CALIGULA.

Le tirage princeps
Se fera dès demain et tous je vous invite
A me voir poser nu. La massue ! allons vite
Je fais revivre Hercule et le sais embellir ;
Qui donc dans l'univers me verrait sans pâlir ?

(Tibère s'est avancé derrière Caligula qui a repris la pose de
l'Hercule. Il lui met la main sur l'epaule).

TIBÈRE.

Moi.—L'on se lâche donc loin de l'œil de Tibère ?
Pour briller au sénat alors qu'il délibère,
On s'exerce peut-être à faire l'orateur.

CALIGULA (à part).

C'est sa voix !

TIBÈRE.

On se tait pour un interrupteur.
Sache qu'en criant plus on a plus d'éloquence.
Tu sais le mot hardi, le geste, l'insolence,
Je te prédis, César, un immense succès
Quand tu seras en train et dans tes beaux accès,
Ne sois pas interdit, pousse un peu ta harangue :
La raison ne vaut pas l'audace de la langue.

(Tibère sort en riant. Caligula est attéré. Macron suit Tibère).

CALIGULA (seul).

Ce vieillard vit toujours ! Rien, débauche, plaisir,
Travail, douleurs, remords ne peut l'anéantir !
Quelle tête ! quel corps ! oh ! je meurs d'épouvante
Devant cette nature énergique et puissante.
Mon œil tremble baissé sous cet œil, qui connaît
Les vieux secrets du mal.— Il rit ! vieillard forfait !—
Qu'il est grand !—Je te hais !—Moi je veux qu'il périsse.!—
Serrer mes doigts crispés sur son cou qui se plisse !
Le tuer ! le tuer ! — Je pourrais seul à seul
Le rouler étranglé, broyé dans son linceul !
Non, non.— Je n'ose pas.— Être là sans puissance !

Aujourd'hui rien ! — Je suis un rien sans importance ! —
Et demain tout. — Qui donc veut m'en désobstruer ?
De ce vieux que la mort n'osera pas tuer ? —
Quel poison si secret que son œil ne devine ? —
Comment cacheras-tu ta pensée assassine
Visage ? — Que d'efforts pour se vaincre ! — Que tout
Se passe au cœur, au fond. — Mais la haine debout.
Visage, ne dis rien, visage, sois mon masque ;
Point de pâleur, visage, ou de rougeur fantasque. —
Enveloppe-moi bien d'impassibilité
Hypocrisie. — Un front tout de sérénité.
Allons, ma bouche, allons, un sourire candide ;
Et toi, mon œil, devant cet œil reste placide. —
Un poison, un poison ! — Ah ! ma tête se perd. —
Fureur de l'impuissance, il n'a jamais souffert
Celui que tu n'as pas brisé de ton étreinte ! —
Fouler et refouler toujours en soi sa plainte,
Être seul à porter l'horrible anxiété,
C'est affreux ! — Et... — Le monde est une atrocité ! —
Ne fuyez pas ainsi, restez-là, mes idées. —
Ma tête est un pot vide. — Elles sont débordées. —
Je chercherai demain ! — Je voudrais blasphémer !
L'Olympe ! un sourd-muet ! — Il me faut écumer
Sans répandre jamais tout l'amas de ma rage ;
Le vautour peut au moins vociférer en cage.
Un blasphème bien fier m'aurait fait un grand bien !
Je voudrais croire en Dieu pour avoir le blasphème
Pour pouvoir blasphémer, je me fais chrétien.
Le tuer ! Le tuer ! Néant, reste-là blème.

(Il tombe abattu dans un coin.)

(Macron et la dame romaine entrent avec précaution sans être vus.
Ils parlent à demi-voix.)

MACRON.

C'est l'instant du grand jeu.

LA DAME ROMAINE.

Le lacet est tendu.

MACRON.

Gagnons du premier coup ou bien je suis perdu.

LA DAME ROMAINE.

Le dilemme est peu gai.

MACRON, absorbé.

                Tu veux Fausta, Tibère

Caligula la veut. — Médite, délibère
Pour la dernière fois, triste Caligula;
Si tu la veux avoir, enfant, mérite-la.
Je suis maître à la fin du lion solitaire;
Que Séjan était fort! demain il est à terre,
Tibère cependant s'affaiblit chaque jour.
Et mon règne avec lui, finira sans retour
Si je ne lie à moi, d'un lien inflexible,
Ce fou tête insensée en un cœur insensible.

LA DAME ROMAINE.

Qu'il te doive aujourd'hui ce qu'il aurait demain
Qu'il reçoive ce soir l'empire de ta main.

MACRON.

Ce serait trop affreux de tomber de ce faîte!
A ce dernier soupir ma dernière tempête
Ou d'un règne nouveau les nouveaux horizons.

LA DAME ROMAINE.

Homme fort, tu pourrais par deux hardis poisons
Les tuer tous les deux et leur voler l'empire.

MACRON.

Rome veut des Césars, fût-ce pour les maudire.
L'empire n'en est pas à ce point descendu
Qu'il soit au plus offrant marchandé ni vendu.
Elle est encor bien loin, l'heure des capitaines,
Et mes ambitions seraient trop incertaines.

LA DAME ROMAINE.

Reste Caïus.

MACRON.

        Prends-moi Fausta.

LA DAME ROMAINE.

              Bien.

MACRON.

                  Plan parfait:
Le vieux croit que j'agis pour lui. — Séjan défait,

Ses amis qui voulaient le porter à l'empire
Sont à moi. — Qu'avec nous Caligula conspire,
La rage dans son sein amasse, entasse, bout.
Il faut habilement l'amorcer jusqu'au bout ;
Fausta c'est l'hameçon.

(Il congédie la dame romaine, lui montrant Fausta qui passe dans la fête avec Humanus, Aspasie et Homunculus.)

(Macron fait du bruit, Caligula se dresse et court vers lui.)

CALIGULA (à demi-voix).

C'est lui ?

MACRON.

C'est lui. — Cythère
Le travaille et Fausta tient son cœur.

CALIGULA.

Amusant,

Mais absurde.

MACRON.

Oh ! le coup est terrible, écrasant.

CALIGULA.

Après moi.

MACRON.

Raillez moins, car sa fureur m'attère.
Implacable il avait de ses regards profonds,
Qui disent : je sais tout ! et qui percent les fronts.
Prononçant de Fausta le nom très-près du vôtre...

CALIGULA.

Il sait tout...

MACRON.

Je le crains. Il disait : si quelque autre...

CALIGULA.

Il sait tout.

MACRON (bas).

Bien, voilà le rictus ; le cerveau
S'évapore et tout part.

CALIGULA.

Personne à moi ! Bourreau,
Tu ne dis rien.

MACRON.

Hélas ! (bas), vipère, ose donc mordre.
Le lâche au lieu d'agir va rester à se tordre.

CALIGULA.

Parle, a-t-il ordonné mon supplice, le tien?

MACRON.

Lorsqu'il s'en est allé je n'entendais plus rien,
Je voyais tout écrit dans son geste terrible,
Son : Je veux! résonnait de sa voix inflexible.

CALIGULA.

Il sait tout. C'est la mort. Mais, Macron, c'est la mort.

MACRON (à part).

Cœur sans décision, oser c'est trop d'effort.

CALIGULA.

Parles-tu?

MACRON (bas).

La terreur te fera mon complice.

(haut).

On peut s'ouvrant la veine, éviter le supplice.

CALIGULA.

Tu veux donc me trahir?

MACRON.

Je suis l'humble éclaireur,
Qui voudrait vous conduire au trône d'empereur.

CALIGULA.

Sache-le donc, ami, Tibère ne peut vivre.
Je t'aimerai, Macron, si ton bras me délivre.
Je suis jeune, il est vieux.

MACRON.

Il se meurt de langueur.

CALIGULA.

Il est sans force et nous tous deux pleins de vigueur,

MACRON.

Qu'il meure.

CALIGULA.

Tuons-le?

MACRON.

C'est moi qui fais la garde.

CALIGULA.

Le soir ce serait mieux,.. ce serait mieux la nuit
Dans son sommeil profond,.. sans cet œil qui reluit,
Qui m'attère, m'écrase, alors qu'il me regarde ; —
Tu le trouverais seul. — Contre tout importun
Je veillerais. — Il faut à la porte quelqu'un.

MACRON, bas.

Lâche !

CALIGULA.

Tu ne dis rien, réponds donc. Es-tu traître ?
Parle, mais parle donc, ou je te tue.

MACRON.

O maître,
Bientôt je vous dirai : César, Tibère est mort.
Dans sa chambre j'entrais; son bras avec effort
Se levait engourdi. Dans un regard bizarre
Ses yeux, blancs de sommeil, semblaient voir le Tartare.
Moi, comme pour l'aider, comme aux bains un baigneur,
J'avance, l'air bénin, disant tout haut : Seigneur !
Sans bruit et souriant d'un sourire de fête,
Je soulève le drap au-dessus de sa tête,
Je saisis à deux mains le cou. —

(Il fait le geste de l'étrangler.)

Sans lésion ! —
Il fit encore des pieds une contorsion ! —
Je remis avec soin sur lui la couverture.

CALIGULA.

Est-ce fait? dis-tu vrai ?... C'est déjà fait ? — Torture ! —

MACRON.

Bientôt, César.

CALIGULA.

Hélas ! — Serre bien jusqu'au bout,
Bon Macron.

MACRON.

Salut, Roi, salut, maître du monde.

CALIGULA.

Homme de dévouement, mon âme surabonde.
Ah tu veux me tuer! Ah tu ris! tu sais tout!
Vieillard, tu ne sais pas de quel coup je te broie.

MACRON.

A tout risque il est bon, seigneur, que l'on prévoie.
Des amis de Séjan, je vous fais des amis.
Ce sont des conjurés les vieux restes blémis;
Ces insensés, toujours ardents de République.
Versez par le mensonge un espoir chimérique;
Promettez tout à tous. Les protestations
Sont les liens vivants des révolutions.
Ce sont eux. Entrez là.

CALIGULA.

                    Si je te dois l'Empire
Et la belle Fausta, sans laquelle j'expire,
Honnête et bon Macron... C'est bien mon seul ami.

MACRON.

Vous serez roi demain, et Tibère... endormi.

                    (Il fait le geste d'étrangler Tibère.)

CALIGULA, bas.

Moi, je vais méditer les beautés de la courbe.

                    (Il sort en riant.)

MACRON, seul.

Bien. Caïus n'est qu'un fourbe et ce fourbe imprudent.
Fourbe, faute d'oser encor montrer sa dent.
Imprudent, car il est trop mou pour être fourbe.
Le voilà pris d'un coup et lié follement
Pour un peu de terreur et par sot engouement.
Je le tiens dans mes mains aveuglé de chimère,
O César! tu n'es point de taille avec Tibère. —
Si j'allais au vieillard, tout dire? — Hélas, trop vieux!
Domptons l'enfant gâté, c'est plus sûr et c'est mieux,
D'un animal bénin il vous a le sourire,
Taillons ses ongles courts, avant qu'il n'en déchire.
Ce chat deviendra tigre.

Entrent par divers côtés des conspirateurs. — Vieillards presque
        tous. — Ils se saluent en silence).

MACRON.

Entrez, seigneurs, entrez.
Nous sommes seuls, tous purs, tous ardents conjurés.

VIEILLARD.

Des condamnés d'hier, seigneur, voici la liste.

UN AUTRE.

Le sénat par terreur se change en terroriste.

UN AUTRE.

Voici celle, messieurs, des morts de ce matin
Suicidés qui vont au-devant du destin.

UN AUTRE.

On haïssait Auguste, on attendait la vie
De Tibère.

MACRON.

Il nous mène à grands coups de forfaits.

UN AUTRE.

Rêve, inconnu, c'est l'homme, ivresse, folle envie!

UN AUTRE.

De ces tombeaux creusés calculons les effets.

UN AUTRE,

Laissons couler à flots les torrents de nos larmes.

MACRON.

Pleurons, nobles amis, mais la main sur nos armes,
Tibère va sentir nos bras exténués.

UN AUTRE.

O vous que le poison, que le fer a tués
Labéon, Métellus, amis de nos vieillesses,
Carus, Hortensius, courages et sagesses!...

UN AUTRE.

Nous pleurerons toujours, mais c'étaient des vieillards!
Quand la vie est remplie on s'éteint sans hasards
D'une main d'empereur ou d'une main divine.

UN AUTRE.

Ces jours où la vieillesse inutile s'obstine
Sont un repos moins sûr que la paix des tombeaux.

UN AUTRE.

Paix à vous, nobles morts, amis de nos berceaux,

Nous vous saluons tous des bords de votre tombe
Et des bords de la nôtre où notre âge succombe.

UN AUTRE.

Sur vous dont le vieillard a profané les corps,
Jeunes gens massacrés, nous pleurons.

UN AUTRE.

O remords !

UN AUTRE.

Ah ! pourquoi les jeter à ta vaste hécatombe,
Nos fils déshonorés étaient encor nos fils !
O Romains, d'un tel mot vos fronts seraient rougis !
L'honneur n'a plus d'échos au fond de ma poitrine
Devant les corps morts de mes fils !

MACRON (bas).

Braillards ! J'opine

Qu'ils vont gémir sans fin. (Haut). Il faut sécher ces pleurs.
Et parler de vengeance et non pas de douleurs.
Caligula, seigneurs, avec nous tous conspire.

TOUS.

Caligula !

MACRON.

Seigneurs, qu'il désirât l'empire

Je l'ai cru, mais les fous aiment le changement.
Il jouerait trop gros jeu pour n'être pas sincère.
Le vieux sur son orgueil frappe brutalement.
Le cœur sous les mépris se révolte et s'ulcère.

(Entre Caligula).

CALIGULA.

Les bœufs supportent moins le joug que nous, Romains.
Comme un vieux Dieu de Gaule, idole expiatoire,
Tibère s'est nourri de cadavres humains !
Les temps que nous vivons n'ont pas de lendemain ;
Et le monde indigné gardera leur histoire.
Tout tient en un seul mot, ce mot c'est liberté.

UN VIEILLARD.

Puisse Rome, ô mon fils, retrouver sa fierté.

CALIGULA (à Macron, bas).

Si tu n'es pas content, Macron, de ce langage.

MACRON (bas).

Cicéron, cher seigneur, n'eût pas fait davantage.

UN VIEILLARD.

Messieurs, j'ai près de nous fait mander Humanus.

TOUS.

Très-bien.

CALIGULA ET MACRON.

Pas d'Humanus !

LE VIEILLARD.

Jeune, fils des Gracchus,

Éloquent, influent...

MACRON ET CALIGULA.

S'il trahit?

LE VIEILLARD.

Nos épaules

Ne porteraient plus Rome avec de tels Titans.
Des jeunes nous prenons les grands et vaillants rôles,
D'un âge déjà mort nous les représentans.

UN AUTRE.

Des vieillards impuissants avec des fils esclaves.
Voilà Rome.

UN AUTRE.

Avec lui, Caligula, tu laves
La jeunesse du temps de cette abjection.
Allez et réveillez tous deux la nation.

(Entrent Humanus et Homunculus.)

CALIGULA.

Tibère pèse-t-il à votre âme romaine ?

HUMANUS.

Je hais partout le mal d'une puissante haine.

CALIGULA.

Tibère, c'est le mal, Rome c'est la douleur.

MACRON.

Nous voulons délivrer Rome de ce malheur.

HOMUNCULUS.

On conspire — et chez moi. — Donc aussi je conspire.
Très-bien.— Caligula vous dit cela sans rire. —
Vous me regardez tous très-sérieusement
Avec un air fort sombre apte à l'événement. —

8

C'est donc vrai.— Vous croyez aux Brutus, aux Pompées,
Vous croyez à Gracchus, à Lucrèce, aux Romains. —
Je crois à Messaline et crois aux Priapées,
Je crois au grand égout avec ses flots humains. —
Cependant conspirons si cela peut distraire.

CALIGULA.

La liberté, c'est tout.

HUMANUS.

Avec quoi la refaire ?
Avez-vous donc un peuple ? Est-il un cœur romain
Dans cette plèbe habile à nous tendre la main ?
L'esclavage a peuplé toutes les centuries
Et ce tas d'affranchis, vices et gueuseries,
N'est certes pas un peuple.—Est-il donc un sénat ?
Il a su dans Gracchus tuer le tribunat,
Tuer la nation qu'il voulait tout entière.
Il s'est du même coup jeté dans la poussière. —
Tout étant au pouvoir de vingt grandes maisons,
N'était il pas fatal que par des trahisons,
Par des assassinats et des guerres civiles
Elles s'arracheraient des primautés fragiles
Jusqu'au jour où le fort ferait la royauté ? —
Le peuple, c'est le poids, mais la nécessité. —
Sous les rois le sénat, vain titre, corps sans vie,
Ramassis de valets que l'Empereur convie,
Ne sait que s'avilir et qu'avilir l'État. —
Or, répondez-moi donc, sans peuple, sans sénat,
Ouvrirez-vous la tombe où gît la République ?

MACRON.

Nous referons un peuple.

HOMUNCULUS.

Un peuple de la clique
Où l'habile sénat nous a tous enclavés!

HUMANUS.

Rome a forgé les fers que Tibère a rivés. —
C'était au temps sacré de notre République
Tous les ans aux festins d'une fête cynique,

Les pères, les époux, les épouses, les fils
S'empoisonnaient. D'horreur on recula. Jadis
On frémissait encor. Les censeurs dans la ville
Cherchent les assassins. On en compta deux mille. —
Si le crime est hideux, le scandale est affreux ! —
Les parents à huis-clos, supplices ténébreux
Eux-mêmes aux foyers massacrent les coupables; —
Les vices sont restés, vices ineffaçables.
Non, le sang de Tibère une fois répandu
Le cœur ne monte pas, il est trop descendu.

                    CALIGULA.
Nous penserons après, mais le tyran au Tibre.

                    HUMANUS.
Un tyran ne vient pas tomber sur l'homme libre,
Tant que la dignité fait des cœurs de Gracchus;
Tibère naît le jour où meurt Tibérius.

                    UN VIEILLARD.
Nommons un sénat neuf. Faisons le grand partage.

                    TOUS.
Nous donnons tous nos biens.

                    HUMANUS.
                    Dévouement d'un autre âge.
Hommes nobles, c'est beau, mais ce temps-là n'est plus.
Amis, la liberté se fait par des vertus,
Crier Gracchus n'est rien. Il faut faire des hommes!
Sans eux tout meurt : les droits, les libertés, les Romes,
Les empires, les lois, vaine institution !
Faire des hommes, c'est la révolution.
La question du temps est plus que politique;
Morale, sociale, elle est métaphysique.
Ce dilemme est posé terrible sous nos yeux:
Garder vices, tyrans, esclavage, faux dieux,
Ou tout tremper au bain d'une foi noble et pure
D'où, lys divin, croîtra la liberté future;
Changer l'esclave en homme et les dieux en un Dieu,
Loi du vrai, loi du bien. Il n'est point de milieu.
Mettre le mot sénat au lieu du mot empire,
C'est tuer un tyran pour en avoir un pire.

Pour vous, c'est donc avoir conquis la liberté
Et vous vous endormez dans cette vanité.
Vous croyez avoir fait de haute politique,
Grandi la nation, les cœurs, la République.
Des mots, toujours des mots, la ferme sans le fond.

CALIGULA.

Rome n'en a pas moins un tyran.

HOMUNCULUS.

Ah ! bouffon.

HUMANUS.

Un tyran ! Quand je vois que d'un pied parricide
Rome pousse en sa tombe Athène la splendide,
Athène, peuple roi de l'idée et de l'art,
Et que Rome jalouse en son orgueil bâtard ;
Quand dans ses champs volés la Sicile se traîne,
Quand la Gaule est esclave, elle qui serait reine,
Quand le monde sous toi se débat en râlant,
Le tyran c'est toi, Rome. Ah ! tu peux sur le flanc
Sous ton maître, ramper, ta souffrance est justice,
Rome qui n'est plus Rome excepté par le vice,
Rome, brigand volé, plate esclave et tyran,
Ame de Cléopâtre avec la chair d'Onan,
Prostituée aux Rois, qu'elle se prostitue,
Rome, luxure et sang, poison fade qui tue !

MACRON.

Rome libre fera libre tout l'univers !

HOMUNCULUS.

Décrétons l'âge d'or, des esclaves sans fers,
La femme sans amants, la paix dans l'âme humaine,
L'homme sans passions et les peuples sans haine ! —
Voleurs, allez payer votre peuple ombrageux.
Que veulent vos Romains ? de l'or, du pain, des jeux.

CALIGULA.

Nous sommes les Romains et notre aigle a la sphère.

HOMUNCULUS.

Comme un vieux bateleur dans sa cage, Tibère
Tient votre aigle plumé qui fait encor le beau.

HUMANUS.

Oui, notre aigle était grand encor que tyrannique
Aux coups d'aile puissants de notre République.
Mais cet aigle est plat, bas, et vil comme un corbeau,
Qui lacère un cadavre immobile au tombeau.

        Rome n'a plus les yeux des braves,
        Elle ne sait plus que jouir,
        Elle a le rire des esclaves,
Le lion enchaîné désapprend à rugir.
O vivante momie, oh! tu t'es bien liée,
Et ton vainqueur sous lui te tient toute pliée,
Enterrée en ta pourpre et dans ta lâcheté,
Baveuse de luxure et de lubricité!
Ta couronne à ton cou, fait un collier d'esclave,
Ta couronne à tes pieds, met les fers de l'entrave,
Ta couronne fondue aux couronnes des Rois!
Déshonneur, déshonneur, te souvient-il parfois,
Lorsque l'écho lointain de la voix de ton maître
Parti du roc sanglant, que la mer a fait naître,
Vient en rasant la vague éclater à ton cœur,
Dis-moi te souvient-il du jour de ta grandeur?

CALIGULA.

Assez, philosopher. — Agis ou te retire.

HUMANUS.

Vous voulez conspirer? — je le veux.

TOUS.

                    Viens.

CALIGULA.

                                Enfin!

HUMANUS.

César est la victime et Brutus l'assassin —
Jamais par le poignard un chrétien ne conspire,
Il a plus qu'un poignard, car il a le martyre.
Il conspire aussi lui. Front levé, sans détour,
Il vole noble aiglon à la face du jour.
Il déchire tout voile. En un bûcher terrible
Il entasse au soleil, et pour tous bien visible,

                                            8.

Vos mensonges, vos dieux, vos lois, vos passions.
Et le feu qui grandit poursuit les nations
Jusqu'à ce jour de paix où criant sous la flamme
Les mystères du mal auront vomi leur âme. —
Ne nous accuse pas, monde, de tes malheurs;
La liberté s'enfante du milieu des douleurs:
Si tu veux ennemi la regarder en face,
Meurs donc en blasphémant dans la flamme qui passe.
Toi seul, entends-tu bien, toi seul as fait le mal
Qui nous enivre tous de son hurrah fatal.
Nous t'avons dit le vrai, c'est le vrai qui doit vaincre;
Sinon la vérité, nos morts vont te convaincre.

MACRON.

Cours avec tes chrétiens songer de l'avenir.

CALIGULA.

La liberté, c'est là ce qu'il nous faut tenir.

HUMANUS.

C'est un sépulcre ouvert le gosier qui profane
Ce mot des cieux. Assez! le Seigneur le condamne. —
Ah! n'avilissez pas la belle liberté,
Qu'elle apparaisse, amis, sainte à l'humanité.
O nobles égarés, scélérats magnanimes,
Arrêtez, vos vertus vont devenir des crimes.
Vous êtes conjurés et moi je le suis mieux,
Soyez donc avec moi les conjurés des cieux.

CALIGULA.

Ça te voilà toujours sur mes pas, sur ma route,
Et moi Caligula, moi, contre toi je joûte.
Viens tremper avec nous tes deux mains dans ce sang
Ou meurs. Je plongerai mon poignard dans ton flanc,
Homme lâche.

HUMANUS.

         Pourquoi me frapper de l'injure?
C'est assez du poignard.

CALIGULA.

         Comme aux cris d'un augure
Il te faut obéir. Assez de trahison;

Tu mourras, mais avant le fer ou le poison,
César veut t'insulter, qui donc y trouve à dire ?

HUMANUS.

Tu te trahis, César ; César, tu veux l'empire.
Laisse-là cet œil dur qui vomit le trépas ;
Ton regard lance un feu qui ne saurait m'atteindre,
Il rentre sous ton front se cacher et s'éteindre ;
     Éclair qui ne porte pas.
Pour vous, cœurs généreux, derniers amis de Rome ;
Comment vous laissez-vous abuser par cet homme ?
Il ment à vos grands cœurs ardents de liberté ;
Vous êtes son jouet. Toi dans l'égalité !
Il vous fera demain l'égalité des tombes.
Caïus, faux conjuré, rends-toi, car tu succombes.
Laisse-là ce semblant de conjuration.
Attends, bientôt sans crime et sans sédition
Tu régneras, César. Alors, voix souveraine,
Dis : l'homme n'est pas fait pour ramper à la chaîne.
César, tu pourras tout pour le monde et pour Dieu.
  (Caligula interdit ne sait que répondre, il s'en va, Macron le suit.)

(Humanus, Homunculus, vieillards, conjurés.)

HUMANUS.

Pour vous, hommes de foi rassemblés en ce lieu
Pour le meurtre — allez donc. Exterminez la race
Des Césars.— Tuez tout ! et sans laisser de trace.
Est-ce assez ? non, tuez encor les généraux,
Portant un sceptre d'or caché dans leurs fourreaux.
Ils regardent déjà de la Gaule à l'Asie
Contre les empereurs brûlant de jalousie.
Allez donc et tuez. — Est-ce tout, sénateurs ?

LES VIEILLARDS.

Hélas ! Hélas ! Hélas !

HUMANUS.
    Tuez consuls, préteurs,

Abattez en un mot toute tête qui passe,
Et quand vous aurez fait autour de vous l'espace,
Il vous faudra, vieillards, recommencer demain!
Conspirer aujourd'hui dans le monde romain,
C'est dresser à la peur le noir gibet des haines,
Au cou des libertés river les vieilles chaînes.
Vieillards, vous conspiriez contre Tibère, là,
C'était pour ce Caïus. Contre Caligula
Ce sera donc pour Claude. Et si c'est contre Claude
D'un monstre plus hideux le trône s'échaffaude.

LES VIEILLARDS.

Hélas! Hélas! Hélas!

HUMANUS.

Criez fort : dévouement ;
Dites à haute voix le mot vertu dans Rome ;
On dira : c'est un vieux, mais il est fou, cet homme.
Ou votre voix mourra sous le ricanement,
Ou les poignards payés la brofront dans vos gorges.

LES VIEILLARDS.

Hélas! Hélas! Hélas!

HUMANUS.

Il vous faut d'autres forges
Pour battre ces vieux cœurs qui ne croient plus à rien.
C'est par la foi de Dieu que l'homme monte au bien.
Voyez venir à vous se lever belle, pure,
Cette foi qui fait naître — elle est la loi future.
Épandons-la, vieillards, dans le monde Romain.
Son règne doit un jour emplir le genre humain,
S'il est trop tôt encor, car Dieu seul en sait l'heure,
Mourons pour préparer une époque meilleure.

LES VIEILLARDS.

Hélas! Hélas! Hélas! Il n'est plus qu'à mourir.

HUMANUS.

Il est avant ce temps, le Christ à conquérir!
Si vous voulez mourir, que vos morts soient fécondes,
Et prenant votre sang, jetez-le sur les mondes.
Mourez donc pour le bien, non pour le désespoir,
Non dans la lâcheté, mais grands dans le devoir.

LES VIEILLARDS.

Hélas! Hélas! Hélas!

(Ils se poignardent et meurent.)

HOMUNCULUS, s'avance vers Humanus avec quelques jeunes gens

Guide, noble jeune homme,
Nos pas vers l'avenir.

HUMANUS, montrant les cadavres.

Derniers amis de Rome!
Derniers cœurs animés de l'amour du pays,
Leurs sangs trop tôt loin d'eux, hélas! se sont enfuis. —
Force humaine, qu'es-tu? — Tous étaient des stoïques. —
Amour de la patrie aux efforts héroïques,
Qu'es-tu?— Tous ne vivaient, Rome, que pour ton bien. —
Vient un jour où tous deux vous ne pouvez plus rien,
C'est le jour où s'abat cette pauvre âme humaine,
Où l'homme ne croyant qu'à lui seul, dans la chaîne
Où se débat son cœur, succombe, et c'est le lieu.
Le jour des désespoirs, voilà le jour de Dieu.

CHOEUR.

(Les grands hommes du passé entourent le Christ dans les airs.
Sur terre les chrétiens entourent saint Pierre.)

LE CHRIST.

O mort de l'art sublime, ô mort de la patrie,
O mort des libertés, ô vice, ô barbarie,
Vous serez donc toujours l'éternel dénouement
De l'homme quand il perd le fixe sentiment
Du moral et du vrai, du bon, du sacrifice;
Quand il ne puise plus au fleuve de justice
De beauté, de bonté! Si l'homme ne va pas
A la patrie en haut, la patrie ici-bas
S'épuisant sourdement d'hommes, de caractères,
S'affaisse, tombe, meurt. Plus de sang aux artères
        Pour le vider dans les combats.
Et l'art n'a plus sa voix en clairon débordée,
Il rampe, plat serpent. Plus d'âme, plus d'idée
        Pour les jeter aux grands éclats.

DANIEL.

        Hommes, parlez, où sont vos âmes?
Ont-elles donc jamais des océans divins
        Fatigué l'onde de leurs rames?
        Ont-elles vu les séraphins?

JÉRÉMIE.

Ont-elles vu surgir les aurores des mondes,
Ont-elles avec Dieu foulé les grandes eaux,
L'ont-elles vu placer les lumières fécondes
Sur le front détruit des tombeaux?

ISAÏE.

Ont-elles vu le ciel, ces âmes enchaînées
Que vous tenez à bas très-court dans un réduit,
Comme un dogue puissant et dont la voix vous nuit,
Le jour dans vos comptoirs, boutiques avinées,
        Aux lupanars durant la nuit?

PLATON.

Dieu put-il les pétrir du suc de sa pensée,
Filles de son amour, tendresse caressée
    Comme les astres de l'été,
Ces âmes que toujours vous gardez prisonnières
Et que vous flagellez, mortes sous les lanières
    Du vice et de la fausseté ?

ARISTOTE.

Ont-elles donc été faites de sa parole,
    Ont-elles vu sa vérité,
Ont-elles, s'échappant comme l'oiseau qui vole,
    Surgi de sa paternité ?

HOMÈRE.

Ou bien sont-elles donc malades du voyage
Que loin des cieux sans fin accomplit l'univers ?
Et le vaste océan de l'espace et de l'âge
    Donne-t-il le dégoût des mers ?

ORPHÉE.

Est-ce découragés que dans l'idolâtrie
Vous tombez sous les coups du mal au cœur de fiel
Et comme l'on en voit mourir de la patrie
    Avez-vous donc le mal du ciel ?

LE CHŒUR DES CHRÉTIENS.

Homme, sache-le bien, ta tâche est grande et belle.
Tu dois par ton esprit traverser le néant,
Tu dois franchir le pont que la main éternelle
    Jette sur l'abîme géant.

Néant n'est point pour Dieu ; néant n'est que pour l'homme.
L'infini ne sait pas se borner par l'atome.
Marche, relève-toi, le temps qu'on a vécu
N'est que celui qu'il faut pour le divin baptême ;
Porte dans une main la gloire de Dieu même,
    De l'autre le néant vaincu.

    Dans l'éternité de ses ondes
    Où l'esprit ballotte les mondes,

Où les astres sans fin roulent leurs feux errants,
Dans ces chaos sans fond et pourtant cohérents.
En ces nuits de tempête où les esprits sans rout
Se heurtent sans se voir à la céleste voûte,
Fais-toi lier à Dieu, comme se lie au mât
Le capitaine ardent qu'aucun danger n'abat,
Car des créations Dieu seul est l'axe et l'âme !
Puis quand tout sombrera dans l'onde et dans la flamme,
        Sache que l'immortalité,
(Comme aujourd'hui nos yeux ont pour ciel le nuage
        Ou l'éther, s'ils voient sans mirage,)
        A pour son ciel l'éternité !

CHANT VI

LA FAMILLE

CHANT VI

LA FAMILLE.

———

Les jardins d'Humanus. — Rome s'étend en terrasses dans le fond.

HUMANUS. — FAUSTA.

FAUSTA.

Je sens bondir mon sein et ma veine tressaille,
Parfois grandit ma force et parfois je défaille.
Qu'est-ce, mon bien-aimé? Mets ta main à mon flanc...

HUMANUS.

C'est notre âme en ton corps, Fausta, c'est notre enfant!

FAUSTA.

Notre enfant!... O Dieu bon, vers toi tout mon sang crie.
Est-ce vrai, Julius? — Ses bras m'appelleront.
Se peut-il que bientôt sa beauté me sourie!
Si sa bouche se tait, ses yeux me parleront.
Je parerai son front en baisant sa paupière.
Ah! je sens s'attendrir sur moi la Vierge mère.
Julius, est-ce vrai? — Si tu t'étais trompé!
Tais-toi, ne me dis rien, mon cœur serait frappé.
Ami, laisse-moi croire et bercer ma chimère...

HUMANUS.

Enfant, ne tremble pas; femme, tu seras mère.
O mère, à deux genoux je te devrais parler,

Flanc couvé par le ciel, où son doigt vient sceller
Une vie ; où grandit, mystère de substance,
Un homme. Es-tu Fausta, chaste femme ? Es-tu Dieu
Faisant le grand travail obscur de la naissance ?
Que je lave tes pieds de mes larmes en feu !
Est-ce l'éclat des cieux, ta beauté qui rayonne,
Ce resplendissement nouveau qui t'environne,
Auréole de vie où luit la pureté ?
Ah ! mon œil ébloui devant ton œil s'incline,
  O porteuse d'œuvre divine,
Femme, limon sacré de la maternité !

FAUSTA.

O comble de bonheur : je suis mère et je t'aime !
Dieu créateur est là, Julius, et toi-même.
N'est-ce pas, ô mon Dieu, ce n'est pas trop d'orgueil ?
J'entendrai son doux cri. Bientôt mes mains, mon œil
Posséderont leur rêve. Et c'est moi, pauvre femme !
Un homme est dans mon flanc, un homme, ô ciel, une âme !

HUMANUS.

  Je pâlis, femme, à t'écouter.
Je sens mon cœur se fondre et j'entends palpiter
Le grand mot de la vie : espère, espère, espère ;
  O femme, ô Seigneur, je suis père.

FAUSTA.

Oui, je me sens sacrée et sainte devant Dieu ;
Je me deviens divine, et mon flanc est un feu.
  O ciel, je suis le sanctuaire !

HUMANUS.

Je sens frissonner l'air et tressaillir la terre,
  Et tout a des voix aujourd'hui
Pour me parler de Dieu, de toi, de moi, de lui.
  Tout est espoir, vie et symbole.

FAUSTA.

Comme frémit en moi l'enfant à ta parole !

HUMANUS.

Je vois le rayon d'or de la fécondité
Descendre des hauts lieux de la sublimité.

FAUSTA.

Les êtres ont les voix d'ivresse des archanges.

HUMANUS.

Tout est joie et bonheur, chant de gloire, louanges,
     Les mondes et l'immensité.
Les flots, les monts, les bois, les astres, le brin d'herbe,
     Sont comme une lyre superbe ;
C'est l'hymne délirant de la maternité,
     Fille de la virginité.
Tombons dans le lieu saint à genoux sur la pierre,
Car tout doit commencer et finir en prière.

         (Ils entrent dans une chapelle.)

ASPASIE. — NÉCROBIE, la dame romaine.

ASPASIE.

Qu'ai-je donc ? des pâleurs, des rougeurs, des douleurs.
Je sens bondir mon flanc et ma veine tressaille.
Des serrements, des bonds, des peurs ; une tenaille
Qui serre là. Des cris, des rires et des pleurs.

LA DAME ROMAINE.

Je connais tout cela. D'étranges inerties
Et des yeux tout béants, et des feux desséchants
Et des élans soudains ; des marteaux et des scies
Travaillant sourdement, lentement. Des tranchants,
Des limes, des poignards agrandissant notre être,
Taillant au fond de nous une caverne. En maître,
Un coup secret qui bat et raille en triomphant.
Je connais tout cela.

ASPASIE.

     Qu'est-ce donc ?

LA DAME ROMAINE.

             Un enfant.

ASPASIE.

Un enfant, o terreur !

LA DAME ROMAINE (raillant).

     Tu trembles, par l'Averne,
Devant ce hanneton battant dans ta lanterne.

ASPASIE.

   Un enfant !

LA DAME ROMAINE.

                    Tremble, tu fais bien.

Et le coupable c'est?...

ASPASIE.

                    La nuit, en sait-on rien ?

LA DAME ROMAINE.

Bien, te voilà lancée !

ASPASIE.

            Epouvantable chose !

LA DAME ROMAINE.

Oui, cela vous ternit bien vite un front de rose.
Un enfant à vingt ans c'est la mort de l'amour,
        La mort du plaisir. Sans retour
        Tout nous fuit, c'est la solitude.
        Un enfant ! dis décrépitude,
Un enfant! Chair fanée, abandon, ride et mort.

ASPASIE.

Hélas! c'est fait de moi.

LA DAME ROMAINE.

                    Ce bel enfant qui dort,

Voilà notre bourreau.

ASPASIE.

            Que je suis abattue !

LA DAME ROMAINE.

Donner la vie on meurt.

ASPASIE.

            Oh! cet enfant me tue. —

Tu retournes le fer. — Si Julius savait. —

LA DAME ROMAINE.

Ton front le lui dira quand l'enfant se tairait.

ASPASIE.

Vénus ! où le cacher?

LA DAME ROMAINE.

            Tais-toi; Vénus, ma chère,

N'a pas d'enfants; l'amour son amant est son frère. —
Les Parques, seulement cachent les grands secrets.

ASPASIE.

Cieux, il bondit encore ! ô douleurs, ô regrets!

Ah ! je le savais bien moi que j'étais maudite,
Un enfant ! oh ! l'horrible ! — Et puis venir si vite !

LA DAME ROMAINE.

Allons, assez pleuré. — Tu trembles, tu fais bien, —
Rassérène ce front, car un enfant n'est rien.

ASPASIE.

Rien, Vénus !

LA DAME ROMAINE.

Et non rien, on s'en va chez Locuste.

ASPASIE.

Eh ! bien quoi ?

LA DAME ROMAINE.

Qui vous donne un bon philtre au plus juste.

ASPASIE.

Mais encore ?

LA DAME ROMAINE.

On l'avale ; effet brusque, inconnu,
Voilà l'enfant parti comme il était venu.

ASPASIE.

Tu l'as fait ?

LA DAME ROMAINE.

Tu seras donc toujours innocente :
On n'est pas mère, enfant, tant qu'on peut être amante.

ASPASIE,

Je cours. Je vois déjà cet horrible enfant nu !

LA DAME ROMAINE.

Et moi je reste ici. — J'épie.
(Elle conduit Aspasie. — Apercevant Humanus et Fausta qui
entrent, elle se retire à l'écart).
Je pense que voilà nos saints en œuvre pie.

(Elle se cache).

HUMANUS. — FAUSTA, sortant de la chapelle.

HUMANUS,

C'est trop rester debout. Sous cet olivier vert,
Viens, le gazon nouveau sous les feuilles se perd.

FAUSTA.

Que douce est la prière et qu'elle enlève à l'âme
Le poids de trop de joie et de trop de douleur !

HUMANUS.

Quels pensers faits de bien se lèvent de ton cœur !

FAUSTA.

Parlons de notre fils, le veux-tu ?

HUMANUS.

                  Noble femme !

FAUSTA.

Toi, tu commanderas, grande âme, aux flots impurs,
Moi savourant ma joie et mes devoirs futurs,
Tout-bas je pèserai le bonheur d'être mère.
Etre mère, c'est doux d'une douceur amère.
Etre mère, c'est grand. — Et quand tu reviendras,
Le soir après m'avoir serrée entre tes bras,
Mes baisers et les tiens de lui vont se repaître.
Il sera tel que toi, ce beau cher petit être,
Simple et grand, doux et fort, noble et beau, bon et fier,
Et tes cheveux bouclés, ta démarche, ton air.
Il aura ton génie et ton patriotisme,
Ton grand vol vers les cieux, ton ardent héroïsme...

HUMANUS.

Chère enfant, de mon fils tu devais me parler,
Ton amour dans les mots qu'il laisse s'envoler
Me met un nimbe au front et fait des auréoles
     De chacune de tes paroles,

FAUSTA.

N'as-tu pas à mon cœur donné son battement !
Ne m'as-tu pas fait naître à la vie en m'aimant ?

HUMANUS

Comment sauver nos fils de ce temps qui nous tue?
Des bonds sourds et secrets de l'âme irrésolue?
Le cœur c'est le tombeau, le vrai danger pour nous.
Nous ne mourrons jamais sitôt que sous ses coups.
On tombe au suicide ou bien on se ravale.
Aux âges de dégoût voilà la fin fatale.

O famille romaine, ô monstruosité,
Famille dégradée où la femme est esclave,
Où les bras de l'époux sont l'acier de l'entrave,
Où l'homme pose en roi, le père en déité,
Où l'on garde, où l'on tue un enfant par caprice,
Il te faut faire saint, lien mort sous le vice.
Viens, famille chrétienne, asile où le cœur bat,
Former des cœurs à Dieu, des hommes à l'État.

FAUSTA.

Ami, nous fonderons la famille chrétienne,
Nous ferons doux ce nœud afin qu'il se maintienne.
Ton fils, âme formée au feu de ton élan,
Continuera ton œuvre et poursuivra ton plan,
Et plein de ta pensée et plein de ta parole,
Par la croix de Jésus, le céleste symbole,
Vous ferez l'homme libre.

HUMANUS.

                              Hélas ! il faut la foi.
Sans Dieu l'homme ne peut que ramper sous un roi,
Un Tibère-Satan. Les passions des hommes
Sont des poids écrasant les libertés des Romes.
Je viens comme un lutteur t'étreindre corps à corps,
O vieux monde. Tué, j'enfanterai les forts.
Je saurai te briser l'acier de ta cuirasse,
Y marteler le cœur d'une nouvelle race.
Dieu, qui veux que je t'aide à ton œuvre sans fin,
Sur les bords effondrés de l'immense déclin,
Me voilà. Contre toi, pour toi je lutte, ô Rome,
Ou plutôt, ô Seigneur, vous qui m'avez fait homme,
C'est pour vous, pour le vrai que je porte ces coups,
Pour vous donner à l'homme impuissant loin de vous.
Viens donc doubler la force et la gloire du Maître.
O mon fils, mon cher fils, hâte-toi donc de naître.
Autour du Christ, Fausta, rangeons tous nos enfants,
Montrons leur à mourir vaincus ou triomphants.

FAUSTA.

Tout est beau, tout est calme au ciel, dans la nature...

                                        9.

HUMANUS.

Rome est le grand désordre et la grande imposture.

FAUSTA.

Laisse ton âme errer aux rêves consolants.

HUMANUS.

Vois là : Rome se cache aux nuages sanglants.

(Ils s'éloignent.)

ASPASIE revient.

Le grand jour me fait mal. Ma tête bat, se trouble. —
Le philtre est bu. — L'enfant est mort ; —plus rien, plus rien.
Avec Fausta j'aurai ce terrible entretien, —
Que cet enfant est lourd ! — Ma fatigue redouble.
Rien, plus rien. — C'est un poids ; mais il ne bouge plus.—
Par la peur j'ai Fausta, par l'amour Humanus.
Je le veux ; je suis lasse, il faudra bien qu'il m'aime,
Je suis pâle peut-être !
   (Elle se regarde dans un petit miroir d'argent.)
               Oh Vénus ! je suis blême. —
Pourquoi n'est-elle là ? — Je l'aurai, Julius.
Que cet enfant est lourd ! — Mais il ne bouge plus.

ASPASIE. — FAUSTA.

FAUSTA.

Toi, chez moi, sans Marcus, ô chère et bonne amie.

ASPASIE.

Je viens pour toi ! Sans plus, je suis ton ennemie.

FAUSTA.

Je ne te comprends pas...

ASPASIE.

        Tu m'as pris Julius.

FAUSTA.

Julius ! n'es-tu pas la femme de Marcus ?

ASPASIE.

Que m'importe Marcus !

FAUSTA.

Mais Julius?

ASPASIE.

Je l'aime,

Je l'aime et je le hais.

FAUSTA.

Revenez à vous-même,

Madame, on n'ose pas plonger en vos discours.

ASPASIE.

Oh! regardes-y bien et pèse-les. Va, cours,
Et quand jusques au fond tu te croiras venue,
Tremble d'y voir ramper ma rage toute nue. —
Je l'aime, je l'ai dit. — Faites, si vous l'aimez,
Qu'il apaise des feux...

FAUSTA.

Qu'il n'a point allumés.

ASPASIE.

Tu me braves. — Eh non, il n'est pas mon complice;
Mais, malgré sa vertu qui devient mon supplice,
Il faut qu'il soit à moi.

FAUSTA.

Quelle femme, ô mon Dieu!

ASPASIE.

Pas de christianisme inutile en ce lieu,
J'ai Vénus dans ma chair.

FAUSTA.

Mais elle est insensée!

Aspasie!...

ASPASIE.

Oh! laissez votre air de fiancée,
Je hais la vertu sotte et l'austère vertu;
Madame, ces pudeurs... — Je l'aime comprends-tu?

FAUSTA.

Je vois bien qu'à la fin on ne peut se méprendre.

ASPASIE.

Je vois bien qu'à la fin nous allons nous entendre,

FAUSTA.

Quoi, vous osez aimer cet homme noble et pur,
Dont le cœur est lumière et la pensée azur!

ASPASIE.

Et tu l'aimes bien toi, vertu?

FAUSTA.

Je suis sa femme.

ASPASIE.

Bah !

FAUSTA.

Qu'aimez-vous en lui?

ASPASIE.

Sa beauté.

FAUSTA.

Moi, son âme.

ASPASIE.

Quel pathos !

FAUSTA,

Aimez donc, faites-lui vos serments,
Poursuivez-le partout de vos emportements,
Vous pouvez lui parler en amante effrontée
De ce farouche amour, passion éhontée,
Vous le pouvez; il m'aime. — Et ne m'aimât-il pas,
Julius aime Dieu.

ASPASIE.

Tremble, c'est ton trépas.

FAUSTA,

Tiens, je ne vois en toi qu'une amante insensée,
Rappelle ta vertu, recueille ta pensée,
O ma chère Aspasie. Allons, reviens à toi.
Eh ! ne sais-je pas bien que l'on peut l'aimer, moi! —
Va, je ne t'en veux pas, — Viens que je te console,
Toujours j'aurai pour toi quelque douce parole.
N'es-tu pas mon amie, et n'as-tu pas mon cœur!
Ne crains pas un regard, un sourire moqueur.
Nous parlerons de lui. Non, ce n'est pas ta faute,
Et cet amour fera notre amitié plus haute.

ASPASIE.

Sa pitié! — Gardez-la, vous en aurez besoin,
De vos transports tu veux me faire le témoin,
Qu'à tout moment tous deux gardant la foi jurée,
Je vous voie! Ah! trop longue est déjà la durée
De mon supplice.

FAUSTA.

Hélas! combien tu vas souffrir!

ASPASIE.

Je veux souffrir, l'aimer, te haïr et mourir.
Cède-moi, Julius ou bien je t'empoisonne.

FAUSTA.

Il ne l'aimera pas.

ASPASIE.

Il mourra.

FAUSTA.

Je frissonne.

ASPASIE.

Regardez le poison, il est prêt.

FAUSTA.

Quels aveux!

Aspasie!

ASPASIE (bas).

Elle est douce, elle a peur. (Haut.) Je le veux,
Cède-moi Julius.

FAUSTA.

Seigneur, est-ce une femme!

ASPASIE.

Quand je n'en voudrai plus, tu l'auras.

FAUSTA.

Ah madame!

ASPASIE.

Eh bien, le cèdes-tu? Parle; mais parle donc,
A ce prix, je pourrai t'accorder ton pardon. —
Son amour ou sa mort.

FAUSTA.

Empoisonnez; je veille.

ASPASIE.

Ne crois pas que ma rage auprès de vous sommeille.

FAUSTA.

Et vous l'aimez !

ASPASIE.

Qu'il m'aime ou qu'il meure aujourd'hui.

FAUSTA.

Si ton cœur contre toi ne se lève pour lui,
Tu ne sais pas aimer. — Mais, c'en est trop, madame,
Cessez de marchander ainsi cette grande âme,
Allez donc, inventez, méditez vos trépas,
Avec mon Julius, je ne vous craindrai pas.
Je ne vous retiens plus, courez à vos vengeances.

ASPASIE.

Non pas, je reste ici.

FAUSTA.

Restez donc.

(Fausta sort.)

ASPASIE (seule.)

Innocences,
Scrupules, fuyez-moi. C'est assez de douleur, —

(Elle regarde dans le miroir d'argent.)

Cet enfant à mon front imprime la pâleur.
Mais il ne bouge plus ! — Julius, de l'audace.

ASPASIE. — HUMANUS.

ASPASIE.

Arrête, Julius, ou je cours sur ta trace.

HUMANUS.

Que veut de son ami la femme de Marcus ?

ASPASIE.

Je t'aime, tu le sais ; je t'aime, Julius.

HUMANUS.

Est-ce vous que j'entends, chère et belle Aspasie?

ASPASIE.

J'ose tout; mon amour est une frénésie.
Tu le sais, tu le sens et ne m'écoutes pas.

HUMANUS.

Répondez-moi : nos cœurs descendraient-ils si bas
Que de tromper Marcus?

ASPASIE.

Avec lui je divorce
Pour être toute à toi.

HUMANUS.

Taisez-vous : nulle force
Ne peut briser la loi de la maternité.
On est père, on est mère à perpétuité,
Ainsi l'on est époux. Le mariage unique
Seul protége l'enfant de l'abandon cynique
Des caprices brutaux de l'amour apostat.
Contre Dieu le divorce est l'immense attentat.
La famille est l'abri, le nid où croît l'enfance,
Où se rattache un jour la folle adolescence. —
Qui divorce, madame, a tué son enfant.

ASPASIE (bas)

Cieux, se douterait-il? Oh ce poids étouffant!

HUMANUS.

Gardez donc à Marcus l'amour qui purifie;
Divorcez Cornélie, aurez-vous les Gracchus?
Grandissez par l'amour que l'enfant vivifie;
Vous resterez toujours la femme de Marcus
Aux yeux de la nature, aux miens.

ASPASIE.

Ame glacée,.

J'ai la tête perdue et je suis insensée,
Et je vois, marbre dur, à tous tes froids détours,
Le but trop bien prévu de tes sages discours.
Tu me parles devoir quand je te parle ivresse;
Je te dis passion, tu me réponds sagesse.

HUMANUS.

Non, je vous parle amour, enfant. Mon cœur le sait
Que l'amour est le mot immortel et parfait...

ASPASIE.

Aime-moi donc alors et te dépêche. Avance,
Mon jeune sang fermente et j'je meurs d'espérance...

HUMANUS.

Enfant. tu ne sais pas ce que c'est que d'aimer,
Et ton sein inquiet te pousse à blasphémer.
Comme l'étoile aux cieux a pour champ son orbite,
Chaque amour en son rang au grand amour gravite.
Aimer, aimer partout et toujours ! De son cœur
Épandre et déverser sur tout ce flot vainqueur,
C'est la vie et la fin, le bonheur sans faux rêve,
Où l'amour vainc l'amour, car l'amour est sans trêve.
Aimez, aimez toujours, mais n'aimez pas sans Dieu.

ASPASIE.

Dieu, c'est toi, ta beauté. Mon culte, c'est mon feu,
Je t'aime, voilà tout. Je ne veux rien entendre,
Rien savoir, rien prévoir, rien voir ni rien apprendre.
Quand tu parles, crois-tu que j'écoute tes mots ?
Je t'admire et je bois ta beauté. — Les dévots
De leurs divinités vont baiser les statues,
Je te baise du cœur. — Je t'aime — et tu me tues. —
Je t'aime malgré Dieu, malgré moi, malgré toi.
Je te fatigue au lieu de t'attirer à moi.
Tu détournes tes yeux ardents de ta chrétienne ;
Ah ! maudite soit-elle ! ah maudite ! elle est tienne !
Tu perds ton temps ici. — Va-t-en. Pourquoi rester ?
Va te moquer de moi, vertueux, va porter
A son lit toujours pur ton amour et ma peine.
Je ris : entre vous deux se couchera ma haine.

HUMANUS.

Enfant, vous êtes pâle.

ASPASIE.

                    Ah ! tais-toi, je te hais.
Va-t-en. Laisse-moi donc et la rage et la paix. —
Ah ! je ne te hais tant que parce que je t'aime.
Pitié, mon Julius.

HUMANUS.

Enfant, vous êtes blême.

ASPASIE.

Je te hais. — Mais va-t-en. Pars, tu me fais horreur, —
Un jour, je te tiendrai tout pâle de terreur.
Je te hais. — Souviens-toi que ta femme est mortelle.
Je te hais. — Tremble donc pour ta vie et pour elle.

HUMANUS.

Remettez-vous, enfant; à l'égal de Marcus,
Nous vous aimons.

ASPASIE.

Fausta, comme toi Julius !

HUMANUS.

Toujours vous trouverez une amitié sainte
Sous ce toit. — Venez donc y reposer sans crainte,
Et si la vie apporte en passant ses douleurs,
Vous y pouvez trouver, madame, deux grands cœurs.

(Exit Humanus.)

ASPASIE, LA DAME ROMAINE, au fond.

ASPASIE.

Reste encor par pitié.

(Elle regarde Julius s'éloigner.)

Je vous vois. Il l'embrasse.
Ce baiser, c'est la mort qui sur ta lèvre passe.
Parques, à mon secours, vos ciseaux, vos serpents,
Que votre ombre vers eux porte mes pieds rampants;
Qu'elle meure! Pendant que tout bas à l'oreille,
Je lui dirai : c'est moi. Qu'elle meure et s'éveille
Aux ténèbres d'horreur de la profonde nuit.
Qu'elle meure! Ah! pourtant un regret me poursuit,
C'est de ne pouvoir point du fond de cette tombe
Entendre ses fureurs mugir comme une trombe,
Quand son âme verra dans mes bras Julius. —
Ah ! cet enfant m'a fait une chair de Nessus !

LA DAME ROMAINE.

(S'est avancée épiant.)

Tu veux tuer Fausta.

ASPASIE.

Je le veux.

LA DAME ROMAINE.

Pas si vite.

L'innocence lâchée a des bonds sans limite.

Tuer Fausta, non pas, nous en avons besoin.

ASPASIE.

La passion sans frein ne peut aller plus loin.

LA DAME ROMAINE.

Un moment ; je la garde.

ASPASIE.

Et pourquoi?

LA DAME ROMAINE.

Pour Tibère.

ASPASIE.

Eh bien, soit, j'y consens. Je veux que l'adultère

Leur soit avant la mort la séparation.

Mais, hâte-toi.

LA DAME ROMAINE.

Ce soir, chez Marcus l'action.

ASPASIE.

Si tu perds un instant, je ne perds pas une heure.

Elle est morte ce soir ou perdue... ou je meure.

LA DAME ROMAINE.

Tu chancelles !

ASPASIE.

L'enfant !

LA DAME ROMAINE.

Je comprends.

ASPASIE.

Il est mort !

(Elle tombe évanouie)

LA DAME ROMAINE.

Que j'appelle un esclave.
(Elle appelle dans le fond. Entrent Fausta, Humanus, Homunculus.)

FAUSTA ET HUMANUS.

Aspasie, un effort.

HOMUNCULUS.

Qu'on l'emporte, et tâchons de fuir le mélodrame.
Laissez-moi faire, amis, je connais cette femme.

(On emporte Aspasie.)

CHOEUR.

(Dans les airs les grands hommes du passé entourent le Christ, —
sur terre saint Pierre et les chrétiens.)

LE CHRIST.

Famille, trinité de l'Être toujours un,
L'humanité! Famille essaim d'êtres! Parfum
D'amour, d'âme, de vie en plusieurs exhalée!
Souffle de Dieu d'où sort l'immortelle assemblée!
Famille, de l'amour transfiguration,
Du transport animal divinisation!
Famille sainteté de l'acte de matière!
Chair faite pureté, nuit devenant lumière!
Naissance où le bonheur s'échappe du sanglot!
Source humaine roulant un enfant à tout flot!
Torrent d'hommes coulant à grande eau de la femme!
Toile sans fin du monde où le ciel tient la trame!
Mer de têtes, de chairs, de générations,
D'âmes, d'esprits, d'amours, de temps, de nations;
Mer où toute onde est homme; où l'homme pousse l'homme,
Où l'homme jaillissant fait jaillir; où l'atome

Devient être superbe à la face des cieux !
O famille, tu prends le rien mystérieux,
Tu le fais être germe, aube, lueur, aurore
Et jour ; et jusqu'à Dieu tu le grandis encore.

ARISTOTE.

L'animal fait des corps et sa maternité
Ne s'attache qu'aux corps jusqu'à maturité.
L'oiseau meurt sur son nid, le tigre dans ses jungles,
Montrant à ses petits le grand jeu de ses ongles.

PLATON.

Si l'homme ne faisait qu'un corps tout ainsi qu'eux,
Il oublîrait l'enfant, grandi, fort, belliqueux,
Mais l'homme fait une âme et l'œuvre est colossale ;
De la famille, pur, le chef-d'œuvre s'exhale,
De la terre et des cieux grande fécondité.

SOLON.

La famille, c'est donc l'infrangible unité,
Car c'est plus que l'amour de l'homme et de la femme,
C'est l'abri, le duvet, le nid, le toit, la flamme
De l'amour reportée à l'être de l'amour,
A l'enfant chair de deux et lien sans retour.

ORPHÉE.

Oui, ce sont ces deux bras des faibles qui nous lient,
Nous les forts, et jamais ces bras ne se déplient.
Nous sommes enlacés par ce baiser vivant,
Et ce souffle de rose, hommes, voilà le vent
Qui nous pousse, ici, là, toujours au sacrifice.

SALOMON.

Oh ! que vous êtes grande, ô famille nourrice,
Engendrement en Dieu, par Dieu, pour Dieu,
Car l'homme dans son fils allume le grand feu ;
Vivant il le soutient et par delà sa tombe
Il le suit de bienfaits de peur qu'il ne succombe.

SAINT PIERRE ET LES CHRÉTIENS.

O famille ! salut, forte communion
De l'homme et de la femme en l'enfant. Union
Par l'amour de la triple et pleurante immortelle

Dont la tête toujours abaissée et plus belle,
Se dresse sur les temps. O famille ! salut,
Volonté de créer où Dieu seul est le but.
Lorsque l'époux puissant jette sa vie au monde,
Par le travail des bras, de la plume féconde,
La douce femme doit le suivre en son chemin,
Et tous deux à la mort se mènent par la main.
O famille ! salut, enfantement de l'âme,
Où Dieu sculpte et fait croître avec l'homme et la femme ;
Où l'enfant né d'eux trois devient esprit et cœur.
Pourquoi donc en toi seule est ce souffle vainqueur,
Vivifiant, géant, mystère indestructible,
Éternité de l'homme en un germe invisible ?
O salut, souffle par qui fécondes les corps,
A quoi dois-tu force, ô plaisir sans remords ?
Un mot dit tout. Je sais d'où te vient ta puissance ;
Je vous connais, pudique et sainte jouissance :
Vous êtes de l'amour surnaturalisé ;
Vous êtes du divin dans l'homme transvasé ;
Vous êtes vraiment Dieu se transformant en homme,
Vous êtes le ciel fort repétrissant l'atome,
        Pour produire et pour engendrer ;
Pour faire être la chair ; pour y faire adhérer
Le pur esprit qui naît au céleste royaume.

CHANT VII

LE SUICIDE

CHANT VII

LE SUICIDE

Villa d'Homunculus, aux portes de Rome. — Fête. — Lieu Isolé.

MACRON, — NÉCROBIE, la dame romaine.

MACRON.

Tout est bien entendu, ce soir tu prends Fausta,
Sinon, je perds Tibère et perds Caligula.
J'ai fait tomber Séjan, j'ouvre ma nouvelle ère.
Julius doit mourir, mais après lui Tibère.
(Il la congédie et fait un signe à Tibère qui rôde déguisé en vieux
sophiste.)

MACRON. — TIBÈRE.

TIBÈRE.

Eh bien ! Séjan ? Fausta ?
                    MACRON.
                            Ce soir, je la tiens, là.
                    TIBÈRE.
Mais, honnête Macron, vous me faites attendre.
                    MACRON.
Séjan est dans les fers.

TIBÈRE.

Enfin !

MACRON.

Et le voilà.

(On entend sous une terrasse les huées du peuple contre Séjan.)

TIBÈRE.

Où va-t-il ?

MACRON.

A Caprée.

TIBÈRE (à la terrasse).

Oh ! que j'aime à t'entendre,
Harmonie où la haine éclate en fiers transports,
Vengeance, grande voix aux pénétrants accords !
Avoir avec Séjan la Fausta dans Caprée,
Ce sera Némésis avec la Cythérée.

MACRON (montrant le cortége).

On en rit comme on rit de ce qu'on ne craint plus.

TIBÈRE.

Séjan, soleil d'emprunt, je te tiens donc, intrus,
Chevalier de hasard. Du parfum de l'empire
Enivré, tombe donc ivre mort de délire.
Je vais vanner ta cendre en un terrible van.
Ses fils ?

MACRON.

Pris, comme on voit les feuilles dans le vent.
Mais aux vierges la loi fait grâce de la vie,
Sa fille est une enfant ; qu'à Diane asservie...

TIBÈRE.

Qu'on viole et qu'on tue ! Assez sur ce Séjan.
Que fait Rome, dis-moi, pendant cet ouragan ?

MACRON.

Rome, après cet instant où la stupeur hébète,
Pâle, mais souriant, reprend son train de fête.

TIBÈRE.

Ah ! c'est régner, cela ! Buvez, vivez vos nuits,
Vos jours seront bientôt au but où je conduis ;
Brûlez bien votre sang, enflammez-en la sève,
Il se refroidira sous le tranchant du glaive.

—Tout bas, Tibère; ici tu n'es pas empereur,
Paix, habile sophiste, éternel discoureur,
Baisse tes yeux, ta voix et ton voile en vestale,
Qui sait devant un homme éviter le scandale. —
Bon Macron, parlez-moi de la délation. (Il rit.)

MACRON (raillant).

Elle croît et déborde en exaltation.
Les hommes avilis hier parlaient seuls. Aurore !
Grands noms et grands talents au grand jour tout s'honore
De trahir, père, époux, fils, riches, indigents.

TIBÈRE (raillant.)

Ah ! la belle machine à gouverner les gens
Que ce crime nouveau, fécond, souple, élastique
De lèse-majesté. Je le reçus étique
Et mal venu d'Auguste. Il est grand ! tout puissant !
Note que c'est la loi qui fauche en punissant.
La loi des vieux Romains est une œuvre sublime :
      Et c'est cette loi qui décime ;
Au profit de Tibère ; et ce sont les Gracchus,
Les Brutus des vieux temps qui frappent les Brutus,
Les Gracchus d'aujourd'hui. — Vois, c'est mathématique :
La patrie aux grands jours, c'est la chose publique,
C'est la divinité. Mais l'empereur étant
La patrie incarnée... Écoute... Il est patent,
      Certain, pertinent et logique
Qu'il est aussi le Dieu.

MACRON.

Mais c'est syllogistique.

TIBÈRE.

Qui manque à la patrie, à sa divinité,
Est sacrilège ; donc, sacrilège éhonté
Qui manque à l'empereur. Or, qui n'est sacrilège ?
On l'est toujours un peu. — O bon filet, bon piége
A tout prendre à mon gré ! Responsabilité,
Pas une. Ai-je rien fait, rien dit, rien décrété ?
D'un principe j'ai su tirer les conséquences...
Et je sais en user, Rome, pour mes vengeances !

MACRON.

C'est sublime, seigneur. Pour le raisonnement,
Aristote et Platon poussent moins hardiment.

TIBÈRE.

J'étais né, bon Macron, poète et philosophe,
Mais je fus empereur ! — Savez-vous quelque strophe
Des poèmes latins ou des poèmes grecs ?...

MACRON.

Vers puissants de César ! vrais aigles à deux becs,
Déchirant l'avenir et le passé de Rome.

TIBÈRE.

Ou ces doux vers d'amour ?...

MACRON.

                    En nulle tête d'homme
Ces joyaux-là ne sont aussi bien enchâssés.

TIBÈRE.

A Rome, il faudrait voir si l'on admire assez.

MACRON.

Anacréon, près d'eux, me paraît somnifère.

TIBÈRE.

Parle-t-on de l'histoire ainsi que des discours ?

MACRON.

A les trouver si grands je les dirais trop courts.

TIBÈRE.

Soit ! Qui de son pouvoir veut dominer la terre,
N'a qu'à les méditer, et, s'il ose, qu'à faire.

MACRON.

Se sont tués hier : Hispo, Cornélius,
Asiaticus, Cotta, Messala, Fusius,
Et Nerva, ce matin.

TIBÈRE.

                    Nerva ! que dira Rome ?
Tibère n'a pas su conserver un tel homme,
Un sage, un vieil ami. Vieillard doux et serein,
Il s'est tué d'horreur ! — Vipère, dans mon sein !
Je t'avais supplié. — Que m'importe qu'il meure ! —
N'attends pas, ô Nerva, que Tibère te pleure.

Tuer, terrifier; et tu dois le savoir,
Terrifier, Nerva, c'est grandir son pouvoir.

MACRON.

Tout se tait. Le sénat met à mort, pour ses larmes,
La mère de Cotta.

TIBÈRE.

Sénat, tu me désarmes.
La bête est bien réduite et que j'ai là, Macron,
Un bon coursier humant les senteurs d'Achéron.
Je ne veux le monter, qu'orné pour la victoire.

MACRON.

C'est la fin du rapport : Les soldats du prétoire,
Des amis de Séjan ont comblé les prisons;
Le reste tremble, pâle, au fond de ses maisons.

TIBÈRE.

Qu'on les traque, Macron; que d'un coup l'on massacre
Hommes, femmes, enfants. (Railleur.) Aux dieux je les consacre;
Qu'ils meurent dans le fleuve, au foyer, en prison.
Et si quelque parent venait en trahison
Ensevelir les corps pourrissant dans le Tibre,
Qu'on l'y jette.

MACRON.

Très-bien.

TIBÈRE.

Vois comme ma voix vibre.
Comme je me sens fort à ce bain de sang frais !

MACRON.

Cependant, si l'exil...

TIBÈRE.

Un exil à mes frais !
L'exil est une joie, un plaisir, un voyage.
L'exil ! loin de mon bras ! dans un beau paysage !
Libre, on rirait, boirait dans de nouveaux pays !
Tibère de lui-même apprendrait le mépris !
L'exil, c'est liberté; l'exil, c'est délivrance :
Tuez, tuez...

    (Coup de tonnerre.)

Il tonne et je suis sans défense !
Honnête et bon Macron, donne-moi mon laurier.
　(Macron lui donne une branche de laufier.)
Contre le feu du ciel c'est le vrai bouclier.
Nargue des dieux, mon cher, mais non pas de leur foudre.
　(Autre coup de tonnerre, Tibère brandit sa branche de laurier.)
Tonne, ce n'est pas moi que tu mettras en poudre.
　(Il se retourne et se place droit devant Macron.)
Ça, vous glissiez un peu sur la belle Fausta.

MACRON.

Ce soir je fais partir pour Capri la Vesta.
　(Nécrobie vient parler bas à Macron.)
Les filles de Varron avec le fils d'Astère
Sont par nos ravisseurs conduits en grand mystère,
A cette villa rose au sommet du coteau.

TIBÈRE.

Vous me prenez le cœur, Macron, dans un étau.
Que tu sais m'attacher, gredin, par tes surprises...
Fais donc ce que tu veux. — Trois, mais tu thésaurises.

MACRON.

Je ferai préparer la litière, ô César !

　　　　　　　　　　　　　　　　　(Exit.)

TIBÈRE, seul.

(Il regarde de tous côtés.)
Il tonne. — Je suis seul. — J'ai hâte d'être en char.
Cette fête. — J'ai peur. — Pourquoi ne pas le dire !
Eh ! oui, certes j'ai peur parfois jusqu'au délire.
Qui ne tremble ses nuits, qui ne tremble ses jours
Dans Rome ? amant, amante au lit de leurs amours,
Maître devant esclave, esclave devant maître,
Époux devant épouse et traître devant traître,
Macron devant Séjan, devant Caligula,
Séjan devant la mort et peut-être au-delà,
Plèbe devant sénat et sénat devant plèbe,
Enfants devant les dieux et sots devant l'Erèbe,

Et tous, tous devant moi. — Mais, moi ? — Moi devant tous.
Oui, je tremble, Romains, mais qui le sait de vous ?
Oui, je suis à Capri pour trembler plus à l'aise,
Et vous tremblez à Rome en regardant ma chaise.
J'ai peur, mais j'ai vomi la terreur en retour,
J'ai brisé dans les cœurs, tout, l'amitié, l'amour
Et la maternité ; je n'ai pas pu mieux faire.
Il y a si longtemps que ma terreur m'atterre,
Que ma terreur s'accroît de l'antique terreur.
Une barbe, un manteau pour cacher l'empereur !
Ah ! que je me sens bien sous cette barbe fausse,
Avec ce faux manteau que la tâche rehausse,
Sous cette fausse voix.
          (Il rit de son costume.)
                    — Va, philosophe, chien ! —
(Se redressant.)
Pour dévorer sa proie, oh ! dans l'ombre on est bien !
— Salut, salut à toi, divine fourberie,
Tu vaux mieux que la guerre et toute sa furie.
Par toi j'ai su dompter le stupide Breton ;
Par toi j'ai près d'Auguste avoisiné Caton ;
Par toi j'ai su monter de l'exil à l'empire.
Fourberie ! ô salut, toi par qui je respire !
Qui m'a dit fourbe, ici ? Malheur à lui ! malheur !...
Je ne pourrais plus l'être, on saurait ma valeur.
Qui donc a pénétré dans le cœur de Tibère ?
Tibère est-il cruel si, comme on fait d'un père,
Ses sujets, ses enfants prennent ses intérêts
Et de ses ennemis voient les crimes secrets ?
Tibère poursuit-il ? Pourquoi ces suicides ?
Tibère ferait grâce. Ils meurent, les perfides,
Pour me déprécier. — C'est malgré moi, toujours,
Que le sénat condamne : on a tous mes discours.
Tibère est tout douceur, père de la patrie.
O que Tibère est fort !... Divine fourberie ! —
Ça, pourquoi donc trembler ? Trembler après cela :
Plus rien sur mon chemin Auguste n'est plus là.
Germanicus a bu son poison, — et (il rit) j'opine

Qu'au fond de son tombeau s'est calmée Agrippine.
Drusus, en expirant, mangea son matelas.
Plus de mère. — Séjan de mon trône est à bas. —
Enfin, je ne sens plus sous moi que des esclaves
Et je les puis fouler comme un pavé de laves !
Arrière donc, terreur, toi qui m'as tant pesé,
Je touche, enfin, le but où ma vie a visé. —
Je suis inexpugnable en ma forte Caprée ;
C'est l'heure de jouir, l'heure de la curée. —
Que la peur désormais reste la loi du temps
Pour tous, mais non pour moi. — Par peur de mécontents
Je donnais, je donnais, des blés, des ports, des routes,
O peur, tu ne sais pas tout ce que tu me coûtes ! —
Tout beau je n'ai plus peur. — Que n'importe après tout
Que le tout aille mal, il ira jusqu'au bout. —
J'ai de l'or, j'ai de l'or, sans cesse j'en confisque
Incognito, sans peur, et sans courir de risque. —
Mêler à l'or ancien toujours du nouvel or,
L'entasser en lingots et l'entasser encor !
Oh ! se jeter dans l'or, en avoir plein la vue,
Le sentir ruisseler sur sa chair toute nue,
Se caresser de lui, s'y coucher, s'y rouler,
Voir briller ses éclairs, frissonner et couler
Chaque pièce, une à une, et puis toutes ensemble,
Les former en montagne immense où le cœur tremble. —
Dans mes coffres de l'or, et du plaisir pour moi,
Et que dans la terreur tout se courbe en émoi.

MACRON (revenant).

En cent beautés pour vous la chair métamorphose,
Tout est prêt ; ô César, dans les bains d'eau de rose
Les femmes au teint mat, sous les grands orangers
Le soleil qui sourit inonde les vergers.

TIBÈRE.

Bon Macron, je voudrais pétrir toutes les femmes
En une seule, où des beautés dont tu m'affames
    Je mettrais les perfections ;
Tous ces yeux en deux yeux pleins d'aspirations ;
Tant de lèvres qu'on n'a que l'une après les autres

En deux lèvres toujours se collant sur les nôtres;
  Tous ces seins en deux seins parfaits;
Toutes ces belles chairs en une; et je voudrais
Dans deux baisers sans fin, dans deux baisers uniques,
Unir du monde entier les plaisirs frénétiques.

MACRON.

L'idée est grandiose et digne de César.

TIBÈRE.

Bah! l'idée est absurde, étant dans ce bazar
On l'on me dit le maître, où je me sens esclave,
Où malgré mon pouvoir tout m'est lien, entrave.
C'est la seule pourtant qui réponde aux désirs
Du vertige de chair affamé de plaisirs. —
On vient. — Prends-moi Fausta. — Je cours à Cythérée —
Et nous retournerons dès demain à Caprée.

                                    (Exeunt.)

HOMUNCULUS. (Des femmes le poursuivent.)

PREMIÈRE FEMME.

Tu m'appelais beauté.

DEUXIÈME FEMME.

          Tu m'appelais la chair.

TROISIÈME FEMME.

Tu m'appelais Vénus.

QUATRIÈME FEMME.

          Tu m'appelais Hélène.

PREMIÈRE FEMME.

Mes yeux ont dans tes sens passé comme un éclair.

DEUXIÈME FEMME.

Tu brûlais tout entier au vent de mon haleine.

TROISIÈME FEMME.

Un toucher de ma chair était spasme d'amour.

QUATRIÈME FEMME.

Ma forme te ravit, et tu l'as animée.

PREMIÈRE FEMME.

Ta bouche de mon corps caressait le contour.

DEUXIÈME FEMME.

Ah ! j'étais âprement, sauvagement aimée !

TROISIÈME FEMME.

Le temps où tu m'aimas, ne fut qu'un long transport.

QUATRIÈME FEMME.

Les amours des lions sont froids auprès du nôtre.

HOMUNCULUS.

Voilà des corps heureux, où toute âme s'endort !
Quand l'homme est sans son cœur, à la chair il se vautre.
Est-il une de vous que j'appelai Psyché ?
Femmes, j'ai vu vos corps et n'ai point vu vos âmes.
Vénus eut un enfant : le désir débauché ;
Psyché, l'âme, enfanta l'amour aux chastes flammes.
Moi, vous aimer ! arrière.

PREMIÈRE FEMME.

Hélas ! moi, je t'aimais ;
Et comme je t'aimais, Marcus, je t'aime.

HOMUNCULUS.

Infâmes,
Qu'un éclair d'or allume et qu'éteint pour jamais
Le plaisir ! Aimer ! vous, ah ! vous blasphémez, femmes.
Croyez-vous donc aimer ? Et qu'est-ce que vos cœurs ?
Luxure et vanité, voilà tout.

TOUTES LES FEMMES.

Mais, je t'aime.

HOMUNCULUS.

La vie aurait gardé de secrètes saveurs,
S'il pouvait être vrai, ce mot serait suprême !
Femme, tu t'es livrée, et tu n'as point aimé. —
Elles disent : Je t'aime. Ah ! pauvres créatures ! —
Tu crois nommer l'amour et tu n'as rien nommé.
Ce mot doit en passant briser tes dents impures.
Femme, je puis te voir mais ne puis t'écouter,
Montre ton corps divin, cache ton âme basse.
Voir ton corps ! Mais j'y sens ton âme dégoutter ;
Ton âme est une tache à ce beau corps vivace !
Tais-toi, parle plus bas que le zéphir du bois,

Tais-toi, parle plus bas que l'enfant qui respire,
Je saurais à l'accent mal timbré de ta voix,
Comme il est faux le mot que ton souffle soupire.
Si tu veux me tromper, cache cet œil qui luit,
Si tu veux me tromper, garde ton corps sans geste,
Si ton œil sait mentir, ta bouche te trahit,
Et si ta bouche ment, un geste, un son proteste.
Tu serais là, brûlant des laves de ton sang,
Tu serais là, statue, en un marbre immobile,
Que je verrais ton cœur passer sous ton front blanc !
Aux pores de la chair notre âme se distille. —
Laissons les mots menteurs ; femmes, que voulez-vous ?

   (A une femme.)

Toi, d'abord, il te faut, rêve insensé du faste,
Un palais et des chars. Les voilà.

                      (Il lui donne de l'or.)

   (A une autre femme).

                   Des bijoux,
Ambition de vie, où le brillant contraste
Avec le mat des chairs. — Prends.

                    (Il lui donne de l'or.)

   (A une autre femme.)

                 Orgueil de beauté,
Tu veux sentir sous toi plier ce qui t'adore —
Prends l'or et mes amis.

    (Il lui donne de l'or et montre les jeunes gens dans la fête.)

   (A une autre femme.)

               Toi, sensualité,
De splendides festins. Prends-les donc et dévore.

                  (Il lui donne de l'or.)

   LA CINQUIÈME FEMME, se plaçant en face d'Homuncules.

Moi, c'est toi que je veux. Vois mon être abattu,
Mon corps est tout tremblant, ô Marcus ! à ta vue.
Toi qui me fis frémir, je t'aime, le sais-tu ?

        HOMUNCULUS.

Pauvre fille, tu peux désirer ma venue,
Tu peux brûler d'ardeur pour cette jeune chair,

Tu peux vouloir ta main dans cette chevelure,
Tu peux chercher ces yeux, y perdre ton œil clair,
Je te crois, triste ivresse, élan sans imposture.

CINQUIÈME FEMME.

Vénus, fils de Vénus, ô Cupidon, mon roi,
Il le sent bouillonner, gronder ce cœur qui l'aime !

HOMUNCULUS.

Et cette âme, cette âme, ô Psyché ! — Laissez-moi.
        (Passent dans le fond des jeunes gens riant avec Caligula.)
Voici des hommes, là, voici votre poème,
Hors d'ici ; suivez-les.

LES QUATRE PREMIÈRES FEMMES.

                    Que je t'aime ; ta main !

                                (Exeunt.)

HOMUNCULUS, sans se retourner, à la cinquième femme,

Pour toi, verse une larme en ta coupe d'opale,
Pleure un peu sur ce corps .. larmes sans lendemain...
        Puis, fais-toi Bacchante ou Vestale.

                            (Il la congédie.)

HOMUNCULUS.

Lorsque mon sein portait l'espérance du vrai,
Mon cœur disait : je sens; mon esprit : je saurai.
Cette foi, vierge encor, devançait la science ;
Mes mots, aux ailes d'or, rayonnaient l'évidence.
Des hommes étaient là, suspendus, admirant,
De leurs esprits muets, j'étais le conquérant. —
Je me tais aujourd'hui. Cette chaude éloquence
A déserté ma lèvre alors que l'espérance
A déserté mon cœur. — Où va l'homme? O tourments !
Je me souviens à peine, en mes abaissements,
De ces pensers de vie où bouillonnait ma tête.
Est-ce moi qui parlais, qui pensais en prophète ?
Et ce souffle du nord qui me glace la voix,
Est-ce l'ardent simoun de l'âme d'autrefois?
Tu vas finir, mon corps, pauvre ombre de moi-même

Comme a fini mon cœur, cet effrayant problème,
Ce décembre effondré, qui s'écroule de moi. —
Dans la nuit de mes jours, l'étoile de la foi
A sombré. — Mourons donc. — C'est l'heure de ma fête.
Fille aux charmes hideux, jouis de ta conquête.
O mort, enlace-moi de tes bras paresseux.
Adieu ! jardins brillants de torches et de feux.
Que de femmes ! Mon sang n'aime ni ne désire.
Beauté, je ne saurais te bénir, te maudire,
Tu n'auras pas de moi, même un dernier adieu ! —

    (Il va au bûcher et au bain prépré près de hauts platanes.)

Enfin je vais mourir ! — Ici, dans le milieu,
Le bassin d'eau de rose où couleront mes veines,
Le bûcher de troëne, embaumé de verveines,
Qui va de son feu doux faire ce triste corps
Cendre et fumée — Au cœur me vibre un froid remords :
Ta douleur, Julius. — Adieu, mes chers platanes
Où j'ai, rêvant de Dieu, pressé des courtisanes,
Penchez vos bras féconds et voyez moi mourir. —
On s'empresse et je vois mes amis accourir.

AMIS D'HOMUNCULUS, CALIGULA, SA SUITE, MACRON.

    (Macron et Caligula à l'écart en entrant).

CALIGULA (bas).

C'est ce soir?

      MACRON (bas).

     C'est ce soir.

     CALIGULA (bas et riant).

         Que Fausta soit happée,

Et Julius tué. Pour Marcus...

      MACRON (bas).

         Cette épée!...

    CALIGULA (bas, revenant vers les jeunes gens).

Ah ! messieurs, vous venez à travers mes essors !
(Haut). Hier pour ne plus avoir à faire sa toilette
Trugus s'est tué. Vrai, c'est un coup de poète.

                        11

S'épiler tous les jours du haut en bas du corps,
Se laver le matin dans un bain, que d'efforts !...
Puis s'habiller après et s'habiller encore
Pour avoir écouté parler Athénodore,
Pour monter à cheval ou pour monter en char,
Se laver en rentrant et s'habiller plus tard
Pour aller chez Phryné. — Se laver si l'on rentre...
Vivre comme on est né, comme on vit dans un antre,
Serait mieux. Quel malheur d'être Caligula !
Si j'avais inventé cette nouveauté-là
Je me tûrais ce soir. — Tragus ! à ta mémoire,

UN FLATTEUR.

Il est doux de mourir avec autant de gloire.

HOMUNCULUS.

Il est doux de mourir au sein de ses amis,
Aux doux sons de leurs voix, nos yeux sont endormis.
Moi je voudrais mourir comme mourut Socrate.

CALIGULA.

Oui, mais qu'à la ciguë on mêle un aromate,
J'adore les parfums.

(Entre Humanus qui r garde le bûcher et le bain).

(Bas) Humanus ! au jardin !

(Il sort avec les jeunes débauchés. — Restent encore des jeunes
gens et des amis d'Homunculus).

HUMANUS, HOMUNCULUS, JEUNES GENS, AMIS.

HUMANUS.

S'ouvrir l'éternité, c'est un grand lendemain !
Ne parle pas, j'ai vu. Quand le Dieu du Calvaire
Souffle la vie aux cœurs qu'entrouvre la prière,
Tu veux mourir, jeter ton âme loin des cieux.

HOMUNCULUS (railleur).

Ami, sans ta douleur je mourrais radieux,
Tranquille comme Dieu qui voit souffrir les hommes,
Qui mutile en jouant les mondes, les atomes ;
Comme Apollon faisant écorcher vif Marsyas,
Assis et chantonnant de sa voix immortelle

L'air qui l'a fait vainqueur, et riant aux hélas,
Et Marsyas qui se tord, et la Force qui pâle. —
Non, Dieu n'existe pas, j'en jure tous les Dieux.

HUMANUS.

Cesse de rire, ami, les larmes dans les yeux.

HOMUNCULUS (railleur).

Peut-être aimes-tu mieux contempler Prométhée,
        Ce vrai Dieu de l'humanité,
Cet homme sacrifice et qui doit rendre athée
A le voir tout sanglant pour prix de sa bonté.
Tout pleure, Eschyle, Io, les nymphes, la nature ;
Mais le dieu Jupiter de ses cieux le maudit,
Sur le front du génie, il tient sa foudre impure ;
Un vautour dans son flanc... Le dieu Mercure en rit.
Voilà les dieux, mon cher, ils n'en font jamais d'autre.
Quels qu'ils soient, cesse donc de t'en faire l'apôtre :
        Dieu n'est pas, car l'homme est meilleur.

HUMANUS.

Tu ris mal. Et ton cœur se déchire à mon cœur.
Tu meurs, c'est bien. Parlons comme parla Socrate
        Aux suprêmes libations.

HOMUNCULUS (railleur).

Soit. Nos corps sont Romains, notre âme est Spartiate.

HUMANUS.

Ami, cette heure vaut nos vénérations.

HOMUNCULUS.

Eh bien, c'est vrai, je pleure. —Ami, je t'abandonne,
Ton cœur si près du mien ne peut me retenir,
L'âme vieille d'horreur ne peut plus rajeunir ;
Je pleure. A mon dégoût que ton grand cœur pardonne.

UN JEUNE SÉNATEUR (Attire quelques jeunes gens).

Je prévois, chers amis, par ce commencement
Qu'on va philosopher ici fort peu gaiement.

UN AUTRE.

Déjà j'ai vu passer un vieux sophiste en route.

UN AUTRE.

Les gens d'esprit ici sont en pleine déroute.

UN AUTRE.

Sous ces orangers verts, je vois Caligula.

UN AUTRE.

Allons parler, chevaux, femmes, vin et gala.

UN AUTRE.

Placer à fonds perdus dans l'incompréhensible,
Voilà philosopher.

UN AUTRE.

Qu'on serve du risible. (Ils sortent).

HUMANUS, OMONCULUS, AMIS.

HUMANUS.

Comme un géant lassé, tu fuis de l'avenir,
Homme ivre d'idéal, viens, Dieu perce la nue,
Combats encore un peu contre ce temps qui tue.
A bondir sans issue, ami, tu vas périr,
La terre avec ses nuits enchaîne ton génie,
La foi d'un Dieu nouveau finit ton agonie,
Tu vas pouvoir penser, toi qui voulais mourir.

HOMUNCULUS.

Un grand flot ténébreux roule au fond de ma tête.

HUMANUS.

C'est ton âme en travail ; son trouble, sa tempête
Sont précurseurs de l'œuvre et précurseurs des cieux.

HOMUNCULUS.

Cécité de l'esprit plus que celle des yeux,
Épouvantable, horrible ! O cécité de l'âme
Plus exécrable encore et qui fais l'homme infâme !
L'aveugle ne voit point le ciel ni l'astre en feu,
Mais son esprit connaît, son âme sent son Dieu.
Il ouvre son sein pur, s'il ferme sa paupière
Son cœur jamais distrait s'inonde de lumière !

Ne pas voir l'infini ! c'est la nuit sans flambeau !
O ténèbres de Dieu, ténèbres de tombeau ! (Ils s'assied accablé
                                            sur le banc).

HUMANUS.

Ami, notre œil peut voir et le soleil peut luire,
Mais l'œil point la vue et l'amour seul peut lire,
Mais le soleil n'est point le rayon, c'est l'esprit.

HOMUNCULUS.

Du savoir, de l'amour, je suis le grand proscrit.
Je ne sais plus penser; c'est un vertige immense,
Le tombeau me fascine, il m'attire... et j'avance...
Car j'ai soif de la mort, car j'ai faim de la mort.

HUMANUS.

Triste amant du néant, mourir n'est point le port.
L'homme ne peut mourir, car l'âme est immortelle,
L'âme, ce vase d'or de l'indéfinité
Qui possède l'idée et la voit éternelle,
Par l'idée est rivée à l'immortalité.
Jette donc loin de toi ta douleur et toi-même,
Et reviens avec Dieu te refaire un amour,
Une science, un ciel par la foi, ce vrai jour,
Plonge-toi tout en Dieu, priant et sans système,
Cesse de t'adorer, tu verras hors de toi
S'épanouir en sœurs, la science et la foi ;
La foi, ce fier levain de toutes les sciences,
Montant toujours plus haut les vastes confiances.
Ta science sans foi dans le doute a sombré ;
Avec ce grand levier elle eût tout mesuré,
La foi, c'est l'infini qui s'ouvre à l'âme émue,
La science y grandit dans l'immense inconnue,
Et dans le sein de Dieu poussant toujours plus loin.
Or le Christ de la foi nous a fixé le point,
En montrant Dieu dans l'homme et leurs gloires unies.
La science et la foi vers les mers infinies
Poussent donc à l'envi l'esprit aux harmonies.
Laisse agir Dieu, Marcus, attends-le sans faiblir,
        Et tu brûleras d'avenir;

Il soufflera de l'âme à tes moelles arides,
      A tes os desséchés et vides,
Laisse agir Dieu, les vents roulant les larges mers,
Dans les doutes pourront engloutir l'univers,
Présent dans le Seigneur ton esprit impavide
Sans vertige verra les profondeurs du vide.

PLUSIEURS JEUNES GENS.

Humanus, inspiré de Dieu, je suis chrétien.
    (Ils se jettent dans les bras d'Humanus).

HOMUNCULUS.

Moi, je meurs. Déserter un cœur comme le tien !
Un homme ne saurait nous consoler du monde,
Ouvre ma veine, Altus.
(Il entre dans le bain — un affranchi lui ouvre les veines aux
      bras et aux jambes — tous pleurent).

HUMANUS.

              O parole inféconde !
Cette chair que je presse, elle fuit mon transport
        Et va se glacer dans la mort.
Quoi ! Je ne verrai plus ces yeux, plus cette bouche !
Elle est cendre déjà cette main que je touche !
Un mot qui puisse aller jusqu'au fond de ce cœur !
Mais je t'aime, Marcus ! — Ton sang fuit ! O douleur.—
Curieux de la mort, meurs d'une âme chrétienne.
Toi seul rassasierais cette âme non païenne,
Qui te cherchait, ô Christ, mais où tu n'étais pas,
Qui loin de tes clartés s'abat dans le trépas.

HOMUNCULUS.

Ecoute : sans regrets, oublieux et sans larmes,
Tout hâtelant d'ardeur j'approchais de leurs charmes.
Ecoute et juge enfin jusqu'où va le dégoût :
J'étais heureux ; ami, ce mot dit-il bien tout !
Qu'était le pur transport de la pure science
Auprès de ce transport furieux de démence ?

HUMANUS.

Pourquoi donc souffres-tu l'horreur du désespoir ?
Ton âme a survécu, ta douleur le fait voir.

HOMUNCULUS.

Le plaisir a tué mon âme dégoûtée ;
L'âme sous ses baisers s'abat tout hébétée :
Le plaisir a tué la science et l'amour.
C'est l'époux de la mort, et la mort à son tour
Vient lui prendre la main ; l'horrible fiancée
Fait à sa chaude étreinte une étreinte glacée.

HUMANUS.

Retranche Dieu du monde et regarde l'amour ;
Il n'est qu'une souillure où le satyre accourt,
Prêtresse de Vénus et souillant sa tunique,
Vois se défigurer l'épouse du cantique.
Il n'est plus que le bois de Cythère, l'Eden
Où Dieu pousse du pied ses enfants sans hymen.
Ève n'est pas l'épouse ; ivresse qui rend ivre,
Impudique, sous l'œil divin, elle se livre,
Adam n'est pas l'époux ; il n'est qu'un corrupteur...
Le corrupteur, c'est Dieu, car c'est le créateur. —
Mais le Verbe éternel a crié vers son père :
Père, je vais à l'homme apprendre la prière,
Je vais dire ton nom unique et parjuré,
Je vais verser le vrai dans le monde égaré ;
La sagesse par moi de l'idée une et pure
Coulera dans les cœurs et chassant la luxure,
Coin pénétrant l'esprit, rayon faisant le jour,
          Le Verbe refera l'amour.

HOMUNCULUS.

Cela doit être vrai, car c'est grand et sublime ;
La volupté nous fait lâche et pusillanime.
Laisse-moi donc mourir, car mon cœur sans ressort
          Ne se sent bien que dans la mort.
Mourir, c'est le repos !

HUMANUS.

                    Mourir, c'est l'immortelle
Science. Tremble donc, toi qui montes vers elle,
Qui frappes à tâtons à la porte éternelle,

Qui crois qu'avec ton sang, ton âme va finir,
Qui te sauves de Dieu dans l'obscur avenir;
Dieu, c'est le grand réseau tendu sous toute chose.
Et tout retombe au fond de l'éternité close;
N'espère pas fuir Dieu, toi qui t'en vas mourir,
Marcus, tu vas trouver celui que tu veux fuir.

HOMUNCULUS.

Assez, la vision m'enivre;
O Julius, je vois... Je puis donc encor vivre...
Altus... il est trop tard... tout mon sang est parti.
Ce fleuve qui me fuit ne s'est pas ralenti.
Salut, ami! salut, ô Dieu. — mon Dieu pardonne.

HUMANUS.

Marcus! ô désespoir!........ Mon Dieu je vous le donne!
(Homunculus meurt — des esclaves placent son corps sur le
bûcher qu'ils allument).

LES PRÉCÉDENTS, CALIGULA, JEUNES GENS, — (Ils
entrent en riant).

CALIGULA (à Humanus).

Marcus, où donc est-il?

HUMANUS (montrant le corps sur le bûcher).
Regardez!

CALIGULA.

Bah! Marcus.
Un homme d'esprit, fi! passe encor pour Tragus.

HUMANUS.

C'est qu'on est bien lassé quand Rome vous dévore,
Quand dans nos nuits d'horreur ne blanchit point l'aurore.
Mais savez-vous cela? — Quand le monde est sans foi,
Sans liberté, sans dieu, sans pensée et sans loi,
Sur le tombeau du bien surgit le suicide,
Frappant le noble cœur et laissant le stupide.

(Humanus va recueillir les cendres d'Homunculus)

CALIGULA.

L'existence, Humanus, a bien ses beaux côtés.
De femmes, de chevaux, j'ai des variétés,
J'aime ces deux plaisirs, mon cher, avec furie;
Je vais d'un lit d'amour à ma belle écurie.
Tu parles, Humanus, toujours profondément;
Mais tu prends l'existence un peu trop gravement.
Personne, plus que toi, n'est adoré des femmes;
Le vrai bonheur, mon cher, c'es: d'être polygames. (On rit.)

UN JEUNE SÉNATEUR.

Le désert n'avait pas d'aussi brillants chevaux
Que l'élégant Marcus.

CALIGULA.

J'achète ses joyaux.
Se tuer quand on a de telles écuries!

UN JEUNE SÉNATEUR.

Un coursier comme Argos vaut au moins dix orgies.

CALIGULA.

Il est à moi. Je veux qu'il ne touche que l'or,
Je veux du grain doré dans l'or de sa mangeoire,
Je veux des vases d'or pour lui donner à boire,
Son mors sera d'or pur, ses sabots d'or encor.
Ne serait-il pas mieux, dites en conscience,
Au lieu d'un consul laid de saluer la panse,
Que le peuple romain vénérât mon trotteur?

LES JEUNES GENS.

Sublime!

CALIGULA.

Si jamais je deviens empereur,
Je veux, comme un consul, un préteur, un augure,
Le voir porter la pourpre et la magistrature.

UN FLATTEUR.

Il n'est que vous, seigneur, pour les inventions.

UN AUTRE.

Mieux qu'Homère et Virgile, et leurs conceptions.

11.

CALIGULA.

S'il meurt, je le fais dieu dans une apothéose,
Je lui dresse en Paros un temple grandiose.

LES SUIVANTS DE CALIGULA.

Hurrah !

CALIGULA (se tournant vers le bûcher).

Ton bois de rose a fort douce senteur,
Marcus ; il est sorti des mains d'un bon fendeur ;
Mais il fallait encor t'embaumer par avance,
Pour te brûler ainsi, mon cher, en ma présence.
Marcus, un rôti d'homme est une triste odeur.

LES PRÉCÉDENTS, ASPASIE. (Caligula va vers elle.)

CALIGULA (bas).

Fausta ?

ASPASIE (bas).

Macron épie et Nécrobie embrasse.
Les soldats sont au bas de la grande terrasse.

(Caligula, inquiet, va observer dans le fond.)

ASPASIE

Je ne vois point Marcus.

HUMANUS (qui a recueilli les cendres d'Homunculus, se place devant
Aspasie avec l'urne funéraire.)

L'homme plein de grandeur,
De majesté, de grâce, et dont l'âme fut tendre,
Cet homme de grand cœur est ce monceau de cendre.
Oui, cette urne vivait, pensait, parlait, aimait,
C'était un beau visage, et l'âme l'animait ;
Cette urne était Marcus, Madame, il est une heure !
Où donc est ton sourire, ô cendre que j'effleure,
Où sont tes yeux, ta main, ton cœur ?
C'est là tout mon ami, ce rien, sable moqueur !
Ton âme loin de nous sait le secret des choses,
Argile en cette argile enfin tu te reposes.

ASPASIE.

Quand j'avais demandé mon divorce avec lui,
(Bas.) Pour toi, mon Julius. (Haut.) Tu m'épargnes l'ennui,
Bon Marcus, et les frais des longues procédures. (On rit.)

HUMANUS.

Funèbres oraisons pires que les injures,
Que l'on jette aux tombeaux des cœurs découragés ;
Celles des cœurs hardis contre les préjugés
Seront terribles, (A un affranchi.) Viens, tu sais aimer les maîtres,
Portons-le saintement aux tombes des ancêtres.
(Ils sortent avec les amis d'Homunculus ; tout le cortége passe len-
tement;)

LE CORTÉGE.

Homunculus est mort ! — Homunculus est mort !
(Les invités se dispersent en tumulte, la fête cesse, Fausta passe re-
joignant Julius dans le cortége ; Aspasie, Caligula, Macron, la
Dame romaine, les suivent.)

LE CORTÉGE (au loin).

Homunculus est mort ! — Homunculus est mort !

CHŒUR.

(Dans les airs, les grands hommes du passé entourent le Christ. —
Sur terre, les chrétiens entourent saint Pierre.)

ESCHYLE.

O suicide! ô grand vertige !
O grand appétit du tombeau!
Ombre farouche qui voltige
Autour des âmes en lambeau.

JÉRÉMIE.

O suicide, immense plaie,
Qui s'ouvre au flanc de l'univers,
Quand le mal traîne sur la claie
Ou disperse aux vents froids des airs
Les choses saintes; quand le doute,
Ricanant ses rires amers,
Nous montre sous la sombre voûte
La fascination des vers.

TYRTÉE.

Suicide, fils du désordre,
Suicide, fils des tyrans,   •
Serpents hideux qui viennent mordre
Les âmes des hommes-titans.

ISAÏE.

Suicide, fils des misères,
Suicide, fils des temps noirs,
Gouffre béant aux grands cratères,
Où se tordent les désespoirs.

CATON.

Suicide, déroute horrible,
Panique d'un cœur de héros
Qui pouvait combattre, terrible,
Et court à l'éternel repos.

CASSIUS.

Il pouvait avoir la mort grande,
Aux hommes se sacrifier,
Mais il se jette en triste offrande,
Tant il a hâte d'oublier.

BRUTUS.

On meurt pourtant au sacrifice
Comme au suicide hagard,
Mais lui, préfère le caprice
De cet holocauste bâtard.

LE CHRIST.

Si vous voulez mourir, prenez la mort sublime,
Hommes; versez vos sangs pour combattre le crime.
La justice se meurt et vous voulez mourir !
Vous ne saisissez pas la main qui l'assassine !
De nobles nations tremblent sous la houssine,
Egoïstes ! mettez votre joie à périr !
Des mondes tout entiers se meurent d'ignorance,
L'esclavage est partout ; tyrans au sud, au nord,
Au levant, au couchant ; et Brutus dans la mort
Se couche mollement comme en la jouissance,
Et Caton le suivra ; puis vous tous, pauvres cœurs,
Ardents de liberté, de jour, de vrai, d'espace.
Et vous vous en allez sans laisser nulle trace,
Laissant régner en paix les tyrans, vos vainqueurs.
Oh ! ne l'espérez pas, cette paix, tyrans sombres.
Si Rome est sans héros, la mort lance ses ombres,
Et si l'homme se tait, les tombeaux parleront ;
Leurs soupirs sont un cri qui vole au bout de l'âge,
En l'entendant, les pleurs sur le pâle visage
        De la liberté couleront !

SAINT PIERRE.

Et les tyrans ont dit : tout est mort. Démosthènes
Est muet au tombeau. La liberté d'Athènes
N'est plus. L'esprit n'est plus, ni Solon, ni Platon ;
Le grand forum n'est plus, ni Gracchus, ni Caton.
La liberté se tait partout. Ils ont crié silence !
A la pensée, au droit. Dieu de l'intelligence,
Au milieu de ces deuils, le chrétien seul s'avance.

LES CHRÉTIENS.

La liberté ne se tait pas,
Si la vie est sans voix du bâillon de l'épée,
La mort, clairon aux grands éclats,
Aura des accents d'épopée.
Si la vie est la lâcheté,
Si son cou veut porter l'acier de l'esclavage,
La mort poussant son cri sauvage,
La mort sera la liberté.
Il faut que Dieu parle par l'homme
Et que la terre aux cieux le proclame et le nomme ;
Si ses œuvres n'ont pas d'échos
Dieu fera parler les tombeaux.

LE MARTYR PARLANT AU SUICIDE.

O grand supplice volontaire
Joint au supplice des tyrans,
Prête au martyr ta voix austère.
Nos maux, nos cris, les tiens, sont les vrais conquérants !
Tous deux nous dénonçons les bassesses du vice,
Du mensonge où l'âme se tord ;
Nous protestons par le supplice,
Par le grand silence et la mort !
Suicide, cri sans parole,
Écho de toutes les douleurs,
Plus durables qu'un capitole
Étalant tous deux nos pâleurs,
Nous nous dresserons sur les âges
Criant sans cesse : déshonneur !

A tous les faiseurs d'esclavages,
Au faux-prêtre, ce suborneur,
Au tyran éternel Tibère,
Au faux sage, contagion,
Aux faux dieux, brigands de la terre,
Abrités de religion.

CHANT VIII

LE SACRIFICE

CHANT VIII

LE SACRIFICE

——

(Terrasse de la maison d'Humanus à Herculanum. Le golfe de Na-
ples derrière des colonnes. Au fond Caprée.)

ASPASIE, LA DAME ROMAINE, UN ESCLAVE.
(L'esclave leur ouvre une porte secrète.)

L'ESCLAVE.

Voici l'endroit obscur.

LA DAME ROMAINE (à Aspasie).

La partie est gagnée.

ASPASIE.

Enfin, tu vas agir !

LA DAME ROMAINE.

Tes deux maîtres partis,
Reviens avec mes gens qui sont tous avertis. (L'esclave sort.)
Macron tend à Capri ses toiles d'araignée.

ASPASIE.

Tremble : Tu m'as jouée en route et chez Marcus.

LA DAME ROMAINE.

Ton Marcus qui se tue. Elle, vers Humanus
Fuit, colombe alarmée, à l'abri de ses ailes,
Adorables époux, risibles tourterelles,

ASPASIE.

Mais depuis Rome?

LA DAME ROMAINE.

                              Ont-ils quitté ces sénateurs,
Lâches flatteurs mandés par de lâches flatteurs
A Tibère? Et je vais rôdant par leur demeure.
Herculanum est gai, mais non pas à cette heure.

ASPASIE.

Et que décides-tu?

LA DAME ROMAINE.

                         J'ai déjà découvert
Les apprêts que Fausta, sa mère, de concert,
Font pour suivre de loin Humanus à Caprée.

ASPASIE.

A ma rage à la fin la voilà donc livrée.

LA DAME ROMAINE. (Regardant,)

J'entends du bruit, viens donc, vois nos chastes époux.

ASPASIE.

O ma fureur, attends!

LA DAME ROMAINE.

                          L'antre est noir. Cachons-nous,

HUMANUS. — FAUSTA.

FAUSTA.

Tu pars, mon cœur troublé laisse échapper ses larmes.
Oh! qu'il est loin, le jour de terreurs et de charmes
Où je vis à mon seuil entrer mon Julius,
Brillant du chaste éclat que dut avoir Jésus!
Tu me pressais la main dans la tienne scellée,
Moi je baissais les yeux sur mon âme troublée,
Nous nous disions des mots d'avance devinés,
Le ciel nous souriait comme aux prédestinés. —
Tu pars, je suis épouse et je vais être mère.

HUMANUS.

Est-ce donc ma Fausta qui du ciel désespère?

FAUSTA.

Tu pars sans t'informer si je vis ou je meurs,
Toi qui m'ouvris le ciel, tu m'apprends les douleurs.

C'est aller à la mort que d'aller vers Tibère.
L'ange a-t-il donc tâché d'émouvoir la vipère?
Avec ton noble cœur tout pétri de fierté,
Ardent de solitude, ardent de vérité,
Ta parole n'est pas faite pour ces oreilles,
Tu ne peux qu'au ciel pur parler de ses merveilles;
Les cœurs dignes de Dieu sont seuls dignes de toi.

HUMANUS.

Christ a-t-il écouté, ma Fausta, réponds-moi,
Pleurer son cœur divin et le cœur de sa mère?
Oui, femme, je vais seul pour parler à Tibère;
Et si les vils dégoûts des basses passions
N'ont pas tué l'élan des aspirations,
Il peut sentir comment grandit la politique
Par les principes saints du livre évangélique.
S'il le comprend, Fausta, le monde sans péril
Passe de son enfance à son âge viril.
L'univers fait chrétien par l'empereur et Rome
Est libre sous la loi pure du Fils de l'homme.
Si je conduis à fin les plans que j'ai conçus,
La lumière en nos lois se répandra féconde,
Et comme Jésus-Christ s'est donné pour le monde,
            Je donne le monde à Jésus.
Oui, je vais à Tibère et lui parler en face
Pour retenir au bord de ses écroulements,
Rome qui va rouler dans ses abaissements,
Jusqu'à ce jour où Dieu, comme l'ouragan passe,
Mandera le fléau de ses destructions
Sur les hommes, les dieux, les temps, les nations. —
Chrétienne, tu le vois, ce grand coup vaut ma vie! —
Comme Marcus, parfois aux cieux l'âme est ravie,
Près des bords du tombeau, de subites clartés,
Que Dieu mande lueur de ses éternités.
Secondant mon dessein et bénissant la terre,
Dieu fera-t-il ce jour dans l'âme de Tibère?
Je ne sais, mais mon cœur va le tenter. Hélas!
Pleure et prie au Seigneur, ô ma douce compagne,

La vie est tout entière au mort de la montagne.
    Au : « Tua fiat voluntas. »

FAUSTA.

Sublime audacieux, je meurs sous ta parole.
L'homme croit sa pensée une inspiration ;
Ton courage m'effraie au lieu qu'il me console.
Le ciel te pousse-t-il ou la conviction ?

HUMANUS.

Pour proclamer son nom je sens que Dieu m'attire.

FAUSTA.

Jusques à la victoire ou jusqu'à ton martyre,
Conduis-moi donc, héros, et partageons la mort !

HUMANUS.

Épouse, tu pourrais désirer un tel sort,
Mère, tu dois rester. Fausta, dans les entrailles
S'ébat un fruit de vie et non de funérailles.

FAUSTA.

Laisse-moi donc trembler ou partager. Choisis.

HUMANUS.

Sur mon sein, douce fleur suspendue à ta branche,
Viens, ton cœur bat au mien à travers ces longs plis,
Ce battement sans bruit, dans mon âme t'épanche,
Et la force revient à nous sentir unis.

FAUSTA.

Mon bien-aimé ! que j'aime à sentir ma faiblesse
    Qui m'attache encor plus à toi,
Ah ! que je te sens fort, alors que je m'affaisse ;
    Ma faiblesse, laisse-la moi.

HUMANUS.

Oh ! qu'il est plein le cœur qui voit une âme belle,
S'ouvrir pour épancher ses vertus autour d'elle,
Ne se lasser jamais, car elle est immortelle,
Et grandir ici-bas pour se grandir aux cieux !

FAUSTA.

Tais-toi, mon cœur brisé ne pense qu'aux adieux.

HUMANUS.

Souris-moi, chère enfant, d'un sourire de joie.
Pour agir et pour vaincre, il faut que l'homme croie,
Encourage ma foi des forces de l'amour ;
Dieu fit l'aurore belle, il fera beau le jour.

FAUSTA.

Pars. Pour te retenir, j'ai l'amour et les larmes,
Mais Dieu pour te pousser a de plus fortes armes.
Va donc, mon cœur courbé s'abat sous le devoir.

HUMANUS.

Que la foi te grandisse et non le désespoir.

FAUSTA.

Va donc, ô fils du Christ, où t'appelle sa gloire.
Je ne puis que pleurer, priant pour ta victoire,
Va, si Jésus te veut, meurs et soyons bénis.

HUMANUS.

Que je boive tes pleurs, ô tendresse indomptable ! —
Ah ! que l'amour du ciel est terrible, implacable,
Il brise tout amour ! — Sur ce sein en debris,
Cache-toi... Reste-là... Lève tes yeux... souris...
Non, ne me souris pas, enfant, car ton sourire
    Me ferait manquer au Seigneur...
Voici les sénateurs... C'est le bruit du navire...
    Fausta, cache-toi dans mon cœur,
            (Il la presse et s'éloigne.)

FAUSTA.

C'est le vent qui gémit aux algues de la plage
Ou les baisers d'adieu de la vague au rivage...
Reviens, reviens encor que je sente tes bras
M'étreindre et me donner la force du trépas.
          (Elle se dégage des bras d'Humanus.)
Restez donc en mon sein : restez donc, ô mes larmes,
Cachez-vous sous mes yeux ; mon front, sois sans alarmes.
Julius et toi Christ, vous le voulez tous deux,
Traînez ce cœur sanglant dans les chocs hasardeux.
Je t'adore, ô Jésus ; Julius, je t'adore,

Qu'il croisse cet amour s'il peut grandir encore,
Que l'amour éternel m'accable de ses coups,
Que mon cœur tout à vous puise en vous deux sa force,
Que tout hors mon amour par l'amour soit dissous,
Et que le sein brûlé sous l'impassible écorce,
    Je défaille d'amour pour vous.

HUMANUS.

Cœur de héros, tout fait de tendresse de femme,
Je t'aime, car le ciel rayonne de ton âme.

(Il l'embrasse.)

FAUSTA.

O cruelle douceur de ton dernier baiser !
Et maintenant va-t-en, car c'est trop s'épuiser !
Va, quelque horrible sort que garde en son mystère
L'avenir que demain va nous ouvrir Tibère,
Je porte au fond de moi ma consolation.
Tout est commun pour nous : bonheur, affliction.
Tu peux mourir. Ma vie à la tienne attachée
    Du même coup sera fauchée,
Coulera par la plaie où coulera ton sang
    Et s'échappera de ton flanc.

HUMANUS.

Un baiser, le dernier qui sera mon courage,
Que je te dise encore que je t'aime. —

(Fausta tombe dans les bras d'Humanus. — Sa mère entre.)
Dégage

Ce doux lien. —

(Humanus remet Fausta entre les mains de sa mère.)
— Tenez ce beau front soucieux. —

Si l'on se perd ici, l'on se retrouve aux cieux.

(Exit.)

FAUSTA, SA MÈRE.

LA MÈRE.

Ma fille, ma Fausta, ma chère créature,
Sur le sein de ta mère, affermis la nature.

FAUSTA (reprenant sa force).

Il n'aime pas, le cœur qui de son bien-aimé
   Ne fait pas la volonté sainte.
L'amour de dévouement sans cesse est consumé ;
   Il meurt sans pousser une plainte.
La douleur, ô mon Dieu, c'est la loi de l'amour,
Souffre donc, ô Fausta, souffre, c'est le grand jour,
Mais pleure tes douleurs en une seule larme,
Car tu n'as pas de temps à perdre en vaine alarme.
Il faut de Julius suivre les pas de loin,
Voir par moi les secours dont il aura besoin. —
Mère, il nous faut monter au lieu du sacrifice,
Tout est-il prêt ? — Buvons saintement le calice. —
Membres sans vie, Hélas ! portez-moi vers le lieu
Où Julius doit vaincre ou mourir pour son Dieu.

                    (Exeunt).

ASPASIE, LA DAME ROMAINE (elles sortent de la porte
   secrète. — Des esclaves entrent par une autre porte.)

ASPASIE.

Sous mes ongles enfin je la tiens cette femme.

LA DAME ROMAINE.

Cette fois rien ne peut nous briser notre trame !

ASPASIE.

Tu viens de prononcer ton dernier mot d'amour,
Tu ne le verras plus, ma Fausta, c'est mon tour.
Ton front candide et fier plus que la neige est pâle.
Pousse-lui dans le vent les soupirs de ton râle,
Il ne t'entendra plus. — Et mes ardents baisers
Boiront sur son corps nu tes amours épuisés.
Aux senteurs de son front ma vengeance embaumée
Respirera sans fin sa lèvre bien-aimée.

LA DAME ROMAINE (aux esclaves).

Fausta suivra de loin avec trente rameurs
Le vaisseau pavoisé portant les sénateurs,

ASPASIE.

Tu m'en réponds.

                             12

LA DAME ROMAINE.

C'est bien.

(aux esclaves) Prenez six grandes barques.

ASPASIE.

Priape, souille-la pour la livrer aux Parques!

LA DAME ROMAINE.

Tais-toi donc. (Aux esclaves) Humanus descendu, conduisez
Les rameurs de Fausta sous les rochers boisés
Où sans nul bruit de mer dans la douceur de l'ombre,
Près la grotte d'azur, dans un lieu sûr et sombre,
On peut tout observer. Cernez-la sans délais,
Aussitôt qu'Humanus monte vers le palais ;
De vos six grands bateaux fondant à l'improviste,
Enlevez-la.

ASPASIE.

Tuez tout ce qui vous résiste.

LA DAME ROMAINE.

Ecoutez bien ceci : vous abordez alors ;
Macron qui vous attend se trouve sur les bords,
Att ré par les cris de Fausta qu'il délivre.
(à Aspas e) Fausta n'hésite point et se hâte à le suivre.
(aux esclaves) Vous feignez de combattre avant que de céder.
(à Aspasie) Macron décide alors ce qui doit succéder ;
Il la garde sans pleurs et sans cris pour Tibère
Ou pour Caligula s'il met la surenchère.

ASPASIE (aux esclaves).

Voilà pour vous d'abord, pareille somme après.
Des glaives et des arcs au fond dans les agrès.
Allez et songez bien que vous perdez vos têtes
Ou que demain joyeux vous serez tous en fêtes.

UN ESCLAVE.

Tout sera fait ainsi que vous nous l'ordonnez.

ASPASIE (au 1er esclave).

Toi, cours avec Fausta. Voici pour toi.

L'ESCLAVE.

Donnez (exit).

ASPASIE.

Je veux la suivre aussi, la voir prendre.

LA DAME ROMAINE.

Inutile.

ASPASIE.

Tu veux pendant ce temps que je reste immobile?
Moi, je veux ses terreurs, ses fureurs, et jouir
De ce bonheur tombé que je vais enfouir.

CHŒUR.

(Dans les airs les grands hommes du passé entourent le Christ, sur
terre saint Pierre et les chrétiens.)

MOÏSE.

Faibles, qui gaspillez la vie
Comme un riche blasé gaspille son repas,
Superbes, qui foulez notre terre asservie
       Par les mépris et les trépas,
Méchants, qui prétendez que la force et la haine
       Sont les seules lois d'ici-bas;
Homme, écoute, demeure au dernier de tes pas,
       Retiens le bruit de ton haleine. —

JOB.

N'as-tu pas entendu le vent dans les déserts
Courir après le sol qu'il soulève et qu'il chasse
Avec des cris humains, et broyer dans ses fers
       Cette montagne qu'il enlace!

JÉRÉMIE.

N'as-tu pas entendu du fond des infinis
Le tonnerre éclater de nuage en nuage,
Avec ses bruits vengeurs des crimes impunis,
       Avec son silence et sa rage!

DAVID.

N'as-tu pas entendu du bout des horizons
Un tremblement secret qui secouait la terre!
La vallée a bondi, puis terrassé les monts
       Qui sont retombés en poussière.

ISAÏE.

N'as-tu pas entendu la grande voix des mers
Se ruant hors de soi combattant ses rivages !
Chaque vague se tord, tel Satan aux enfers,
    Et meurt en écumant ses rages.

SALOMON.

Si tu l'as entendue, homme, tu sais trembler,
Tu sais quel jeu d'enfant que de mener la terre,
La porter d'un bras sûr, là pétrir, l'accabler
    Selon la paix ou la colère. —

ORPHÉE.

Il est une autre voix qui nous parle plus bas,
Qui murmure en secret, plus douce et plus intime,
Une voix qui pénètre et qui ne s'entend pas,
Une voix qui nous porte à l'essence sublime
    Et nous repose dans ses bras.

PYTHAGORE.

    Arrête, écoute en tes artères
    Chaque battement de ton sang ;
Écoute le silence où s'agitent les sphères,
    Où chacune reste en son rang.
Écoute tressaillir la lumière qui passe
    En se jouant dans le ciel blanc ;
Écoute la chaleur qui vibre dans l'espace
    Et qui fait battre chaque flanc.

ESCHYLE.

Au cœur de l'arbre et du brin d'herbe
    Entends la sève s'animer,
Les mondes se chercher et s'enlacer en gerbe,
    Les atomes s'amalgamer,
Écoute tout grandir, entends croître la pierre,
    Écoute les lys s'embaumer,
Entends la vie ouvrir sa nouvelle paupière,
    Entends les germes se former.

PLATON.

Créer n'est plus pour toi comme une lettre close,
Si tu l'as entendue, homme, tu sais penser ;
Tu sais quelle main fine a pétri toute chose,

Tu sais l'ordre charmant qui fit la juste dose,
Tu vois l'idée en tout s'animer et passer.

SAINT PIERRE.

Oui, de Dieu c'est la langue humaine ;
Au créé c'est sa double voix,
Celle qu'il a parlée en chacune des lois;
Ce n'est pas sa voix souveraine.
Il a pris ces deux voix pour tout fixer à lui;
Par l'une, il fait sentir sa chaîne,
Par l'autre, il fait sentir son doux et tendre appui,
Ce n'est pas sa voix souveraine.

LES CHRÉTIENS.

Ah! c'est la voix d'amour qui dans l'âme bruit !
L'homme n'a jamais pu suspendre son murmure,
Car Dieu la cache au jour à toute créature,
Il la cache même à la nuit.
Depuis le jour sacré qui vit naître le monde,
Que l'amour éternel de grâce avait vêtu,
Il ne se trouve plus de voix qui lui réponde,
Et la grande voix s'était tû.
Le monde ressuscite enfin sous la parole,
Et d'un nouveau néant dépouille le tombeau,
Car l'amour avec Christ est venu de nouveau :
O Christ ! c'est ton auréole.

LE CHRIST.

Amour, ô douce voix poignante à m'effrayer,
Voix qui me fais tomber en un trouble suprême,
Voix que l'ange en sa gloire essaie à bégayer,
Et que Dieu se parle à lui-même,
Amour, fils de la pureté,
Amour, amour, ô voix mystère,
Toi qui brûles les cœurs ardents de vérité,
Toi, plus subtil que l'atmosphère,
Toi que l'âme sans Dieu ne saurait conserver,
Qui t'abrites au sein du Père,
Du cœur de Jéhovah tu sors pour tout sauver.—
Salut, amour, joie à la terre !

CHANT IX

L'EMPEREUR

CHANT IX

L'EMPEREUR

———

Une salle du palais de Tibère, à Caprée.

CALIGULA, MACRON (dans le fond).

J'ai regardé Tibère, et j'ai le coup d'œil sûr ;
Le vieillard, de Fausta ne m'a rien dit encore,
Son regard n'est pour moi ni plus doux ni plus dur,
Le timbre de sa voix plus sourd ni plus sonore ;
Même geste, même œil et pas de mot obscur.
Ce Macron m'a trompé. Que ce Macron me gêne !...
Douter de ses serments, c'est m'attirer sa haine...

MACRON (entre en r·gardant de tous côtés. — A demi-voix).

Nos conjurés sont morts. — Rien ne peut, ô César,
Empêcher que mon zèle à ta grandeur conspire.

CALIGULA.

Tu tiens donc, bon Macron, à me donner l'empire ?

MACRON.

Seuls nous pouvons suffire à ce coup sans hasard.

CALIGULA (à part).

Des grands ambitieux il a tout : ruse, audace,
Elan, tenacité. (Haut.) Tiens, laissons tout cela,
Honnête et bon Macron, attendons qu'il trépasse.
C'est un enfant gâté que ton Caligula.

Donne-moi ma Fausta, puis, rions ; la vieillesse
Me ferait repentir d'avoir perdu du temps.

MACRON.

César, un mot de toi, toute volonté cesse,
Arbitre de mon sort, commande, je t'attends.

CALIGULA (à part).

Quel œil a ce Macron dans sa large figure !
Il mourra. (Haut.) Bon Macron, adieu, mon bon Macron.

(Exit.)

MACRON.

Compose ton regard, compose ton allure,
Tu ne me trompes point. Donc, par le moucheron
Le lion se fait battre. Ah ! César, tu me laisses
Emportant ma pensée !... et ta punition !
Tout comme un jeu de paume, enfant, tu prends, tu cesses ;
Mes projets ! mes desseins ! ma conspiration ! —
Mais les capricieux sont donc plus invincibles
Que les forts ! — Ah ! malheur ! manquer ces coups terribles ! —
Règnera-t-il ? Ces bras seront-ils ses soutiens ?
Tuer, être tué, tout est là ; mais s'il règne ? —
Fausta peut me sauver. — Règnera-t-il ? — Qu'il craigne.
(Entre Tibère, abattu et absorbé, il s'asseoit sans regarder Cali-
    gula ni Macron. Caligula inquiet le suit, l'observe. — Macron
    les épie en sortant.)

TIBÈRE, CALIGULA.

TIBÈRE. (Bas.)

Homme, te voilà donc ! Et c'est là que tu viens,
Beauté qui se compose et qui se décompose
Par la même action de vie ! Es-tu sans cause,
Molécule vivante et qui seule es la mort ?
Au flanc vierge, elle vit, ou plutôt elle dort
Une moitié de vie. Enfin arrive l'heure
Où de l'autre moitié, le souffle fort l'effleure.
Homme, te voilà fait par la fatalité !
Puis toi même fatal, de ta maternité
Violant le berceau, tu nais, laid, misérable !
Puis tu grandis, toujours fatal, impénétrable !

Sublimes, elles sont ta force et ta beauté !
Comme en ces membres frais accourt la puberté !
Comment pourra jamais s'anéantir cet être !
Pourtant il tombera fatal comme pour naître !
Déjà ses membres pleins semblent se rétrécir
Et dans ses plis profonds cette peau se durcir !

(Il regarde ses membres.)

Ce corps, c'est le même être ! — et n'a rien du même être !
Ce corps fut petit, rose, et ne fit que de naître,
Ce corps fut grand et fort, — des cheveux noirs bouclés...
Et me voici hideux, les os mal assemblés !
La nuit, je sens les vers marcher en multitude
Dans ma chair, et ronger cette décrépitude !

CALIGULA. (Bas.)

Qu'il est sombre et terrible ! Il ne regarde pas !
Son œil fixe paraît méditer des trépas !
Aurais-je été trahi ? Macron a dit la chose ?
Oh ! ce rire ironique et cette lèvre close !

TIBÈRE. (Bas.)

Ce cœur aussi fut jeune, et tout jeune il aima.
Ce bloc dur où tout meurt un instant s'anima,
Il aima tout enfant aux baisers de sa mère,
Ce roc qui fut un cœur, et n'est plus qu'un ulcère !
A quinze ans, il aima des regards de quinze ans, —
Puis le tour fut joué. — Tout me fut instruments,
Amours, amitiés, tout. — Je fus seul à moi-même, —
Le corps perd sa fraîcheur et l'âme son poème ;
L'âge a tué le corps et le vice le cœur. —

CALIGULA. (Bas, l'épiant toujours.)

Il a parlé d'aimer ! — Est-ce Fausta ? — J'ai peur !
Que dit-il ? — C'est affreux. — Mieux vaut son ironie. —

(Il s'avance vers Tibère. — Haut.)

Mon père ! (Bas.) Il n'entend pas. — Oh ! c'est une agonie !

TIBÈRE. (Bas.)

Et l'on me dit le maître ! — Et l'on me dit le Dieu ! —

(Il se lève et retombe ironique.)

Moi le Dieu moi le maître ! — Et n'ai pas un cheveu, —

Ce regard a bien pu terrasser un esclave
Ou bien Caligula, mais jamais l'œil d'un brave.
Jamais je n'aurais pu foudroyer le sénat
Comme César eût fait. La peur m'a rendu plat,
Le soupçon a baissé comme un œil de panthère
L'œil de l'aigle envolé par de là le cratère,
Où frémissait en bas le monde consterné.
Eh! ma divinité m'embarrassait peut-être!
Moi qui fus le premier, je n'osai jamais l'être,
          Jamais ma tête n'a plané.

CALIGULA. (Bas.)

Ce front qui s'assombrit, Tibère qui soupire,
Jamais je ne l'ai vu si terrible que là!
Dans son regard de haine, en son affreux sourire,
          N'a-t-il pas dit Caligula?
Imite, plat valet, ton maître, ton cher père,
(Il copie Tibère). Le copiai-je mal? Ce sont bien ses manteaux,
Sa tenue et son air, ses gestes et ses mots.
Hélas! ce ne sont pas tous tes mots, ô Tibère!
Un seul!.. Je grandirais devant la nation
De toute ma fureur de domination!

TIBÈRE (bas).

Moi le maître!... Mais c'est l'affront de l'ironie!
Moi le Dieu!... C'est railler jusqu'à l'ignominie!
Je ne suis pas le maître et ne suis pas le Dieu,
Je suis le grand néant s'abattant en ce lieu!

CALIGULA (bas).

Que son silence est lourd! et que cette heure est lente!
Pourquoi concentre-t-il cette fureur sanglante?

TIBÈRE (haut et se plaçant en face de Caligula).

Être jeune c'est bien, mais régner, c'est plus beau!
Je ne donnerais pas le plus petit lambeau
Du plus mince pouvoir pour l'âge de cet homme.
(Il entraîne Caligula à une fenêtre et lui fait voir un passant).
Il est robuste et fait pour l'amour. — Qu'on l'assomme. —
Il est trop jeune à voir, quand Tibère vieillit.
Te voilà rose et frais, ton sang t'enorgueillit;

Et moi je suis brisé, — Je sais de jeunes arbres,
Dont la feuille, en tombant, va réchauffer les marbres.
Je suis le marbre, et toi la feuille. — Ta raison
Trouve de mauvais goût cette comparaison.
Sur l'éclat de ton teint la pâleur met sa rouille,
Et ton printemps vit moins que ma vieille dépouille.

(Il rit et va se rasseoir sans plus regarder Caligula.)

CALIGULA (bas, altéré).

Il sait tout! Que sait-il? La conjuration
Ou le rapt de Fausta?

(Il se retourne vers la fenêtre pour cacher son émotion et voit s'avancer Humanus avec les sénateurs conduits par Macron.)

Terrible vision!

Ils sont vivants! Ils vont! — La voilà qui s'avance,
Qui se dresse, grandit et m'étreint, la vengeance! —
Humanus et Macron avec des sénateurs!...
Ils viennent donc ici, tous, mes accusateurs!
Un frein d'airain brisant les battements de l'âme!
Un front d'airain pour bien mentir! Et cet infâme,
Ce Macron conduit tout! — Terreur! Je suis trahi.
Si je tuais tout seul le vieux tigre ébahi...

(Il fait quelques pas, terrible vers Tibère qui le regarde d'un œil profond.)

TIBÈRE.

Vous faites bien du bruit. — Ta parole est ardente,
Ton œil est furieux comme un œil de Bacchante.

CALIGULA (reculant).

Je rêvais...

TIBÈRE.

Rêve ardent qui vous fait rugir seul!
Caïus, de tels regards se cachent au linceul.
Tiens-toi calme en ce coin.

CALIGULA (bas).

Non, je n'ai point l'audace
D'étrangler ce vieillard. (Haut) Père, que je t'embrasse.

TIBÈRE.

Mieux cent fois n'être pas, que ne pas commander;
N'est-il pas vrai, Caïus? Vouloir, intimider,

Briser selon son gré, broyer à son caprice
Orgueils et volontés ! — À bas ! — Tout l'édifice,
C'est moi seul... C'est très-grand, — Ici, mort ! Elle y va.
Je fais de mon pouvoir ce que César rêva.
Ils sont sous mon genou, le front ployé, les hommes ;
Nul ne dit : Je serai, c'est beaucoup de : nous sommes.
Sentez-vous bien le poids immense que je fais ?
Me haïssez-vous bien autant que je vous hais ?
Comme vos volontés, je fais courber vos haines.
Que j'aime à les sentir frissonner dans les chaînes !
Mes dents grincent, mes mains se crispent à sentir
Tant de puissance en moi que je laisse languir.

CALIGULA (bas).

Qu'il est grand ! — C'est la mort qui traverse mes membres !

LES PRÉCÉDENTS, MACRON.

MACRON.

Les sénateurs, César, sont dans les antichambres.

TIBÈRE.

Serait-ce un vrai sénat que j'ai laissé là-bas ?
Que veut-il ? Il députe. Il réclame peut-être.
A trop chercher Tibère, on trouve le trépas.

CALIGULA (essayant de se remettre).

Le dieu va leur parler.

TIBÈRE.

              Le dieu, non pas, le maître.
Auguste avait passé sur ce sénat rampant,
Et timide il n'a pas écrasé le serpent.
Tibère y tient le pied. — Veut-il lever la tête ?
Tibère aime les rocs où gronde la tempête.
Mais il est trop à plat broyé sous mes talons,
Tibère a dans leurs nids tué tous les aiglons.
J'ai bien souvent frappé sur ta tête vidée,
Sénat de nom, sénat sans cœur et sans idée,
Sénat trop avili pour me donner encor
Le combat, la vengeance et les râles de mort,
Sénat à qui j'ai fait et tout faire et tout dire,
Sénat que je méprise et dont le nom fait rire !...

Eh bien ! au fond de moi, je les crains par moment,
Et je ne dis leurs noms qu'avec tressaillement.
Ils sont tous de famille et si fière et si vie lle,
Leur nom comme aux beaux jours étonne encor l'oreille ;
Les ancêtres étaient si forts, si triomphants,
Que lorsque sans les voir je pense à leurs enfants,
De cœur et de grandeur je leur crains quelque reste.
La grandeur est partie et le nom seul proteste.
(à M cron). Fais monter ces valets, et que leurs yeux fuyants,
Aux regards demandants, tâtants, bas, ondoyants,
Que leur bouche aplatie en un plus plat sourire,
Me fassent savourer jusqu'où va le martyre,
Me fassent savourer jusqu'où va ma grandeur. —
Venez, venez, noms fiers portés par impudeur,
O vous ! que je voudrais encor pouvoir abattre
Dans le puissant passé qui vous vit tant combattre,
Comme dans le présent, comme dans l'avenir.
Entrez donc, sénateurs, vous pouvez tous venir ;
Je suis la haine, moi ; vous, l'opprobre et la honte.
Aux armes ! car j'entends mon bataillon qui monte. (Il rit.)
(Tibère s'assied sur le trône, rattache on manteau impérial, met
  sa couronne que Macron lui apporte. — Caligula est muet d'é-
  pouvante. —

LES PRÉCÉDENTS, HUMANUS, DÉPUTATION DES SÉNATEURS.

TIBÈRE (sur le trône).

Où s'abat le cadavre, accourent les vautours ;
Vous êtes bien pressés, Tibère vit toujours. —
Au fait, que voulez-vous ?

HUMANUS.

Par notre voix, Tibère,
Le sénat, qui toujours dans ta raison espère,
Te fait complimenter d'un complot déjoué...

CALIGULA (bas).

Horrible ! horrible ! hélas ! perdu, tué, joué !

HUMANUS.

Un traître par le meurtre attentait à ta vie.

CALIGULA (bas).

Infâme !

HUMANUS.

Ne pouvant par ta fille Livie
Monter jusqu'à ton trône...

CALIGULA (bas).

Ah ça ! mais c'est Séjan !

HUMANUS.

Séjan fut ton ami, s'il fut notre tyran ;
Clémence donc, César...

UN SÉNATEUR (interrompant Humanus).

O toi, roi de la terre,
Dont le pouvoir grandit du fond de ton mystère,
Jupiter qui d'un mot terrasses le titan,
De Rome, du sénat, accepte la louange
Et l'adoration, encens pur, sans mélange...

TIBÈRE.

C'est venir de bien loin pour si peu. — C'est là tout ?
(A Humanus.) Toi, ton génie ardent ne paraît pas à bout. —

HUMANUS.

Oui, je viens te parler de l'état du vieux monde,
Je viens voir si Tibère est un esprit qui fonde,
Un génie où l'éclair de la sagesse luit,
Quand son bras peut tirer l'univers de la nuit.

TIBÈRE.

Voilà donc un Romain qui va m'oser tout dire ;
Le cas en est trop rare et j'y veux bien souscrire.

HUMANUS.

L'exil qui t'a formé t'a fait supérieur.
Tu penses et tu veux. Génie intérieur,
Rien n'a manqué, César, à ton intelligence,
Que l'immortelle loi de la toute puissance.
Je ne veux pas qu'un mot blessant soit prononcé,
Parlons pour l'avenir et non pour le passé.

TIBÈRE.

Ton esprit a marché tout droit vers les pensées
Dont mes nuits bien souvent seules sont traversées.
Donnez-moi vos avis.

J'ai souvent débattu
De quitter le pouvoir. — (à un sénateur). Que me conseilles-
[tu ?] —
Tibère se fait vieux, ambition éteinte,
Parlons loyalement, citoyens, sans contrainte.

UN SÉNATEUR.

Fais le bonheur de Rome, et sois au rang des dieux.

TIBÈRE.

Le sphinx est transparent.

UN AUTRE SÉNATEUR.

Nous tomberons des cieux,
Rome sera ruine, et ruine la terre
Sans ta puissante main, qui porte et qui modère.

TIBÈRE (à Caligula),

Parle aussi franchement que tous ces Messieurs-là.

CALIGULA.

Moi !...

TIBÈRE.

Je sais ton avis, César Caligula.
(A Humanus). A toi.

HUMANUS.

Les libertés ont les luttes fécondes,
Mais la licence fait les cités moribondes.
Si l'ordre par toi seul vient à la nation,
Reste pour éclairer, — roi, c'est ta mission. —
Mais va-t-en si, lys pur, la liberté dans l'ordre
Fleurit. — L'homme n'est pas ta chose pour le tordre, —
Le despotisme n'est qu'un désordre réglé,
Chaos de l'injustice à la force scellé.
Qui veut l'ordre met l'homme en ses droits légitimes.
Or, l'ignorant passé nous a légué deux crimes,
Qu'il nous faut, ô Tibère, effacer de nos mœurs :
L'esclavage d'abord et toutes ses hideurs,
Puis ces cultes honteux, effroyables croyances,
Qui mettent la bassesse au fond des consciences.
Reçois donc du vrai Dieu cette religion,
Dont Christ avec son sang à la terre a fait don,

Du feu divin du juste et de la foi, l'unique,
Éclaire les rapports du monde politique. —
Tu règnes, mais comment, César? par la terreur,
Qu'est l'on pire Romain? L'empire de la peur;
Un ordre social tout fondé sur la haine
Des peuples du dehors; au dedans Rome pleine
Des haines de chaque ordre. Or, n'est-ce pas partout
L'égoïsme, la guerre et le meurtre debout?
Système qui ne voit rien de saint dans le monde :
Ni justice, ni loi. — Dans ce cloaque immonde
L'homme sans cesse à l'homme immolé, dans ses jeux,
Et la religion s'enfermant dans les cieux.
Pour vos autels déserts il n'est plus de vestales,
Des filles d'affranchis pâture à saturnales,
Des pontifes vendus. Et l'on ferme les yeux ;
Le sacerdoce éteint, que deviendraient vos dieux?
Tibère, penses-y, ton pouvoir est factice,
Le désespoir le fait, mais non pas la justice.
Prépare l'univers aux fortes libertés.
Il est, je te l'annonce, une autre politique
Qui doit donner au monde une ère pacifique,
Qui des hommes égaux fait les droits respectés. —
Que ce bienfait d'en haut rayonnant hors de Rome,
S'en aille au monde entier, César, relever l'homme,
Dieu nous a fait ces droits, le Christ les a voulus ;
La pâle humanité ne les oubliera plus. —
Liberté, don sacré, moralité de l'homme,
Malgré la lâcheté, la bassesse de Rome,
Tu vis; malgré la force et les bourreaux, tu vis;
Si tu meurs, grain perdu dans les cœurs indécis,
Dans un cœur plein d'élan, l'homme fort te conserve,
Et là battent les droits de tous; sainte réserve ! —
Mais la liberté pèse aux peuples abrutis !
Dans le cloaque impur de la terre avilie
Féconde tout, César! Ta main lie et délie;
Tu peux tout, vaste tête où le monde a brui.
Le grand nom d'Alexandre en un éclair a lui,

Le lien vivrait autant que la vérité dure,
Ton aigle dans le temps prendrait son envergure,
Et son aile sans fin battrait l'éternité,
Car c'est de là, César, que vient la vérité.

TIBÈRE.

Ah! rêveur enivré d'un vain bruit de paroles,
Peste du monde, il vient tout lardé de symboles.
Au lieu de ce mot vide et creux : la liberté,
Ou de ce mot risible et fou : la vérité,
Répète tous les jours, le mot obéissance
Et tu vas adorer Tibère et sa puissance.

HUMANUS.

Ivresse pour ivresse, enivrons-nous de Dieu.

TIBÈRE.

Veux-tu railler Tibère? — Il est fort à ce jeu.
Tu me parais savant... un peu trop en hébreu...
Expliquerais-tu bien l'anneau de Mithridate
Et les bagues d'Auguste en m'en donnant la date?
Où bien décrirais-tu la pierre que César
A Pompéius Pernus fit baiser sans égard
Sur son pied gauche, alors qu'il lui donna la vie?
Peut-être sais-tu mieux la robe de Livie
En rendez-vous galant avec Ovidius?

HUMANUS.

Railler, arme de lâche et que hait Humanus,
La parole est une arme austère et magnanime,
Où rayonne le vrai des splendeurs du sublime :
J'ai dit vrai sans railler.

TIBÈRE.

Cher homme sérieux,
Tu pourrais voir tomber tes grands airs radieux
Et trouver qu'après tout l'éloquence est fatale,
Sans compter le ciel bleu, le rêve et la morale.
Hommes, j'ai par le mien, pénétré votre cœur.
Je sais tout ce qu'il tient de bassesse en l'honneur.
Vous masquez de grands mots tous vos désirs infâmes,
Tant que vous n'osez pas nous débrider vos âmes;

Oser ou n'oser pas, c'est le point débattu,
La lâcheté dans l'homme est toute la vertu.

(Macron entre et vient parler à Tibère.)

MACRON.

Séjan, ses fils sont là.

(On entend des gémissements dans la pièce voisine. Tibère indique
du doigt le côté d'où ils partent.)

TIBÈRE.

Ces cris sont ma réponse.

(A Humanus.)

Tout beau, l'homme sauveur, pas de sourcil qui fronce.
Macron, tu les as tous, pas un enfant n'a fui?
Va, mais fais massacrer ses enfants avant lui. (Macron sort.)

HUMANUS.

Horreur!

SÉJAN (en dehors).

Ils ont tué mon fils, tué ma fille...
Mes enfants, mes enfants!

TIBÈRE (criant à Macron).

Va donc, il s'égosille...

Je t'ai vaincu, Séjan.

SÉJAN (en dehors).

Hélas!... les yeux crevés...
Les bras coupés.., hélas !.., les genoux énervés...
Les tronçons de mes bras tâtant leurs places vides,
Les pieds embarrassés dans ces chers corps livides,
J'erre, tombe et me traîne au sang de mes enfants. —
Ne me les ôtez pas. — Grâce ! — Je vous défends. —
Le glaive est dans mon sein... Ah !.,. Maudit soit Tibère

HUMANUS.

Horrible, horrible sort !

(Silence — on entend la chute de Séjan.)

Le cadavre est à terre.

Plus rien. —

(Humanus qui est allé à la porte fermée revient se placer devant
Tibère.)

Ce n'est donc plus assez que de tuer?
Il faut sentir le sang autour de toi suer;

Las de meurtres, mais non rassasié, Tibère,
Tout le sang déjà bu d'un nouveau sang t'altère.
Entends monter aux cieux es malédictions.
Il est proche le jour des expiations :
Tes victimes sont-là devant Dieu dans l'attente.
Roi, tes dents en claquant se broieront d'épouvante.
Ce ne sera, César, que le commencement :
L'âme a l'éternité, c'est là son châtiment. —

                              TIBÈRE.
Mes crimes dans mes os ont ébranlé la moëlle. —
Ta voix, c'est le remords —
(Il montre le sang qui coule sous la porte et recule épouvanté.)
                    Là ! là ! ce sang ruisselle. —
Tais-toi ! — tais-toi ! —
                    (Après un moment il se redresse et rit.)
          Risible... ah ! ah ! moi, des remords !
Tibère sait dompter leurs inertes transports.
                    (A Macron dans la pièce voisine.)
Macron, fais laver tout, enlève le cadavre,
Cela trouble Monsieur et cet aspect le navre.
Que dès ce soir ce corps à Rome soit porté,
Traîné sur le pavé par le peuple irrité,
Qu'il ne soit plus demain qu'un lambeau de colère ;
Que rudement heurté sur les rocs, sur la pierre,
Il laisse ses morceaux aux palais, à son seuil,
A chacun des pavés, témoins de son orgueil.
                    (Il se promène en s'exaltant.)
Qui donc est grand au monde et quelle tête passe
Pour que dans mon charnier sur mes morts je l'entasse ?
Les têtes sont le sol où je pose les pieds ;
Je l'ai fait d'ossements, le trône où je m'assieds.
Eh bien ! y trouvez-vous quelque chose à redire ?
                    HUMANUS.
Des assassins Tibère a le dernier délire.
Tu peux crier bien haut pour te donner du cœur,
Ton œil est mal dressé pour ce regard vainqueur ;
Tu trembles, plat tyran, tu trembles dans ton âme,
Devant tes souvenirs passant comme la flamme

Sur ton cœur dévasté par l'impur ouragan;
La débauche endort mal les meurtres du Titan.
Tu trembles des vivants. des morts, et de leurs ombres,
Des jours et des clartés, des nuits, des heures sombres,
Tu trembles devant Rome où tu n'oses venir,
Tu trembles devant moi que tu n'oses punir.
Cependant un seul mot peut effacer tes crimes.
Tu peux encor pour toi voir prier tes victimes.
Mais pour dire ce mot, il faut savoir prier.
Toi, prier ! Tu pourrais blasphémer et nier.
J'avais trop espéré de ta raison mûrie,
Ton âme a déserté, honteuse de ta vie,
Et tu n'es plus qu'un corps, des membres grelottants,
Claquant déjà la mort, cadavre avant le temps.

TIBÈRE.

Tu viens railler le tigre et l'irriter au gîte,
Tu veux porter le jour dans mon île maudite,
Non tu ne m'auras pas en vain fait tressaillir.
Toi qui m'oses braver, oseras-tu mourir ?

HUMANUS.

César ! maître de tout excepté de toi-même,
Regarde-moi mourir et tu seras plus blême
Que moi. — J'ai trop parlé de Dieu pour ta raison ;
Je te le laisse au flanc, ce glaive de poison.
Je pouvais te donner l'âme transfigurée.
Frappe ! et cherche bien là d'une main assurée,
Ce qu'il tient de vertu dans l'âme d'un chrétien.
S'il te faut ton spectacle, il faut à Dieu le sien.
S'il te faut des trépas et des morts monstrueuses,
Dieu veut à ses martyrs des morts majestueuses.
Mon sacrifice est fait. — A toi donc le surplus.

TIBÈRE, aux Sénateurs.

Je le prends. — Vous mourrez avec cet Humanus,
Car tous devant ce fou vous avez vu Tibère
Trembler et s'abaisser. — Ah ! cela vous attère, —
Vous êtes-là, penseurs, lâches, républicains :
Aussi dignes de mort que dignes de dédains,

Les penseurs, car ils ont l'âme ardente, élevée,
Et sont dans un État dangereuse couvée,
Ils éclairent les temps de terribles lueurs.
Vous, les républicains, car ivres de fureurs,
Vous rêvez des complots comme aux beaux jours d'Auguste.
Pour vous, l'ordre en l'État est un lit de Procuste.
Quant aux lâches, ceux-là sont de tous les partis,
A tout succès nouveau d'avance convertis.
A mort donc, à mort tous. — Jouons les dés sur table,
Je n'en suis plus au temps de feindre un air affable, —
Ai-je assez bien joué les hommes et les dieux !

HUMANUS.
Maintenant, masque bas, montre-toi donc aux yeux.

TIBÈRE, railleur.
Savoir mentir, savoir régner ! Loi fort profonde. —
J'avais tout contre moi, le sénat et le monde,
Et je tiens le sénat et le monde sous moi.
Il faut savoir tromper, puis briser. — Autre loi,
J'ai trompé, j'ai brisé. — C'est là que nous en sommes. —
Ce fut ton jour, Tibère, alors qu'avec les hommes
Tu fis ce que l'on fait des choses. — Volupté !
Que je t'ai bien pétrie, immonde humanité,
Pâte infâme ! au plus bonne à m'engraisser des tombes,
A faire à ma fureur une chair d'hécatombes. —
Qu'on les mène aux prisons. — En me mettant au lit,
Je veux rêver pour eux un supplice inédit (1).   (Il rit.)
(Tibère sort. — Caligula le suit, — Restent les sénateurs sous la
garde de Macron. — Ils sont abattus et consternés. — Humanus
reste isolé.)

HUMANUS, LES SÉNATEURS, MACRON.

HUMANUS.
Enfin, je suis donc un martyre,
O Seigneur ! Suis-je saint, ou suis-je criminel ?
Suis-je pris d'orgueil, de délire,

(1) C'est ici le Tibère dont Tacite a dit qu'il n'eut plus de frein.
La faiblesse de l'âge ôte même la force de volonté nécessaire pour
l'hypocrisie.

Ou ma raison, que Christ attire
Pour tout fouler aux pieds, va-t-elle à l'Éternel?

Je pouvais d'une femme pure,
Et d'enfants purs aussi porter l'âme à mon Dieu,
Je pouvais le nommer à la race future;
A d'horribles hasards, les jetant en pâture,
Je laisse ces bonheurs et péris au milieu.

Je serais insensé, Christ, je serais coupable,
Dans un autre temps que ces temps;
Dans ce siècle perdu, de penser incapable,
Il faut des foudres éclatants.

Aux jours où nous vivons, mourir est la seule arme.
On n'est plus qu'un sophiste à parler sans mourir.
Pour enfanter au vrai, l'œil même se fait larme,
Et l'holocauste humain, à Dieu se doit offrir.

Prends ces cœurs qu'avec moi, Seigneur, je martyrise.
Seigneur, tout est à toi, je me donne avec eux.
Fausta, mon cœur te voit, Fausta, mon cœur se brise;
Pour la dernière fois, j'ai baisé tes doux yeux,
D'où ton âme échappée, accourait dans la mienne.
Ah! pourquoi t'ai-je aimée, et pourquoi par l'amour
T'entraîner dans la mort? Lève ton cœur, chrétienne,
Christ t'appelle et m'appelle, et ce jour est son jour.

Que la terre, ô chère isolée,
La terre ne soit rien pour toi!
Attache tes deux bras à mon âme envolée,
Et franchis le ciel avec moi.

L'esprit vit sans les corps, sans les lois de l'espace
Qu'importe si je suis cadavre avec les morts,
Mon âme sur ton cœur, sans fin, passe et repasse,
Que ton âme gémisse en la prison du corps.

Elle sait où je suis et peut trouver la mienne.
Nous nous quittons, enfant, mais sans nous dire adieu,
Car nous savons tous deux que toute âme chrétienne
      Se réunit au sein de Dieu.

Va, je t'entourerai d'amour, bien qu'invisible ;
Je serai près de toi durant le long du jour ;
Dans ton chaste sommeil, que je ferai paisible,
      Va, je t'entourerai d'amour.

Pendant que tu diras de ton cœur, de ta lèvre,
Mon nom toujours sacré près de celui de Dieu,
Près du trône éternel, je t'attendrai sans fièvre,
Te préparant la place et disposant le lieu
Où sans fin nous devons le contempler ensemble ;
Puis, quand viendra le temps de la mort qui rassemble,
      Je te ferai rentrer en Dieu.

Seigneur, prends donc ce souffle et mets ce corps en poudre.
Nos esprits dès longtemps ne vivent plus qu'en toi.
Déjà je sens mon corps se fondre et se dissoudre,
Je sens mon âme aller et s'échapper de moi,
Veiller pleine d'amour sur mon amour perdue,
D'un mouvement sans fin parcourant l'étendue,
Comme la roue ardente et qui brûle l'essieu,
Voler incessamment, et d'une aile immortelle,
Descendre de mon Dieu, pour reposer en elle
      Et remonter d'elle à mon Dieu.
      (Des soldats entraînent Humanus et les sénateurs).

CHOEUR.

(Dans les airs, les grands hommes du passé entourent le Christ, sur terre, saint Pierre et les Chrétiens.)

LE CHRIST.

Nous sommes les vainqueurs à coups de vérité,
Nous volons dans l'azur, nous sommes les grands aigles
Poussant du haut des cieux les cris de liberté.
Nous planons au dessus des rois, des lois, des règles.
Nous sommes les vrais forts, les tueurs de tyrans,
Les grands affranchisseurs des anciens esclavages,
Car lorsque nous voyons l'homme dans les entraves,
    C'est nous seuls qui donnons nos sangs.

LES GRANDS HOMMES DU PASSÉ.

Nous sommes les enfants de la grande Parole,
Nous écrasons la tête et le sein de l'Idole.
Les tout-puissants ploîront ainsi que des roseaux
    Aux coups d'aile des grands oiseaux.

Vous tomberez, tyrans, devant trois mots étranges
Qui vont tout balayer, tout changer; mots nouveaux
Qui volent dans les vents comme les beaux archanges,
    Et qui vont creuser vos tombeaux.

Et pendant que le monde à vos pieds prostitue
L'homme, l'enfant, la femme et l'âme que l'on tue,
Dieu de son doigt puissant, au banquet de César
    Où l'on boit le sang de la terre,
    Comme au festin de Balthazar
    Écrit les mots du grand mystère.

SAINT PIERRE.

Cependant descends donc nomme, ravale-toi.
Sous l'antique Satan courbe-toi. C'est le roi.
Ton œil se voit parfois; cache-le donc, ô Rome!
Sous la fange avec toi traîne tout le vieil homme.
Allons, toujours plus bas. Qu'on n'aperçoive rien
Ni de vrai, ni de beau, ni de grand, ni de bien.
Homme, monde, plus bas, plus bas, plus bas encore,
Et que toujours plus bas vous trouve chaque aurore.
Fais-le dieu, ton tyran; qu'il soit roi, c'est trop peu.
Adore Satan-Homme et non pas l'Homme-Dieu.
C'est le dernier degré. Que ton âme se baisse
D'un seul coup de genou devant toute bassesse.

LES CHRÉTIENS.

C'est qu'il faut que jamais la pâle humanité
Ne tente de nouveau l'effort déjà tenté;
C'est qu'il faut épuiser toute la force humaine
Pour qu'exemple éternel, cette chose romaine
Reste; pour que l'on sache, ô mal! ce que tu vaux;
Pour qu'on ait par l'absurde une preuve du faux,
Du laid par le hideux, et du mal par l'infâme;
Pour que l'expérience en soit sans fin pour l'âme. —
Enfin, Rome, sens-tu que tu manques de Dieu?
Traverse donc ta boue et trouve l'éther bleu.
Enfouie, acculée au fond du précipice,
Dans la ténèbre horrible où te plonge ton vice,
Ton œil morne voit-il que tu n'as plus de Ciel?
Si tu ne le vois pas, l'homme, l'être immortel,
Le voit au sombre feu qui t'use et te dévore.
Nous lui ferons ouvrir les portes de l'aurore :
Un mot, et l'homme va s'élancer, se dresser
Pour voir le mal râler, se tordre, trépasser;
Un mot, et l'homme va, se séparant de l'homme,
Bondir dans l'Éternel pour se laver de Rome.

CHANT X

LE DIEU

CHANT X

LE DIEU

————

La chambre de Tibère, à Caprée.

CALIGULA, MACRON.

CALIGULA.

Ah ! Fausta ?...

MACRON.

Je la tiens.

CALIGULA.

Et pour qui ?

MACRON.

Pour vous seul·

Mais au vieux préparons la tombe et le linceul.

CALIGULA.

Où l'as-tu mise, dis ?...

MACRON.

Pour éviter les larmes,

J'ai feint de l'arracher des mains de mes soldats...

CALIGULA.

Le vieux, soleil couchant ; moi, l'aube aux grands éclats...

Souviens-t'en...

MACRON.

Elle espère Humanus dans une heure.

Tibère n'aura rien, mais que Tibère meure.

CALIGULA.

Bon Macron, sois gentil pour ton Caligula,
Tu m'as donné ta femme, ami, donne Fausta,
Et...

MACRON.

Cette belle fleur finira son sourire...

CALIGULA.

Dans mes bras ?....

MACRON.

Dans les bras qui porteront l'empire.
Son seul lit est le trône.

CALIGULA.

Eh bien, je n'ose pas.

MACRON (bas).

Il blêmit. Courbe-toi sous la main qui te brave.
Ce futur empereur est un trop bon esclave.

CALIGULA (bas).

Ah! tremble. (Haut.) Adieu, Macron.

MACRON (bas).

Que cet homme est donc bas!
(Caligula sort apercevant Tibère qui entre sans le voir.)

TIBÈRE. — MACRON.

MACRON.

J'ai Fausta.

TIBÈRE.

Qu'on l'amuse... il ne faut pas qu'on pleure.

MACRON.

Radieuse, elle espère Humanus dans une heure.
(Tibère vient s'asseoir abattu et songeur.)

TIBÈRE.

Tibère, il faut mourir! — Tibère, il faut mourir! —
Qui donc es-tu, toi qui me fais pâlir
Et finir! volonté qui m'étreins sous ta haine,
O puissance qui tiens ma puissance à la chaîne? —
Tout est jeune hors moi. — Jeunes gens, taisez-vous,
Vous qui vous chuchottez tout bas vos rendez-vous,
Et qui vous respirez vous parlant à l'oreille.
Tibère de vous tous est jaloux.

MACRON.

Je surveille.

(à part). Il ferait arrêter les germes dans le vent.

TIBÈRE.

D'autres jouissent, moi je meurs. — (Il se dresse). Je suis vi-
[vant!] —

Si je pouvais tuer la jeunesse et la vie !
Si je pouvais changer amour en agonie ! —
Que de projets nouveaux pour de nouveaux plaisirs !
Tête toujours féconde en de nouveaux désirs!
Oh ! projets maudits, corps maudit, tête maudite,
Raille-moi de désirs !

MACRON.

Elle est fort érudite.

TIBÈRE.

Se sentir si puissant et si fort impuissant!

(Il se lève le poing levé vers le ciel.)

Qui donc es-tu qui tiens Tibère rugissant? —
Oui, tu m'as enchaîné, mais non pas ma pensée.
Ce n'est certes pas toi, vieille pierre cassée,
Jupiter. Un fou rire à ton aspect me prend,
Triste Olympe de plâtre. A ce vieux bras mourant,
Il reste plus de nerf qu'à toi, trop longue farce
Où je fus aussi moi, l'intéressé comparse ;
Ton aigle ivre de vide, auprès du mien se tait.

MACRON.

Le roi des dieux vaincu n'a plus un dernier trait.

TIBÈRE.

J'ai vu la terre entière et sa ménagerie
De dieux, et je me sers de cette friperie.
Je fus, je suis encor le Dieu de tous ces dieux ;
Je sais les laisser vivre ou les reléguer aux cieux,
Selon qu'ils sont d'accord avec ma politique.

MACRON.

Les dieux sont nés des rois ou bien d'un fanatique.

TIBÈRE (se rassied.)

Tout est né du hasard et tout court au néant.
Crois-tu rien m'expliquer, Lucrèce, plat géant ?

En me disant néant m'expliques-tu la vie ?
Tu m'as crié hasard. Mais qui donc édifie ?
Expliqueras-tu mieux, disant : fatalité ?
Fatalité n'est plus où naît ma volonté.
Fatal donc n'est fatal que par intermittences !
Contentez-vous de mots en forme de sentences,
Hommes,—enfants.— Pour moi, je veux.—Oui, mais je meurs.
Ici je suis fatal, rampant parmi les pleurs ;
Là, je suis volonté, le puissant et l'unique ! —
Oh ! tu vis cependant, puissance sardonique,
Qui nous fais impuissants tous, hommes, empereurs,
Qui nous traînes des jours aux nuits, à leurs horreurs.
Es-tu le Dieu secret que rêvait Alexandre ?
Le Dieu dont Humanus épouvante ma cendre ? (Il pense.)

MACRON.

Le vrai fond ; c'est l'inerte où tout retombe enfin.

TIBÈRE.

Heu ! c'est absurde encor, car il n'est que la fin. —
Qui donc es-tu ? Qui donc ? — Puisque tu fais la vie,
Tu n'es donc pas la mort ? — La mort t'est asservie. —
Mais tu n'es pas la vie, ô toi qui fais mourir ! —
Sois ce que tu voudras ; tu peux vivre ou périr,
Il est toujours un Dieu dominant cette terre,
Tant qu'un souffle de vie anime encor Tibère. —

    (Il se lève.)

Allons, Macron, fais donc entrer ces médecins ;
Moi qui toujours ai ri de tous ces assassins.
Les sots, passé trente ans, ont besoin de leurs drogues.

MACRON.

Assassins, mais diseurs d'avenir, astrologues.

TIBÈRE.

Comme tels je les tiens respectables, divins.
Souffrons les médecins pour avoir les devins.
S'ils avaient, après tout, quelque liqueur puissante
Qui pût faire bondir cette chair languissante !
Essayons de la drogue, essayons du destin ;
On peut tenter le tout à son dernier festin.

    (Macron introduit un astrologue.)

TIBÈRE (à l'astrologue).

Tibère ne veut pas, comme la valetaille,
Mourir, puer, pourrir où pourrit la canaille. —
Le Tibre meurt comme meurt un ruisseau ! —
Est-ce donc une loi que demain un pourceau
Fasse voler au vent, roulant dans la poussière,
La poussière qui fut l'empereur-dieu Tibère ? —
Cent ans a la tortue, au vautour deux cents ans,
Mille ans pour la baleine ou pour les éléphants !
L'homme n'a même pas le temps de leur enfance,
Ainsi l'instinct vit plus que cette intelligence ! —
Je ne veux pas mourir. — Et je veux dans ce corps,
Raffermi, remonté sur de nouveaux ressorts,
Fixer l'esprit de vie. — Or, écoute, astrologue,
Je veux vivre, entends-tu. — Je veux un épilogue
Après la pièce. — As-tu quelque baume puissant
Qui de ce corps usé fasse un corps florissant ?

L'ASTROLOGUE.

Ta puissance s'étend où s'étend ta pensée,
Roi-Dieu.

TIBÈRE.

La flatterie est donc ta panacée ?
Les mots sont pour les sots. — Remets à neuf ce corps.

L'ASTROLOGUE.

Maître, tu peux sans peine affronter mille morts,
La volonté peut tout. Roi, que ta volonté
En toi fixe la vie et fixe la santé.
Mais ta volonté, forte et pleine, et sans un doute.

TIBÈRE.

Si je doute, ton art s'enfuit donc en déroute ?
Tibère sait, flatteur, ce qu'est la volonté.
Et de m'en parler tant je te trouve éhonté.

L'ASTROLOGUE.

Veuille me croire.

TIBÈRE.

Encor ! — On n'a rien de cet homme.
Va-t-en. — Par ces sentiers. — (Bas à Macron.) En chemin
[qu'on l'assomme.

(Macron entraîne le premier astrologue et revient avec un second.)

TIBÈRE.

Regarde-moi ce corps. — Dis sans légèreté,
Comme sans complaisance, sois court avec clarté,
Tu n'as plus devant toi qu'un homme dans Tibère.
Ta science peut-elle expliquer le mystère
Du temps que je dois vivre?

DEUXIÈME ASTROLOGUE.

Elle le peut, seigneur.

TIBÈRE.

Et toi, le voudras-tu?

DEUXIÈME ASTROLOGUE.

Si de son serviteur
Mon maître veut savoir le vrai, prêt à tout dire,
Me voici.

TIBÈRE.

Parle donc.

DEUXIÈME ASTROLOGUE. (Tâtant le pouls de Tibère.)

Bientôt dans un délire

Tu mourras. —

TIBÈRE.

Et toi, meurs aujourd'hui. — Devant moi
Tu passeras. — A mort le misérable, —

(Macron entraîne le deuxième astrologue et en introduit un troisième.)

TIBÈRE (se remet à l'examiner.)

Oh! toi,

Tu me sembles bien jeune.

TROISIÈME ASTROLOGUE.

On double les années

A méditer.

TIBÈRE.

Eh bien, tu vois ces chairs fanées,
Peux-tu les rajeunir, homme méditatif?

TROISIÈME ASTROLOGUE.

Je le puis.

TIBÈRE.

Bien parlé, bref et point évasif.

TROISIÈME ASTROLOGUE.

Ta vie avec la force au ciel est assurée.
Tous les astres ensemble, ô Roi, l'ont conjurée,
Evénement immense et fort inattendu,
Le Phénix en Egypte est pour toi descendu.
Sur l'autel du Soleil il a mis sa semence
Aux mois de Phamenoth. Toi, jeune effloresence,
Tu renaîtras...

TIBÈRE, défiant et railleur.

Je crois. — Mais as-tu consulté
Pour ta vie à toi-même et ta longévité ?
Oracle pour César, sois donc pour toi sybille.
(Le troisième Astrologue interdit le regarde, pâlit, consulte les
astres et se retourne, suppliant, vers Tibère.)
Hésites-tu ? — Très-bien. — Tu pâlis. — Encor mieux. —
Tu trembles ; c'est parfait. —

TROISIÈME ASTROLOGUE.

Mon sort s'écrit aux cieux
Noir de sang, si bientôt...

TIBÈRE.

Viens me baiser, Thrasylle,
Embrasse ton ami. — Mes bras sont ton asile.
Le danger était grand, l'astre t'avait dit vrai.
Nous gagnons tous les deux la vie à cet essai.
Où donc est ta liqueur ? que je boive, homme rare.

TROISIÈME ASTROLOGUE.

Maître, tu vas l'avoir, ma mère la prépare.

TIBÈRE.

Ta mère ? Qui ? Prends garde, est-ce encore un retard ?

TROISIÈME ASTROLOGUE.

Non, maître, non, ma mère est habile dans l'art ;
C'est Locuste.

TIBÈRE.

Affreux nom. C'est cette empoisonneuse
Qui tient école ?

TROISIÈME ASTROLOGUE.

Oui, Roi,

TIBÈRE.

La femme est dangereuse.

TROISIÈME ASTROLOGUE.

Roi, pour tes ennemis ma mère a le poison,
Pour toi, l'eau de la vie.

TIBÈRE.

Auprès de ma cloison

Tu couches désormais. — Cours m'appeler ta mère.

TROISIÈME ASTROLOGUE.

Ma mère est là Seigneur.

TIBÈRE.

Bien, rien à la légère,

Ton esprit sait prévoir.

(Le troisième astrologue va chercher Locuste et l'introduit).

LOCUSTE (bas).

Eh bien ?

TROISIÈME ASTROLOGUE (bas).

Nous le tenons.

LOCUSTE (bas).

Qu'il vive alors.

TIBÈRE.

Eh bien ! gibier de cabanons !

LOCUSTE.

J'ai fait un composé broyé dans le porphyre,
Semence de phénix, nid de phénix, et myrrhe...

(elle tire une bouteille qu'elle cache).

(bas) Ce n'est pas celle-là, c'est la liqueur de mort.
(haut) Une coupe mon fils et verse jusqu'au bord.

(elle présente la coupe à Tibère).

Bois, maître. Que ton sang s'échauffe, c'est la vie.
Chaque jour au matin Locuste te convie ;
Ton corps renouvelé par l'ardente liqueur
Du temps et de la mort va surgir en vainqueur.

TIBÈRE. (Levant la coupe).

Mais c'est du sang nouveau qui me court dans les veines.
Tibère est donc rendu tout entier à ses haines !
Je suis donc devenu le maître du plaisir !
De la vie à la fin j'ai donc su me saisir !

La jeune sève bout sous cette vieille écorce !
Que je suis fort ! Et quel bien-être que la force !
Je ne me traîne plus. — Je vis, je cours, je vais,
Ma vieillesse est mensonge et mon sang est tout frais.
O terre, tremble encore à mon omnipotence !
Tibère a reconquis, reconquis l'existence !
    (à Macron)
Et Fausta ! — Qu'il est bon d'aimer en tout puissant.
Conduis-la moi. — Je suis le lion bondissant.
    (Macron, le troisième astrologue et Locuste sortent).

TIBÈRE, seul.

TIBÈRE, à sa toilette,

    Qu'on me donne un masque rose,
Et qu'il soit couronné de fleurs,
    Qu'une fille à peine éclose
M'apporte ses jeunes senteurs.
    (Il met du rouge et se couronne de fleurs),
    Que l'on verse dans les verres
Le cécube à l'élan hardi,
    Que je sente en mes artères
Le vin chaud dans mon sang froidi.

TIBÈRE, FAUSTA.

(Macron introduit Fausta, — Tibère la regarde sans avancer).
    MACRON (à Fausta).
Entre — Humanus attend — Il est ivre de joie.
    FAUSTA, accourt sans voir Tibère — Macron sort.
Julius — Julius — enfin que je te voie. —
S'il tarde encor, je meurs. — La terreur me saisit. —
Il a quitté Tibère et Macron me l'a dit.
(Tibère s'approche couronné de fleurs, il veut l'arrêter, elle recule),
Quel est cet insensé ?
    TIBÈRE.
    Tibère qui t'adore,
Et veut baiser tes yeux si doux,
Ton souffle pur me rend jaloux
De ta bouche que je veux clore.

FAUSTA.

Seigneur, je comprends tout !

TIBÈRE.

Sois à moi sans retard,

Ou Julius est mort.

FAUSTA.

Arrête-toi, vieillard, —
Inspire-moi, Seigneur, un langage sublime,
Donne à ma voix en pleurs toute ta majesté,
Et si je dois, mon Dieu, tomber ici victime,
Que ce soit de la mort, non de l'impureté.

TIBÈRE.

Aimons, ô ma douce proie,
Vieux, je te saurai mieux aimer,
Plus est courte la vie et plus on veut sa joie ;
Je suis jeune à te désarmer.

FAUSTA.

César, je ne veux point outrager ta vieillesse,
Cependant tu n'attends de moi nulle faiblesse.
Ta vieillesse est ta gloire, et moi ma pureté.
Si tu veux le respect, veuille ma chasteté.
Nos honneurs sont égaux en face l'un de l'autre,
Pour t'assurer le tien, respecte donc le nôtre.

TIBÈRE.

Elle excite le désir,
La pudeur dont le charme entraîne ;
Orgueil qui corrompt le plaisir,
Je hais cette pudeur vaine.

FAUSTA.

Assez, César, de moi tu n'auras point d'amour,
Et si Dieu ne veut pas qu'en ce terrible jour
Je triomphe du sort où me voilà traînée,
Plus grand est ton pouvoir, plus ma gloire acharnée
Te montrera, Tibère, un cœur inabattu,
Tu peux tout sur ma vie et rien sur ma vertu.
Je suis entre tes mains, mais je ne suis point tienne,
Femme de Julius, César, je suis chrétienne.

TIBÈRE.

Allons, c'est trop parler. Il me faut ta beauté ;
La vertu, mot douteux ; sûre est la volupté.
Écoute les a deurs de ma voix en démence ;
Le frisson de mes sens brûlant de t'adorer,
          Je me sens tout près d'expirer
Rien qu'au désir d'avoir ta beauté d'innocence.

FAUSTA.

Tu m'aimes. S'il est vrai, finis donc tous mes maux,
De mon bonheur éteint rallume les flambeaux,
La paix nous a quittés depuis deux jours à peine,
Je n'avais des douleurs jamais connu la chaîne.
Je vivais ignorée, et dans un chaste amour,
Ma nourrice à mes pieds filait le long du jour.
Le soir, quand Julius rentrait par la terrasse,
De l'absence un sourire effaçait toute trace.

TIBÈRE.

Tant de calme pour eux ! pour moi tant de tourment !
Je te défends d'aimer, — Tibère est ton amant.

FAUSTA.

A moi ton amour ! Non, César, je veux ta haine !
Il y a trop longtemps que mon âme se gêne,
Je ne veux plus prier, c'est trop de lâcheté
D'entendre sans horreur ta basse volupté.
Tu restes interdit. — Tu croyais qu'une femme
Ne pourrait de César trouver l'amour infâme.
Cherche qui peut t'aimer au dépens de l'honneur ;
Tibère, celles-là sont dignes de ton cœur. —
Tu regardes ces pleurs que malgré moi je verse,
Et d'un horrible espoir ta rage encor se berce.
Oui, je pleure. Oh ! mon Dieu, ne dois-je pas pleurer,
Quand ma mort...

TIBÈRE.

          Mais je veux, ô folle, t'adorer !
Je veux sur tes beaux yeux boire tes larmes pures,
De ma lèvre à ta bouche effacer les injures,
          Viens, je n'ai jamais tant aimé.

11.

FAUSTA.

Mais la mort va te prendre et le ciel blasphémé,
Au fond de tes forfaits te voit, te suit, t'épie ;
Son bras inattendu, courbant ta tête impie,
Des plaisirs de ton trône à l'horreur des enfers,
Te plongera ce soir en vengeant l'univers.
César ! tu vas mourir. — O vieillard vénérable,
Par pitié pour toi-même et ton sort déplorable,
Déteste en cet instant le crime qui te suit.
Roi, pas de ces regards où l'œil de Satan luit ;
Je te prie à genoux : par ta tête blanchie,
Par ta voix qui parfois a des sons d'agonie ;
Une larme, vieillard, et tes forfaits passés
Devant le Dieu vivant seront tous effacés.

TIBÈRE.

Sapho, vous fatiguez avec vos vers superbes.
        J'aimais mieux tes gros mots acerbes ;
        Laisse ton Dieu dans son séjour,
Choisis : la mort pour vous, vestale, ou mon amour.

FAUSTA.

Tu ne sais donc parler qu'attentat ou blasphème !
Tu me parles d'amour. — Eh bien ! César, je t'aime. —
Je t'aime, mais d'un cœur qui ne s'abaisse pas
Et voudrait pour ton âme affronter le trépas.
Je t'aime, oui, César, mais d'une amour divine,
De cette amour, enfin, que Jésus illumine...

TIBÈRE.

Ne m'aime pas si haut, mais aime tout à fait.

FAUSTA.

        Vieillard, cesse enfin ton forfait.
Le sang de Jésus-Christ jusque sur nous ruisselle :
Tout inondé d'amour et de ce sang divin,
Pénètre dans les cieux que ma voix te révèle,
        Reçois le pardon de Caïn.
Monte avec le Seigneur, monte aux plus pures sphères
Où tout est lumineux comme un rayon de jour,
Où tout est paix et joie et pardon et prières ;
        Où sont les sources de l'amour.

TIBÈRE.

De ton rêve à mon lit je te ferai descendre,
(Tibère saisit Fausta qui se dégage et cour' à la terrasse, d'où elle
    menace de se précipiter. — Tibère n'ose avancer.)

FAUSTA.

Un pas et je suis morte.

TIBÈRE. (Interdit).
        Enfant, veuille m'entendre.
Attends.

FAUSTA.
    Range-toi donc et me laisse passer.

TIBÈRE.

Allons, folle ! à m'aimer je saurai te forcer.

FAUSTA.

Je le vois bien, ô ciel, ma mort est arrêtée !
Puisqu'aucune pitié ne peut être jetée
Dans ce cœur implacable, et pour qui tout est jeu,
        Les lois, les hommes et Dieu. —
Sache bien, Julius que je meurs en chrétienne. —
Maternité funeste et plus funeste hymen ! —
Julius ! Julius ! je t'aime mon chrétien.
Ta grande âme a soufflé sa force sur la mienne,
La terre à notre amour était un triste lieu ;
Séparés par Tibère et réunis par Dieu,
Viens jouir sans tiédeur d'un amour ineffable
        Dont Christ est l'âme inépuisable.

TIBÈRE.

Cèdes-tu ? Mes désirs sont devenus fureurs,
Ton beau corps dans mes bras si ton âme est ailleurs !
A moi, luxure, à moi, folie et frénésie !
(Tibère se précipite. — Fausta monte sur le haut de la terrasse, —
        Tibère s'arrête.)

FAUSTA.

O toi qui dans mon sein me demandes la vie,
Hier encor mon bonheur, maintenant désespoir.
Je te sens, ô mon fils, tâcher à te mouvoir,
L'amour te veut vivant, et le devoir te tue ;
Je suis ton assassin, moi victime abattue !

O mon fils, mon héros, martyr prédestiné,
    Meurs donc sans être né. —
    Sous la terre glacée, humide,
Non, ton beau petit corps ne sera pas lambeau !
Mon flanc qui te fait vivre, ô flanc infanticide,
    Mon flanc sera ton tombeau.
Horreur ! tu vas mourir, ô mon fils ! quel délire !
Sans que j'aie à ta bouche embrassé le sourire,
Sans que j'aie à ton cœur enseigné le martyre,
Sans que j'aie en mes bras pressé tes membres frais,
Sans avoir vu tes yeux que mon amour a faits. —
O fatale beauté ! grâce que je déteste !
    Si de son haleine funeste
La lèpre de ce front pouvait ronger les chairs,
Et que sujet d'horreur seule en tout l'univers,
Par mon aspect hideux dégoûtant ce Tibère,
Je pusse en liberté, Dieu puissant, être mère !

              TIBÈRE.

Au lit, au lit, au lit, objet de volupté,
Machine de plaisir, assez d'absurdité. —
Tu crois donc à Tibère une pudeur stupide ? —
Au lit et sans ce voile, — au lit, femme candide.
Cléopâtre choisit le monde avec César,
Fais comme elle, ou plutôt reçois-moi du hasard,
Comme prend ses amants la noble Messaline.
Au lit. — Découvre-moi cette ferme poitrine.
Au lit. — Au lit. —

              FAUSTA.

      Mourons donc, tu le veux, bourreau. —
    Viens, martyre nouveau ;
Ton âme à son foyer sans tarder se rassemble. —
Ah ! Julius, pourquoi ne pas mourir ensemble ! —
Tu me fais en martyre aspirer au saint lieu,
    Sois béni trop cruel Tibère !
Tu m'ôtes mon époux, le bonheur d'être mère,
    Merci, tu m'as donnée à Dieu. —
Et toi, reçois-moi donc dans ta joie infinie,

Seigneur, je vais à toi sans regret, sans remords,
    Et des ténèbres de la vie
J'aspire les splendeurs que tu donnes aux morts.
(Tibère saisit le manteau de Fausta qui se dégage et se précipite
                     par la terrasse.)

TIBÈRE seul.

TIBÈRE.

Maudite soit la mort qui lui sert de retraite ! —
     Meurs donc. — Ils ne s'aimeront plus, —
Elle eût dû vivre encore une heure par Vénus ! —
Sinon, ma volupté, ma rage est satisfaite. —
Une heure seulement ! — Que ce corps était beau ! —
Sur un lit de plaisir et non dans un tombeau,
Elle devait pour moi tomber à la renverse. —
Ridicule vertu qui viens à la traverse !
(Il va à la terrasse et regarde le cadavre de Fausta dans les rochers.)
Son peplum en lambeaux montre sa nudité,
Jamais les yeux n'ont vu de si pure beauté.
Aux rocs ensanglantés, elle pend accrochée,
Sa molle chevelure à sa tête arrachée
Mêle son flot d'amour avec le flot amer.
De son sein mutilé le sang coule à la mer.
Elle palpite encore, et sa main qui se dresse
Demande en son remords que la mienne la presse.
Vrai, c'est un beau corps blanc dans ses plis détendus,
Elle aurait dû pourtant vivre une heure de plus.
           (Il se laisse tomber sur un siége.)
Je n'en puis plus. J'ai froid. Cette lutte imprévue...
Mieux vaut l'amour facile et qui marche moins fier. —
Fureur inassouvie, image toujours vue,
Frénésie indomptable, ivresse au rire amer,
Luxure qui m'excite, et m'excitant me tue,
Qui brûle ma pensée et qui glace ma chair !...,

      Femmes, vos yeux n'ont plus de flèche,
      Vos seins hardis n'ont plus d'appel.
      Elle meurt sous un froid mortel,
      La volupté qui me dessèche.

Mes os en peuvent tressaillir,
Ma tête peut être en délire ;
Inondé de baisers, de myrrhe,
Moi, je ne puis que défaillir.   (Il se lève en délire.)
Des fleurs dans mes cheveux, qu'on m'arrose d'essence !
Je veux les mordre encor, ne pouvant les avoir,
Et je veux, enivré de leur odeur d'enfance,
Sur leurs charmes intacts tomber de désespoir.
     Je veux, je veux le délire...   (Il tombe et se débat.)
Je meurs.., à moi, Macron...

TIBÈRE, MACRON, CALIGULA, puis COURTISANS.

MACRON (allant à Tibère).
     Froid... son cœur ne bat plus...
Si Caïus le voulait, c'est l'instant...

CALIGULA.
     Il respire !
Son sang a sur son corps de terribles reflux.
(Entrent de tous côtés des courtisans, des médecins, des esclaves;
on porte Tibère sur le lit.)

TIBÈRE (reprenant ses sens. — A un courtisan).
Qu'as-tu pour regarder avec ces yeux stupides ?

LE COURTISAN.
Seigneur !

TIBÈRE (à un autre).
     Et toi, pourquoi les détourner? — Cœurs vides,
Est-ce tout regarder ou ne regarder pas?
Pas un de ces yeux n'aime, et dans tout ce ramas
Je ne puis pas sentir brûler le feu d'une âme.
Oh ! n'être pas aimé, c'est affreux, c'est infâme.
A l'heure de la mort, on sent cette douleur !

MACRON.
Seigneur, moi je vous aime... effacez la pâleur...

CALIGULA.
Seigneur !

TIBÈRE.
     Je puis finir d'un seul coup votre haine. —
Ah ! je vous hais aussi. — Je te hais, race humaine. —

Approche-toi de moi, mon fils Caligula :
Je te hais, je te hais; entends-tu bien cela.
Cher enfant, attend-il douloureusement l'heure
Où Tibère étant mort, il faudra qu'il le pleure ?
Si l'on pouvait tuer Tibère sans fracas,
Tu trembles.

MACRON (bas à Caligula.)
Tu l'entends.

CALIGULA.
Mon père

TIBÈRE.
Oh! tu vivras,
Homme sombre et pervers, vice en une chair tendre,
Car je veux savourer ton supplice d'attendre,
Car je veux en réserve un fou persécuteur
Pour cette humanité. — Tais-toi, mauvais acteur,
Il me plaît mettre en haut des bassesses romaines
Ta folle haine après la plus sage des haines.
Va, les hommes croiront que le monde est fini.

CALIGULA.
O père, mon amour, mon respect...

TIBÈRE.
Infini,
Je le sais. — Voyez-les retenant leurs haleines,
Et blêmis. — Ce drap d'or m'étouffe. Arrachez moi
Tout cela.

L'ASTROLOGUE TRASYLLE.
Sans tarder. (Il s'empresse.)

TIBÈRE.
Otez, mais sans émoi.
Soulagez mes douleurs si vous aimez vos vies.
(Tibère se remet; sur un signe, on lui amène son pet t-fils Ge-
mellus qu'il embrasse.)
Le cœur a des amours toujours inassouvies !
(Il surprend le regard jaloux de Caligula.)
Je devrais te tuer, car tu me le tueras.

CALIGULA.
Seigneur !

TIBÈRE.

Cache cet œil. (A Trasylle.) Médecin, tu mourras...
Le sang me monte aux yeux et ma vue en est trouble..
(Il se redresse.)
Mais c'est comme aux taureaux dont la fureur redouble.

TRASYLLE.

Calmez-vous.

TIBÈRE.

Ils croient donc que je m'en vais périr —
Reste-là, volonté, — je ne veux pas mourir.
Tibère est rayonnant de foudre et de colère.
Ma couronne à mon front !   (Macron lui met la couronne.)
Est-ce encore bien Tibère ?
Mon sceptre d'empereur !   (Macron le lui donne.)
Adorez, c'est le Dieu.
Ah ! qui m'a frappé là ? — Ma poitrine est en feu.

TRASYLLE.

Buvez.

TIBÈRE (après avoir bu).

Empoisonné.. c'est du feu. Qu'on le tue.
(Macron entraîne Trasylle. Tibère se remet.)
Son breuvage a refait ma vigueur abattue.

MACRON (rentrant).

Maître, selon ton ordre est mort le médecin.

TIBÈRE (en délire).

Que sont ces taches-là ? c'est taches d'assassin ?
Qu'on me lave les mains. Ces taches violettes,
Elles volent dans l'air. Mes parfums ! mes toilettes !
Est-ce mon sang qui monte et me remplit les yeux ?
Est-ce ton sang, Auguste ? Est-ce le vôtre, ô Dieux !
Victimes dont je vois tout le cortége horrible ! —
Tous ces yeux sans paupière et sans regard visible ! —

MACRON (bas à Caligula.)

Caïus, c'est le délire. Un mot, faites sortir
Ces valets et je vais d'un coup l'anéantir.

CALIGULA (bas).

Laisse un peu bavarder cet illustre sophiste,
Il ne faut pas, Macron, être trop égoïste.

Regarde-moi cet œil qui ne voit déjà plus.

MACRON (bas).

Il en peut revenir et l'imprudent refus...

TIBÈRE (en délire).

Cruauté ! cruauté ! tu lacères mon âme
Plus que ces corps d'enfant, plus que ces corps de femme,
Tués, tués par moi. De tout ce que je hais
Vous deviez m'affranchir, ô crimes, ô forfaits ;
Vous labourez mon cœur, implacables complices,
Vous êtes devenus mes douleurs, mes supplices.

(Nouvelle convulsion).

MACRON (bas à Caligula).

Voyez cet œil, Seigneur. — Il reprend tout son feu.

CALIGULA (bas).

Eloigne-toi. C'est vrai.

MACRON (bas, faisant le signe d'étrangler Tibère).
Jouons donc le grand jeu.

CALIGULA (bas, rassuré).

Dans l'orbite encor plus son regard se rengaine,
Tu ne lui laisses pas le temps de prendre haleine.

TIBÈRE (en délire).

J'ai tout tué, tout : bru, neveux, et petits-fils,
Ceux qui, petit enfant m'avaient aimé jadis ;
Sur les cadavres chauds, tombez, froides victimes. —
O le rouge horizon ! c'est l'océan des crimes. —
Partout le sang brûlant me barre le chemin. —
Toute ma race morte, et morte de ma main !
Nerva, Germanicus, Drusus, noble Agrippine,
Dans le hâle du sang mon remords vous devine.
Aïeux et descendants, vous êtes là, debout,
Votre sang dans mes yeux et dans ma tête bout.
Je ne vous connais pas. — Mais quel est donc leur nombre ?
Les visages affreux, ils vont, ils vont dans l'ombre ! —
Ai-je donc tant tué ? — J'ai tué ! j'ai tué ! —
Eh bien, oui, j'ai tué ! — Qu'importe ? j'ai tué ! —

(Tibère tombe évanoui après une convulsion on le croit mort. Caligula se précipite sur la couronne et l'arrache de la tête de Tibère.)

15

CALIGULA.

A mon tour, maintenant.

MACRON ET LES COURTISANS (avec des gestes, bas).

Ton règne soit prospère.

Vive le Dieu Caïus après le Dieu Tibère.

CALIGULA (ivre de triomphe).

Je la tiens, je la tiens. C'est ma couronne, à moi,
Que je te baise.— Oh ! qu'elle est belle!— Est-ce bien toi ?
Oui, c'est toi, le plaisir, l'univers; toi, la vie
Et la mort, la puissance et toute folle envie.
Chère couronne ! elle a des diamants dessus.
Le monde dans ma main ! — Tu ne me quittes plus.

(Il la met sur sa tête).

Qu'elle doit bien aller avec ma chevelure !
Mon miroir!— Hors d'ici toute cette peinture,
Et des glaces partout! — Je veux me voir partout,
Passant ou m'asseyant, ou me tenant debout.

MACRON.

Par des glaces d'acier...

CALIGULA.

Tuez-le sur la place...

Voilà l'acier poli qui fera ceci glace.
(Il rit, montrant son épée et la poitrine de Macron que les courti-
    sans entraînent. Caligula va vers le lit de Tibère et s'exalte
    jusqu'à l'hallucination).
Roi, te voilà donc Dieu ! — Va courtiser Junon. —
Aux vers, aux vers, aux vers, illustre pourriture
Que l'on nomma Tibère et qui n'as plus de nom.
Un ver dans ce cerveau comme en la moisissure
Naîtra. Puis mille vers dans l'œil. Un million
Dévorera la face avec la chevelure
Et Tibère n'est plus même une vision.
Caligula pourtant, divine créature,
Aura tout, trône, monde, empire, ovation. —
Ver, ton œuvre est trop lente et lente ta blessure,
Je ne veux pas de toi. Dissous, corruption,
Allons, jette d'un coup sur ce corps ta souillure,

Fais de cet empereur transfiguration.—
Allons, plus vite encor.— Pas une flétrissure,
C'est trop long tout cela. — Va-t-en, corruption. —
Chiens, dans ce large ventre entrez votre morsure,
Plongez vos têtes là.— C'est ma succession. —
Oh ! la belle curée ! Ils ont mangé l'augure,
Le pontife, le dieu, le roi, le vieux lion.
De mon manteau royal ton sang est la teinture,
Tibère, tu n'es plus qu'une digestion.—

                         (Il chasse les chiens imaginaires).

Laissez ce dernier os. Hors d'ici, race impure,
Je veux en sceptre d'or, orner ce vil tronçon,
J'aurai Tibère mort et la création
Dans une seule main. — Dors bien sous ta tenture.
Merci, mon bienfaiteur, de ta belle parure. —

     (Il met le manteau impérial, les courtisans s'empressent).

J'ose le voir en face; et j'en reste ébahi.
Dors, mon petit agneau, ma petite charogne ;
Tiens, je t'aime aujourd'hui, je t'aime sans vergogne.

   (Caligula s'éloigne du lit.— Tibère soupire. — Caligula l'entend
                              sans y croire).

On soupire par là ? Près de ce mort haï
Qu'il est donc bon de rire ! — Avec force canailles
Pleureuses et pleureurs tués sur ton tombeau,
Va, va, je te ferai de nobles funérailles. —
Quel parfum est plus doux ? et quel vivant plus beau ?

         (Les courtisans rient, Tibère soupire de nouveau).

Encor ! cesseras-tu ta douleur de commande,
Courtisan ridicule ? Il est de contrebande
Mon amour pour ce mort.

             (Les courtisans rient, Tibère soupire encore).

                    D'où vient ce soupir ? d'où ?

Près du vieux tigre mort un souffle me rend fou,—(Il se remet).
O poitrine, ouvre-toi pour aspirer le monde.' —
O couronne, je t'aime et d'amour furibonde.

(Il caresse et baise la couronne loin du lit de Tibère qu'il ne peut
      voir. Cependant Tibère encore aveuglé par l'évanouissement,
      cherche à tâtons. Les courtisans fuient interdits et terrifiés).

TIBÈRE (à voix basse).

Où donc est ma couronne ? est-elle donc là bas,
Sur mon lit? Ma main cherche et mes yeux ne voient pas.
Où suis-je ? — Suis-je mort? — Mais je suis donc aveugle?
Je respire avec bruit comme le taureau beugle.
Suis-je aux tombes d'Assur, aux tombes de César?
Suis-je au monde ? — Aux enfers? — Suis-je aux cieux par
                                        [hasard ?]
Je ne veux pas des cieux, rendez-moi ma couronne.
(Il cherche de nouveau. Caligula interrompt ses caresses infantines
                                        à la couronne.)

CALIGULA (dansant).

Je saute, je bondis, je chante, je fredonne,
Ne plus ramper, ne plus pâlir devant le vieux!.....

TIBÈRE (bas) (après avoir aperçu Caligula).

J'y vois Caïus, je vis, je ne suis point aux cieux.
(Tibère veut se lever. Il retombe. Caligula se retourne, mais ne
voit rien, car Tibère est recouché. Il met la couronne sur sa tête.
Cependant Tibère se lève sans bruit enveloppé de son drap comme
d'un linceul).

CALIGULA.

Non, mon cerveau ne peut contenir tant de joie! —
(Tibère s'est avancé lentement vers Caligula qui l'aperçoit et recule
                                        épouvanté).

Ah! sors-tu du tombeau redemander ta proie?
Qu'il est grand dans son ombre! horrible illusion!
Quelle terreur me fait l'affreuse vision !

TIBÈRE.

C'est moi, Caligula.
(Tibère s'avance, Caligula se jette à genoux et lui tend la couronne)

CALIGULA.

                Mon père... Il me soupçonne,
Père, c'était un jeu. — Ce n'est pas ma couronne,
C'est la tienne, prends-la. — Prends donc, roi de la mort.
(Tibère saisit convulsivement la couronne et tombe.—Caligula veut
                        la lui arracher).

Rends-moi ma couronne, ah ! vil cadavre. — Il se tord.
Ma couronne, entends-tu ? — La mort a la main rude. —
      Lâcheras-tu, décrépitude !
Quand ses yeux ne voient plus, sa main serre toujours. —
      Si j'osais appeler au secours ! —
      (Il hésite, se jette sur Tibère et l'étrangle).
      Rends ta langue. — Rends ma couronne ;
Coursier de l'achéron, il faut qu'on t'éperonne.
Tiens, vieille face horrible et noire de ton sang,
      Cache-toi sous ton linceul blanc.
      (Il jette le drap sur le corps de Tibère qu'il pousse du pied).
Il est mort cette fois. — Enfin c'est ma couronne,
Et je t'ai bien gagnée, ô ma chère mignonne !
(Il met la couronne sur sa tête avec des gestes fous, et triomphe au
   milieu des courtisans qui rentrent et s'empressent de nouveau).

CHŒUR.

(Dans les airs, les grands hommes du passé entourent le Christ. —
Sur terre les chrétiens entourent saint Pierre.)

LE CHRIST.

O Rome, ô cité souveraine,
Lien des temps passés et des temps à venir,
Avec les peuples à la chaîne,
Tu vieillis, mais pour rajeunir.

Tombeau des libertés du monde,
Ruine, entassement de superstitions,
Dieu vient debout sur cette tombe,
Donner le Verbe aux nations.

O Rome ! tu n'es plus qu'un rêve
Pour l'esprit qui sait lire aux avenirs confus,
Et ton Panthéon qui s'achève
Sera le temple de Jésus.

SAINT PIERRE.

Tu versais ton sang aux batailles,
Vent déchaîné de conquérants.
Dispersant peuples comme pailles ;
Etait-ce pour donner le monde à tes tyrans ?
Le jeter à jouir à quelque monstre infâme,
Pour l'aplatir et l'abêtir,
Et des baves de ton plaisir
En souiller et dégrader l'âme ?

Non, rien ne se fait au hasard,
Par ces grands mouvements l'unité se complète ;
    Jésus recueille la conquête
    Des Alexandre et des César.

PLATON.

    La Grèce a jeté sa lumière
Aux Orients dormeurs, ténébreux, éblouis ;
    Elle a tenu Rome en lisière,
    Pour les Occidents enfouis.

ARISTOTE.

    O génie, ô sagesse altière,
Au ciel vous n'avez pu monter l'homme proscrit,
    Mais votre divine lumière
    Est l'aurore de Jésus-Christ.

DAVID.

Comme un maître, lassé du cri de ses esclaves,
    Se lève d'un lit sans repos,
Le Verbe était venu pour briser nos entraves,
Il avait en passant marché sur le chaos,
Il avait dit des mots rayonnants de lumière ;
Un signe de sa main, et toute vérité
    Avait illuminé la terre,
Car Dieu s'était levé de son éternité.

MOÏSE.

Malheur, malheur à vous, Jérusalem et Rome,
Car ces villes d'orgueil, ô mon Dieu, t'ont hué ;
Elles ont, sous sa croix, traîné le Fils de l'homme,
    Et puis les lâches l'ont tué.
Elles ont élevé vers la céleste voûte
Son corps divin, non pas pour qu'il montrât la route
    A ses soldats audacieux,
Mais pour jeter à Dieu l'insulte qui le navre,
Et pour que de son Fils le sublime cadavre
    Fût comme un défi dans les cieux !

SALOMON.

Ah ! pourquoi refuser de venir sous ses ailes,
Quand il vous appelait comme deux sœurs jumelles ?

Il voulait vous placer chaudement sur son cœur,
Et vous lui répondez par un rire moqueur!
Il voulait vous aimer comme aime la puissance,
Donnant tout, ne voulant que la reconnaissance.

ISAÏE.

Pour toi, Jérusalem, qui fus le saint des saints,
Le monde entier fuira tes tristes funérailles.
En vain le dieu d'amour reposa sur tes seins
           Et le Christ dans tes entrailles.
Tu vivras désormais, abandonnée à tous,
Par les armes, le feu, sans cesse violée,
           Attendant sans fin ton époux,
Le front contre la terre et la face voilée,
Chassée à tout jamais de l'éternel concert,
           Tu vivras sans cesse traînée,
           Mordant ta couche profanée
           Par les barbares du désert.

JÉRÉMIE.

Et toi, Rome bacchante et que le sang avine,
           Qui marches le flanc dévêtu,
Toi qui n'as pu souffrir nulle vertu divine,
Après avoir tué toute humaine vertu,
Toi qui le jour, la nuit, sans en savoir le nombre,
           Appelles tes amants dans l'ombre
           En prostituant tes beaux seins,
Tu ramperas sans fin sous la pieuse fête,
La pureté sera le fardeau de ta tête,
           Tu porteras le saint des saints.

LES CHRÉTIENS.

(Ils ont une vision de la Rome moderne).

Rome n'est plus.— Rome est dans tous les âges.
La ville est un séjour immense à deux étages,
Où ce que nous voyons ne vit plus qu'à tâtons:
Pourtant le grand colosse a gardé ses frontons.
Ce monument vivra stigmate de tes crimes,
Le chrétien pour ta honte entretiendra ses cimes.

Sous le sol noir les dieux, marbres décapités,

Les lauriers dévorés par les vers de la terre,
Sous le ciel bleu le dôme inondé de clartés,
Du Seigneur éternel, éternel baptistère,
Et la croix, de l'amour ce divin arc-en-ciel,
          Tirant d'un aimant magnétique
          Jusqu'à son immortel portique
          Des chrétiens le pas immortel.

Le Christ de son pied t'abîme sous la terre,
Pour asseoir sur le dos de tes palais détruits
          Les dômes d'or de son mystère,
          Phares des esprits dans leurs nuits.
Sous les pas des chrétiens, tu rampes, ô païenne,
Tes pavés triomphaux ne sont que des puisards ;
C'est par les soupiraux de la Rome chrétienne
          Qu'on voit la Rome des Césars.

Si l'on se penche aux bords de la ville sereine,
          Tout comme on voit dans un tombeau
Passer parmi les plis, sous un manteau de reine,
          Des pieds sans chair, un front sans peau,
          Ainsi sous la pourpre brillante
Percera par lambeaux ta vieille nudité,
Et l'on verra passer sous la Rome vivante
          Ton noir squelette de cité.

Tes colonnes, le corps à moitié dans la terre,
Se dresseront pour voir vivre le nouveau sol;
Pour regarder passer le successeur de Pierre,
          Elles allongeront le col,
Ou rougissant d'avoir abrité les idoles,
          Elles rejetteront leurs toits
          Et fuyant de tes Capitoles,
          Elles iront porter la croix.

Que tes temples sont bas aux rayons de la tête
          De ce Dieu dressé sur tes Dieux !

Le chrétien les levant d'une foi toujours prête,
  Met tes coupoles dans les cieux.
Rome, bois donc encore, entasse en tes entrailles
Ce festin de ta mort et de tes funérailles,
De tes ignobles mets emplis-toi bien le flanc;
A porter ton plaisir ta force s'est usée.
Je vois la croix surgir de ton vieux colysée
  Tout brumeux des vapeurs du sang.

Comme les assassins voient l'ombre des victimes
S'éclairer dans les nuits par les feux de leurs crimes,
Rome, Jérusalem, ouvrez vos yeux mourants
Qui couleront sans fin de funèbres torrents.
Dans vos siècles de nuit voyez: le sombre rêve
  Comme l'ombre immense se lève
  En courant sa route de feu;
Sentez déjà son pied aux os de vos poitrines
  Et sur vos têtes assassines,
Peser, spectre éternel, le fantôme de Dieu.

CHANT XI

LES DEUX PRIÈRES

CHANT XI

LES DEUX PRIÈRES

Un temple païen, un caveau chrétien communiquant par une porte.

(Dans le caveau, SAINT PIERRE, HUMANUS, FAUSTA morte et LES CHRÉTIENS. — Des porteurs déposent le cadavre de Fausta couvert de longs voiles blancs. — Dans le temple païen, les apprêts d'une orgie. — Des esclaves).

HUMANUS (entrant dans le caveau).

Cette forme, ce corps !... vision insensée !
Sous ces voûtes de mort qui donc ont-ils porté ?
D'un vertige d'horreur mon sang s'est arrêté...
Je crois la voir partout. Je la rêve glacée,
Après l'avoir rêvée en tous ces longs péplums.
(Il contemple le catafalque)
Ici *De profundis* et pour nous *Te Deums.*
Ah ! mon sein s'élargit pour te cacher entière, —
Fausta, viens donc ; — c'est là ta place à la prière ; —
Son cœur aurait senti mon cœur. — Sa mère ici !
Elle est donc parmi vous ?
Il parcourt l'assemblée des femmes et s'arrête devant le lit de mort :
La voici, la voici !
(Il déchire le voile de deuil et se jette sur le corps de Fausta.)

116

SAINT PIERRE.

Pleure, pleure, mon fils, car ta douleur est grande ;
Verse ton âme au Père immense qui commande
Les nuits à la lumière et la lumière aux nuits,
La joie à la douleur, la douleur à la joie ;
Au Seigneur dont la trace est ce que tu poursuis,
Au Père qui grandit au moment qu'il foudroie.
Respect à la martyre et respect au saint lieu,
Jeune homme, souviens-toi de toi-même et de Dieu.

HUMANUS (se redressant).

J'ai pour ne pas crier mordu mes mains sanglantes ;
Tu ne sais pas souffrir, raison aux douleurs lentes.
J'ai cloué dans mon sein mes râles de douleur...
Arrière ! — Éclate seul, éclate en moi, mon cœur...
Je ne puis pleurer bas... mes yeux n'ont pas de larme.
Ah ! gémir et pleurer, douleur que l'on désarme ;
Je ne veux que des cris, les cris du désespoir.
Je t'avais tout donné, Dieu, force, amour, savoir,
Cette femme avec moi montait ta sainte route,
Elle me soutenait, tu me l'as prise ; écoute :
De cette cruauté je demande raison ;
Tu n'es pas la bonté, mais bien la trahison,
Tu fais mourir Fausta, même avant que Tibère ;
Quel jeu te fais-tu donc, réponds-moi, de la terre ?
Tous deux nous avancions devant ta vérité,
Et tu me l'as tuée et ma paternité ! —
Quelle sera pour moi désormais ma demeure ?
Fausta ne s'asseoit plus au foyer ! — Que je meure !... —
(Il retombe sur le corps de Fausta.)

SAINT PIERRE.

Christ, descends dans ce cœur, Christ, amour des martyrs,
Christ, liberté des forts, Christ, ardeur de justice,
Christ, Roi mystérieux, Christ, Roi des repentirs,
Christ, descends dans ce cœur, Christ, voix du sacrifice.

HUMANUS (se redressant).

Hors de moi je voudrais jeter ce cœur maudit,
Ce cœur qui bat encor sur le lien refroidi.

Que ne puis-je d'un souffle exhaler là mon âme,
Aux pâleurs de ta lèvre, ô ma Fausta, ma femme.
Que ne puis-je mourir ! Que ne puis-je mourir !
    Sentir d'un coup mon sang tarir !
Que je m'enlace à toi pour te faire revivre !
Sens-tu ma chaude haleine ? — Hélas ! comme le givre,
Blanche et froide, ô Fausta ! — Dans tes bras défaillis
Tu ne me presseras jamais plus. — Et ces cris,
Tu ne les entends pas. — O le pâle visage !
Es-tu bien ma Fausta ? Tu n'es que son image.
Que ne puis-je mourir ! Que ne puis-je mourir !
    Qui de vous veut m'anéantir ?
    (Il retombe sur le corps de Fausta).

SAINT PIERRE.

Christ, descends dans ce cœur, Christ, sagesse éternelle,
Christ, mystère vivant, Christ, étoile des purs,
Veille, ô Verbe du bien, Christ, chaleur immortelle,
Christ, descends dans ce cœur, Christ, moëlle des futurs.

HUMANUS (se redressant).

Non, je veux rester là, près de toi, ma chère âme
    Et te tiédir de ma chaleur,
Aux glaces de ta bouche expirer cette flamme
    Qui brûle ma bouche et mon cœur.

    Je veux mourir, mais de la glace
    Que me donnera ton beau corps,
    Exhaler sur ta pâle face
    Le suprême baiser des morts.

Oh ! que nous serons bien, là, tous deux, dans la tombe,
    Enlacés comme dans l'amour,
Sans nous mouvoir jamais et sans que l'un succombe,
    Sans que la nuit succède au jour.

    Tu m'appelles, ma bien-aimée ;
    Mon corps est froid comme le tien,
    Notre âme ardente est inhumée
    Pour notre éternel Hymen.

Que la livide main presse ma main livide,
Me voilà, souris-moi de ta bouche candide,
Immobiles, muets, étreints de tous côtés
Par la terre, embrassés pour les éternités,
Ta tête morte là sur ma poitrine morte. —
Non, non, ce n'est pas toi, Fausta, que l'on m'emporte.—
Fausta, tu n'es pas là glacée. — Hélas, rien, rien. —
Jeune fille, ton front est comme était le sien ;
Va-t-en, tu me fais mal. — Mais prends donc cette vie,
Au moins que sur nous deux elle soit assouvie,
Ta rage, injuste Dieu ! — Dieu, non ; fatalité !
Fatalité, non pas ; mal et stupidité ;
Cruauté frénétique à tuer jamais lasse,
Assassin de vertus où le crime a sa grâce ;
Maudit, maudit sois-tu. — (Il retombe sur le corps de Fausta).

SAINT PIERRE.

    Christ, descends dans ce cœur ;
Christ, mort qui fais la vie ; ô Christ, roi des colères ;
Viens, ô splendeur du vrai, Christ, supplice vainqueur ;
Viens, ô Christ, agonie, infamie et misères ;
Christ, descends dans ce cœur !

HUMANUS (se redressant vers l'image du Christ).

    Bienheureux, bienheureux,
Ce qui souffre et qui pleure, ô mon Christ douloureux !
Je voulais à mon gré prendre et donner ma vie,
Et je t'ai blasphémé pour me l'avoir ravie,
O Dieu, je n'ai pas su prévoir tes jugements ! —
Je lacère mon cœur et non mes vêtements. —
Allons, relève-toi, mon âme, un tel délire
Peut aveugler l'esprit quand le cœur se déchire.
Seigneur, me voilà, frappe. — Arrache des lambeaux
Ou prends-moi tout entier. — Je voulais deux tombeaux,
Tu me veux dans la vie. — Où tu voudras que j'aille
J'irai. — Je suis la chose et mon cœur en tressaille,
Dans ta main, sous ton pied, me voilà. — Je suis prêt.
  (A l'assemblée des chrétiens).
J'ai péché devant vous, méditez mon arrêt.

SAINT PIERRE.

Dieu pardonne. Il connaît cette argile, sa terre.
La volonté se brise aux coups de tels trépas.
Il faut la liberté du cœur pour la prière,
Tu ne pouvais prier. Espère et tu prieras.

HUMANUS (va vers Fausta).

Du haut de l'infini, Fausta, tu vois cette âme
Descendue au blasphème et follement infâme,
Pardonne, veille et prie au plus fort du combat,
Sois mon âme veillant à mon apostolat.
Sois ma vie en mon Dieu, femme, martyre sainte.
Ma bouche sur ton front met sa dernière empreinte.
       (Il s'avance avec solennité vers saint Pierre).
     Je suis prêtre du Dieu vivant.
Mon œuvre n'était pas de ce temps dissolvant,
Ce jour n'est pas le jour de la loi sociale,
Refaisons d'abord l'homme avec la loi morale.
C'est l'heure de Jésus que cette heure aux abois,
Faisons la conscience aux peuples comme aux Rois.
C'est au saint à parler, non pas au politique,
Le peuple bien longtemps aveuglé fanatique
Aux libertés rira, tuant et proscrivant.
     Je suis prêtre du Dieu vivant !

Quand le Christ aura fait un cœur à notre argile,
Alors les Rois courbés, roseaux de l'évangile,
Sentiront vers son Dieu monter le cœur humain.
Le vrai fera tomber la bride de leur main.
Pâles ils entendront frissonner sur le monde
Le libre esprit du Christ, fraternité féconde,
Et les hommes frémir comme un gravier mouvant.
     Je suis prêtre du Dieu vivant.

Alors il sera temps; qu'il se lève, qu'il marche,
Le peuple social, ce David devant l'arche,
Qu'il montre que Dieu seul est roi des nations
Par le juste et le droit, lois sans exceptions.

J'entends son sang versé crier la foi symbole,
Au son de ses clairons, au son de sa parole
Il embrase le monde. Et le monde cruel
Par l'éternel savoir au sein de l'Éternel
Transfiguré dans Christ, trouve la paix promise
Où chaque nation par le vrai fraternise.
Terre, aurore des cieux, salut, soleil levant.
    Je suis prêtre du Dieu vivant.

Souffrir, souffrir, ô joie inconnue et nouvelle,
Quels sont les nouveaux feux que ce feu me révèle?
Brûle tout, ô mon Dieu, brûle par la douleur,
N'écoute point mes cris, ne vois point ma pâleur,
De ce cœur épuré fais un monceau de cendre.
La vérité sur tous par ma voix peut descendre,
Car le charbon de feu brûle mon cœur fervent.
    Je suis prêtre du Dieu vivant.
Rendons les honneurs saints à la martyre sainte.

SAINT PIERRE (à Humanus).

Martyr, reçois du Christ le baiser et l'empreinte.

(Il donne à Humanus le calice sacré).

(A l'assemblée).

Du sacrement d'amour recevez le bonheur,
Le Seigneur soit au corps et le corps au Seigneur.

(Les chrétiens se donnent le baiser de paix en se faisant passer le calice. Puis ils ensevelissent Fausta dans une des cases du caveau. — Cependant les païens sont entrés dans le temple pour célébrer les mystères secrets. — Ils se mettent à la table du festin. — Caligula, la Dame Romaine, Aspasie, le Grand Pontife, prêtres et prêtresses de différents cultes. — Caligula, une coupe à la main, s'assied sur l'autel du Dieu, le Grand Pontife est près de lui. — Ici commencent les deux prières).

Dans le caveau : SAINT PIERRE, HUMANUS, LES CHRÉ-
. TIENS. Dans le temple : LE GRAND PONTIFE, CALIGULA,
ASPASIE, LA DAME ROMAINE, PAIENS.

SAINT PIERRE (dans le caveau).

Vers l'Éternel que la voix monte
Radieuse de chants sacrés,
Aux frais espaces azurés
Où la pureté se raconte.

LE GRAND PONTIFE (dans le temple).

Vive les chants licencieux,
Les chants qui remüent l'être,
Et qui nous font repaître
A la coupe des cieux.

CALIGULA.

A Bacchus, à Priape, à la bonne déesse,
A tous les dieux ardents d'ivresse.

LE GRAND PONTIFE.

Prêtres, plus de manteaux, des coupes et du vin.

(Les prêtres, Les prêtresses jettent leurs manteaux et paraissent
vêtus en faunes et en bacchantes. — Les esclaves en sylvains servent
à boire).

LA GRANDE PRÊTRESSE DE VESTA.

Vénus a détrôné Vesta.

CALIGULA.

Verse, sylvain.

S'enivrer, s'enivrer, mais jusqu'à la folie;
Jamais l'ivresse n'a de lie.

CHŒUR PAÏEN (dans le temple).

Tibère est mort, les dieux sont morts.
Phallus est le dieu de la vie,
Phallus le créateur des corps,
Phallus la matière ravie,
Phallus est la joie assouvie.
Tibère est mort, les dieux sont morts.

CHŒUR CHRÉTIEN (dans le caveau).

L'Éternel est Dieu de la vie,
Tibère est mort, les dieux sont morts.

L'Éternel fait d'âme les corps,
L'Éternel, c'est l'âme ravie,
L'Éternel fait les grands essors,
L'Éternel, le Dieu de la vie.

CALIGULA.

Du vin.— L'homme n'est bien qu'en perdant la raison'

HUMANUS.

Du vrai, du jour, des cieux, l'éternel horizon!

LE GRAND PONTIFE PAÏEN.

Le Dieu Phallus, le Dieu Fortune
Sont les Dieux de l'homme changeant,
Par le soleil et par la lune,
Ils versent d'un bras indulgent
L'âpre plaisir et l'âpre argent,
Le Dieu Phallus, le Dieu Fortune.

SAINT PIERRE.

L'Éternel est Dieu des Futurs ;
Il verse l'ardente sagesse,
Il verse l'éternelle ivresse
De l'amour au fond des cœurs purs,
Il donne la sainte caresse,
L'Éternel, le Dieu des Futurs.

LA GRANDE PRÊTRESSE DE VESTA.

Le Dieu Phallus est roi du monde,
Et lorsque sa verge féconde,
Des vierges a touché le sein,
Des plaisirs il ouvre l'essaim.
Hardi Phallus au fier larcin !
Phallus est le roi du monde.

LA PLUS AGÉE DES CHRÉTIENNES.

Le roi du monde, c'est Jésus,
Le fier dompteur des Beelzebuths,
Il entre dans la femme immonde,
Et de vertu son corps s'inonde
Sous la vérité qui féconde.
Le roi du monde, c'est Jésus.

ASPASIE.

Allons donc où va Messaline,
Lupanar des félicités,
Où, quand un plaisir se termine
Par l'autre sans satiétés,
Renaissent les lubricités.
Allons donc où va Messaline.

UNE JEUNE FEMME CHRÉTIENNE.

Allons donc aux éternités
Frémir de ces félicités
Où l'amour brûle et nous épure,
Où la jouissance qui dure,
Sans satiétés se mesure
Aux longueurs des éternités.

LA DAME ROMAINE.

Une bonne prostituée
Du plaisir a l'âpre suée,
Comme la bacchante en ardeur,
Des boucs elle a la fauve odeur,
Et bondit toujours en fureur,
Une bonne prostituée.

LA MÈRE DE FAUSTA.

L'âme, est l'amante sans tiédeur ;
Dieu la couvre de sa chaleur,
Et par lui sans cesse épousée,
D'amour toujours inépuisée,
A tout jamais inapaisée,
L'âme est l'amante sans tiédeur.

LE GRAND PONTIFE.

A nous la ronde de Priape,
Hors d'ici, Vesta, ton front blanc,
Hors d'ici, Diane, Esculape,
Le vin nous fait bouillir le sang,
Priape fait bondir le flanc,
A nous la ronde de Priape.

SAINT PIERRE.

A nous, les grandes actions,
Les forts progrès des nations,

Hors du monde tous les infâmes
La vertu fait bondir nos âmes,
L'amour de Dieu remplit nos femmes.
A nous., les grandes actions !

CALIGULA.

Brûlez-nous de transports, frénésie et luxure !

HUMANUS.

Amour, croix, dévouement, je sens votre brûlure !

CALIGULA.

Du vin, de la joie et du vin,
Roulons-nous les chairs enlacées,
Verse et fais battre, beau Sylvain,
Le feu des poitrines pressées,
Le feu des lèvres embrassées.
Du vin, de la joie et du vin.

HUMANUS.

Debout, debout, féconde armée
Dont les corps n'enfanteront pas,
Où l'âme d'amour enflammée
Engendrera parmi les glas
Des cœurs pour de nouveaux trépas ;
Debout, debout, féconde armée.

CALIGULA, (se lève délirant).

Arrière, plaisirs sans saveurs,
Je veux des amours fous, des amours sacrilèges,
Des incestes avec mes sœurs !
Allons, à moi les longs cortéges
Des femmes se pâmant sous moi !
Fades bacchantes et vestales,
Laissez vos fades saturnales,
Je veux des lupanars dans mon palais de Roi !

HUMANUS.

A nous, à nous, la frénésie
Des immenses amours que Dieu seul rassasie !
Que nos sangs soient le vin vertigineux des Rois,
Nos triomphes les morts pour les races futures,
Nos bonheurs les trépas de nos femmes si pures !

Nous sommes fous, Christ, à la voix,
Nous voulons nos corps nus expirant sur les croix !

CHOEUR PAÏEN.

Phallus est le Dieu de la vie,
Tibère est mort, les Dieux sont morts,
Phallus, le Créateur des corps,
Phallus, la matière ravie,
Phallus, est la joie assouvie,
Tibère est mort, les Dieux sont morts.

CHOEUR CHRÉTIEN.

L'Éternel est Dieu de la vie,
Tibère est mort, les Dieu sont morts,
L'Éternel fait d'âme les corps,
L'Éternel est l'âme ravie,
L'Éternel fait les grands essors,
L'Éternel, le Dieu de la vie.

CALIGULA (ivre).

Pontife, sans tarder, vide-moi ce caveau,
Ou je fais sous ma coupe éclater ton cerveau. —
Par ces sinistres chants qui répond à nos rires ?
Par un délire saint insulte à nos délires ?
Eh ! de l'autre côté, compagnons de la mort,
Mettez votre prière à la nôtre d'accord.

LE CHOEUR CHRÉTIEN.

L'Éternel est l'âme ravie,
L'Éternel est Dieu de la vie.

CALIGULA.

Ils ne se tairont pas. — Ils ne se tairont pas.

(Les païens ivres se précipitent sur la porte du caveau et l'enfoncent. Ils se trouvent en présence des chrétiens à genoux et en prière. Saint Pierre détache de l'autel l'image du Christ et la présente haute).

SAINT PIERRE.

A genoux devant Christ ! — N'avancez plus d'un pas.

(Les païens s'arrêtent, frappés de respect. — Aspasie et plusieurs autres se jettent à genoux et se déclarent chrétiens. — Les autres fuient emportant Caligula qui est tombé ivre-mort. — On revêt les nouveaux chrétiens de manteaux, et tous disent le chœur final).

CHŒUR.

(Dans les airs, le Christ entouré des grands hommes du passé.
Sur terre, les chrétiens entourent saint Pierre et saint Paul).

LE CHRIST.

Le principe de vie est le Verbe des choses ;
Le Verbe est la lumière et le germe des causes :
La lumière est la fin de toutes vérités,
La fin, la fusion dans les éternités.
   La nuit s'enfuit, voici l'aurore,
   En haut les cœurs, montons encore.

Le Verbe a résonné par tous les firmaments,
Et la terre a frémi de longs tressaillements ;
Le Verbe a transpercé les demeures des hommes ;
Ébranlant les échos des Ninives, des Romes,
Le Verbe a pénétré des oreilles aux cœurs ;
Le Verbe a dit bonheurs, le Verbe a dit malheurs.
   La nuit s'enfuit, voici l'aurore,
   En haut les cœurs, montons encore.

Le monde qui nous hait s'obstine à s'abrutir,
Nous jetterons sur lui tout notre sang martyr.
La mort n'est pas pour nous, mais pour les cœurs sans
La terre est un lieu froid pour l'ardeur de nos âmes, [flammes]
Les voluptés pour nous ont perdu leurs chaleurs,
Le repos du plaisir ne vaut pas les douleurs.

LES CHRÉTIENS.

   La nuit s'enfuit, voici l'aurore,
   En haut les cœurs, montons encore.

SAINT PAUL.

La guerre aux passions, la guerre au mauvais lieu,
Semons dans le présent l'éternelle récolte ;

Nous sommes les soldats de la grande révolte,
Nous, les obéissants aux paroles de Dieu.
Laissons le grand troupeau s'amollir dans les plaines,
Pour nous, il faut gravir les montagnes lointaines ;
Il nous faut les périls, les hasards et les chocs,
Il nous faut traverser les neiges et les rocs,
Il faut de nos pieds nus escalader les faîtes,
Il faut tenter les mers et tenter les tempêtes,
Il nous faut sur le bien ruant avec transport,
Jeter au vent la vie et conquérir la mort.

LES CHRÉTIENS.

Montons aux lieux où l'on adore,
En haut les cœurs, montons encore.

SAINT PIERRE.

A nous le monde à féconder,
A nous les rois à gourmander,
A nous les travaux et les chaînes,
A nous les morts, à nous les haines,
Et les peuples, Seigneur, à mettre en liberté,
Les formant aux vertus de votre vérité.
A nous, à nous la guerre à la troupe égoïste,
Qui dans sa pourpre endort son sommeil fataliste.
Il faut la pureté dedans ce mauvais lieu :
Je veux être un héros aux batailles de Dieu.

LES CHRÉTIENS.

Montons aux lieux où l'on adore,
En haut les cœurs, montons encore.

SAINT PAUL.

J'entends le grand berger poussant le grand troupeau,
De sa fatale voix hâtant vers le tombeau,
Toujours les horizons sont nouveaux sous sa marche,
Allant d'un masque égal, d'une égale démarche,
On dirait, à son pas, l'impassible géant,
Qu'en déchirant sans voir il aspire au néant,
Non, c'est la voix de Dieu, du Dieu de la sagesse,
Qui pousse l'égoïsme et pousse la paresse,
Pour accomplir en eux son éternel dessein,
Et les faire jouir, absorbés dans son sein.

16

LES CHRÉTIENS.
Il faut monter où l'on adore,
En haut les cœurs, montons encore.

SAINT JEAN.
Allons, ceignez-vous de vertu,
Le mal se dresse inabattu.
Aux armes, ô héros, aux armes, héroïnes !
L'amour s'échappe ardent du fond de nos poitrines
Et de nos bouches sort une haleine de feu.
Jeunes gens, de l'amour qui jouez le doux jeu,
Le temps est court qu'il faut pour enfanter un homme,
Venez savoir de nous comment l'amour se nomme.
Nos accents ne sont point les accents du désert,
Où la voix du lion et de l'aigle se perd ;
Ce sont les sons humains d'une poitrine humaine
Et dont l'écho répond en toute âme sereine.
Nés comme vous hier, comme vous nous souffrons,
Et comme vous demain ensemble nous mourrons.

LES CHRÉTIENS.
Montons aux lieux où l'on adore,
En haut les cœurs, montons encore.
Ayant soif de misère et soif de pauvreté,
Corps à corps combattant le mal, la fausseté,
Seigneur, Seigneur, battus par les flots de nos larmes,
Exilés par les rois, décimés par les armes,
Secoués par les vents brûlants de nos désirs,
Ébranlés de douleurs, meurtris de repentirs,
Submergés sous les coups répétés des tempêtes,
Engourdis dans les froids, épuisés de conquêtes,
Mais toujours invaincus et jamais terrassés,
Faisant vivre le monde à coups de trépassés,
Nous monterons où l'on t'adore,
En haut les cœurs, montons encore.

La vie a donc pour nous épuisé son combat ;
Voici l'heure inconnue où le créé s'abat.
Couvert des coups portés dans les grandes batailles,
Mon corps, débris de sol, s'avance aux fiançailles.

A peine si la vie a laissé pour la mort
A le coucher tout nu dans la tombe qu'il dort,
Mon âme nue aussi rejette tous ses voiles ;
Pure, elle a traversé par les pures étoiles.
Voici le bain céleste où l'on est inondé,
Où repose le corps de nouveau fécondé ;
Une mer de soleils reflétant la lumière
Des jours de l'infinie et vivante atmosphère
Où nos corps vont voler ivres d'éternité
Dans le divin éther de ton immensité.

      C'est là que l'âme vient éclore.
      En haut les cœurs, montons encore.

      Vous, à qui veut monter le cœur
      Pour chanter dans l'éternel chœur,
O vous qui vous nommez des plus doux noms sur terre,
Qui marchez, grandissant dans la paix, dans la guerre,
Justice, égalité, liberté, pureté,
Beauté, vérité, bien, sainteté, charité.
Quels noms avez-vous donc aux demeures du père,
Où plus belles encor vous régnez sans colère ?
A vous que nous aimons qui donc va nous porter ?
      Qui nous fera monter
      De la terre aux étoiles,
      Des étoiles dans l'azur bleu,
      Des cieux aux lumières sans voiles,
      Des lumières aux pieds de Dieu ?
      C'est là, c'est là que l'on adore,
      En haut les cœurs, montons encore.

      L'esprit en Dieu veut s'abriter.
      Qui nous fera monter
      De ses pieds à sa face,
      De sa face à sa vérité,
      Cette splendeur sans espace
      Qui s'épand dans l'immensité ?
Non, c'est encor trop peu ; l'esprit se rassasie,
Mais le cœur éperdu d'immense frénésie,

Le cœur ne fait que s'exalter.
    Qui nous fera monter,
Et c'est le pas suprême,
Aux sources de l'amour lui-même,
Pour être uns avec l'unité
Où l'Être est dans sa volonté?
C'est là que l'âme veut se clore,
En haut les cœurs, montons encore.

Ce sera toi, Seigneur, ô Dieu toujours créant,
Toi qui fis de l'idée une argile sacrée,
Toi qui fis un signe au néant,
    Et tout d'un coup dans la durée
    Je suis accouru tout béant.
    Créer, c'est la grande promesse,
    Tu m'as créé brûlant de feu,
    Pour donner enfin la caresse
    Du père dans l'amour du Dieu.
Là, confondus sans fin, moi, ta proie immortelle,
Je me perds dans ton sein, ô ma proie éternelle.
    Tu m'as voulu, moi je te veux.
    Là, plus rien n'est mystérieux,
    Je ne dis plus montons encore,
    Car là le silence t'adore,
    Comme t'adore l'hosannah
    Que l'on te chante, ô Jéhovah!

CHANT XII

CHANT XII

L'AVENIR

DANS L'ESPACE

En face de l'Avenir qui se prépare, le Christ rassure les grands hommes du passé. Il leur montre que le martyre seul peut renouveler la terre. — Les Grands hommes encouragent l'humanité par le récit de leurs travaux. — Puis le Christ ayant anathématisé les faux dieux ; saint Paul, saint Pierre et Humanus étant morts ; l'Avenir de la Religion de l'esprit s'ouvre.

I

L'avenir ! l'avenir ! Que va-t-il donc en naître ?
Siècles, qu'apportez-vous avec vos grands peut-être ?
Qu'il fait sombre à percer vos étincellements !
L'œil brûle à pénétrer vos brumes d'espérances,
Lendemains de l'espoir, vue et vacillements,
Chûtes des hauts désirs aux basses ignorances,
Des cimes de l'extase au doute corrupteur !
Avenir, es-tu l'antre où filtre un jour menteur

Qui vous plonge à l'abîme à travers les nuages?
Avenir, qu'as-tu donc dans le flanc de tes âges,
Avenir, sphinx horrible et mouvant, ténébreux
Monstre rongeant sans fin le présent douloureux,
Lion, la gueule ouverte, avançant sur les choses,
Toujours engloutissant les effets sur les causes,
Mâchant sans fin le tout, triste et sombre aliment,
     Jetant le passé, l'excrément?

II

Un grain d'or est tombé dans les champs de l'idée.
Montera-t-elle au cœur pour être fécondée?
Le sang, noble fumier, la fera-t-il germer?
L'esprit, ce grand amant, la saura-t-il aimer?
Oh! qu'il lui faut subir de vents et de tempêtes!
Qu'elle a peine à percer les rocs de tant de têtes,
Pour vivre reine enfin par un cerveau puissant
Qui dise à l'univers ce que l'univers sent!
Que feront-ils de toi, ces hommes, pauvre idée,
Chaste vierge qui vas, belle de vérité?
Diront-ils, les menteurs, qu'ils t'avaient possédée
     Terrible de virginité?

III

L'homme doit face à face à toute loi nouvelle
Crier : que portes-tu dans cette humanité?
Lui donnes-tu le mal ou l'idée immortelle?
N'es-tu que le néant? Es-tu fécondité?
Viens-tu la rendre pire ou la rendre meilleure?
Et dans ces jours mouvants qui demandent leur heure,

Qui viennent à leur rang sortir de l'infini,
Diras-tu : Dieu n'est plus, et l'homme l'a banni,
Ou vas-tu réchauffer les champs de la pensée ?
Es-tu la forte aurore? Et, pure fiancée,
Viens-tu baiser le front allangui du géant?
Es-tu l'aurore vaine à la zone glacée,
Qui vient comme une tête au bord de l'Océan,
           Sourire et se perdre au néant ?

IV

Lorsque dans deux mille ans, l'homme, âme inféconde,
Se sera fatigué sur le lit de l'idée
Retourné par le doute et fait par la douleur;
Lorsque les siècles forts se presseront en foule,
Se poussant largement comme une mer en houle,
Petits dans l'Océan de l'immortalité,
Mais immenses pour nous engloutis dans leur onde ;
Lorsque la catacombe, impuissante unité
De la mort, jettera ses os sacrés au monde ;
Quand les hommes à vivre accoudés aux tombeaux,
Des vivants d'aujourd'hui viendront peser la cendre ;
Quand ces crânes pensant, quand ces hommes si beaux
A ceux de l'avenir ne pourront rien comprendre ;
Lorsque le pâle esclave aura la liberté ;
Quand la femme grandie aura la dignité ;
Quand de nouvelles fleurs sous les mêmes étoiles
Ouvriront leur calice à leur nouveau réveil ;
Quand des hommes nouveaux, sous le même soleil,
De la nouvelle idée auront levé les voiles ;
Quand tout ce qui se meut sera mort et néant;
Quand rien ne sera plus, pas même le cadavre;
Lorsque le grand oubli, sans pleurs, œil froid qui navre,
Ne dira plus un nom et passera riant ;

Quand le Tibre au flot jaune aura mille coupoles ;
Quand la vie aura pris au nord ses auréoles ;
Quand la science aura remplacé la vertu ;
O Christ, pour qui l'on meurt, ô Christ, que seras-tu ?

V

Oh ! les siècles sont forts ! oh ! qu'ils dévorent l'homme !
Dans leurs jeux immortels l'énorme est un atome,
Leurs bras vont pétrissant la chose, l'élément,
L'homme, l'être, l'idée ; immense écroulement.
C'est un granit en marche, implacable, une meule
Effroyable, les dents de l'éternelle gueule.
Un siècle ! Que faut-il à sa voracité ?
Un siècle mange seul cinq fois l'humanité.
O vision ! terreur ! ô cauchemar horrible !
Sentir ainsi monter et descendre, invisible,
Des ténèbres au jour et du jour dans la nuit,
De la terre à l'air pur et de l'air à la terre,
Cette horde sanglante, après un peu de bruit,
Dont l'histoire évapore une fumée austère,
Cette foule sans nom que le nom de ses rois ! —
Es-tu donc bien la vie, ô misère ! ô mystère !
    O songe aux immenses effrois !

VI

Et chacun des moments de ces êtres intimes
Est douleur, parfois joie, abîme des abîmes ! —
Et l'idée, au milieu du désastre vivant,
Nage, sombre, revient, et lutte en se levant !
S'abîme-t-elle enfin ? meurt-elle ou vivra-t-elle ?
Elle vit, ô Seigneur, car elle est éternelle,
    Car vous êtes le souffle et l'aile.

VII

Reviendront-ils jamais ces vieux âges Romains ?
Vous verrons-nous encor, Messaline et Tibère?
Vous verrons-nous encore au fond des lendemains,
Vieux vices du Pontife et des rois de la terre ?
Sous le manteau du Christ serez-vous abrités ?
Verrons-nous l'homme esclave et le monde infertile,
Quand nous aurons taillé des flancs de l'Evangile
     Les drapeaux de nos libertés ?—

VIII

Christ voyait l'avenir, l'obscur après l'horrible.
C'était loin, mais cette ombre est à la foi visible.
Il voyait l'homme libre et le monde sans fers;
L'homme armé de sa loi, brisant ces vieux enfers
De la terre, où les peurs des forts, ces impuissances,
De leurs rêves de haine assurent les vengeances ;
Il voyait l'amour vaincre, unir, faire, enfanter;
L'âme renouvelée au parfait palpiter ;
Il voyait, à travers les temps, la plénitude
De la vie et du jour, et la béatitude
De la paix, il disait : « O Jéhovah, nos dieux,
Ton règne soit sur terre ainsi qu'il est aux cieux ! » —
Les hommes du passé tremblaient pleins de silence,
Ils pleuraient effrayés de tant de violence,
Désespérant de l'homme et de la vérité.
Christ vit que ces grands cœurs, âmes aux cieux soudées,
Ne savaient pas qu'il faut devant l'homme hébété
Dans des fleuves de sang charrier les idées.
Il vient vers eux le front ceint d'immortalité,
Il sourit doucement, son regard est une aube,

Son œil a des lueurs immenses d'infini,
Il éclaire les cieux, l'avenir et ce globe
Où sa mère en pleurant s'écria : c'est fini
    Devant le grand crime impuni.

IX

« Il faut du temps, des pleurs, du sang sur cette boue !
Vous tremblez et voyez penser celui qui sait.
Ces chrétiens tremblent-ils, qui voient ce que j'ai fait ?
Cet homme qui rampait volera : Dieu secoue
Les éthers sur la terre et l'imprègne des cieux ;
Je fais sainte aujourd'hui la révolte et la guerre,
Je brise tous les droits au nom des droits du Père,
C'est en montant à Dieu que les hommes sont dieux.
La grande lâcheté, c'est de ramper sous l'homme ;
Quand on peut vivre esprit, d'être un immonde atome ;
De croupir, serpent vil, quand aigle il faut planer,
Par le combat du vrai, vers Dieu seul s'acharner,
S'y perdre : par ma voix, c'est ce que tu révèles,
Dieu. — L'homme sera grand ; laissez croître ses ailes
Que j'attache aujourd'hui dans son dos glorieux ;
Elles sont faites d'ordre et des forces des cieux,
De vrai, ce pur azur, de bien, cet or sublime ;
Il placera le joug au front du vieil abîme,
Il fera le grand tour de l'immense inconnu,
Sous son œil fait divin le divin sera nu.
Il prendra dans ses mains le chaos et les choses ;
Dieu lui prêtera l'ordre et les lois et les causes,
Et, lui, fera sa terre avec sa volonté,
    Dans l'ordre et dans la liberté. »

X

« Je suis le souffle ardent où tout se purifie,
Vous êtes la raison et moi je déifie ;

L'homme aura tout, le roc, la mer, l'air escarpé,
La matière, qui va du poids à l'impalpé,
Il pèsera tout l'être et pétrira sa forme,
Il fera de l'objet la divine réforme,
Il vannera la chose en un splendide van,
Du vrai de l'Éternel il frappera Satan.
Il a déjà tiré le beau du bloc difforme,
Il tirera le bien du mal. Tout se transforme
Et va s'assouplissant devant sa majesté ;
Le bronze rampera, l'éther sera dompté ;
Son pied s'imprimera sur la face des nues ;
Il broira sous le feu les grandes eaux émues.
Tout portera son sceau, peuple, société,
Nature, chose, idée, espace, immensité :
Et ce sceau, ce sera Dieu même, Dieu fait homme
Par le vrai; vision de la foi forte, comme
Du grand savoir humain certitude et clarté.
Libre de l'homme alors, libre de la matière,
L'homme ira côte à côte avec Dieu, sa lumière,
Et tous deux formeront enfin l'humanité,
        Ce rayon d'or de l'unité. » —

                    XI

Et tous rassérénés par la grande parole,
Entrevoient l'avenir où grandit l'auréole.
« Tous nous avons souffert, il faut encor souffrir, »
Disaient-ils. Ils chantaient pour enflammer la terre,
Leurs travaux ; ils chantaient l'esprit qui, sans périr,
Passe jeune à travers le crible, rude, austère
Du temps, le grand marcheur parmi les ossements,
Non pas spectre de mort, mais des enfantements
Immenses maître et père et délivreur de chaîne,
        Époux fécond de l'âme humaine.

SOCRATE.

« Ta parole, ô mon Christ, est la fille du vrai.
Droit, pur, contre le faux j'ai tenté mon essai.
Gloire à toi : par l'Esprit le faible sans puissance
Abat l'homme d'orgueil, matière et jouissance.
Que je sentais en moi ta lave bouillonner,
Lorsque la belle Athène a voulu couronner
Mon effort en martyre!— Et je bus la ciguë. »

NOÉ.

« Aussi moi j'ai tenté, j'ai fait une œuvre ardue.
Les flots m'ont vu ; le ciel m'a vu ; l'unique nue
Qui couvrait le vieux globe ainsi que les tombeaux,
M'a vu ; le châtiment avec ses cris et ses lambeaux
M'a vu ; les grands torrents des divines colères,
Sépulcres qui couraient engloutir les vivants,
M'ont vu ; les morts, le corps roulé, m'ont vu ; les vents
M'ont vu, les jours, les nuits et les vases amères.
J'ai construit en cent ans l'arche du grand salut
Sans doute, sans fatigue et comme Dieu voulut;
Et je sauvai le monde aux temps d'ingratitude. »

HERCULE.

« J'ai promené sur tous, ardent, sans lassitude,
Le juste. J'ai dompté. Je fus le bon puissant.
Mon bras a porté l'homme enfant et vagissant.
En moi le monde vit une force divine,
Et par une erreur sainte où le vrai se devine,
Il me proclama Dieu, fils du Dieu Jupiter.
Ce sont de beaux combats, hommes, que ceux du fer. »

MOÏSE.

« Aussi moi, j'ai dompté les tyrans et l'Égypte,
Les sables, les déserts, la mer, la faim, la crypte;

Je fis l'arche de bois et la revêtis d'or,
Dans son cœur je scellai les ordres du Thabor.
J'ai fait plus : J'ai vaincu cette chose hautaine,
Sauvage, violente, âpre, la bête humaine.
Je l'ai par la terreur attachée à son Dieu.
Mes bras tendus au fond des horizons en feu
Montraient toujours béants l'enfer et le ciel bleu. »

ORPHÉE.

« Sous ma lyre aux flots d'or les fleurs semblaient éclore,
Les chênes agitaient leur front aux vents sonore,
Et la brute disait aux brutes de venir.
Le grand rythme des cieux agrandissait encore
Les sublimes pensers où l'on sent Dieu frémir;
Et j'ai vaincu le mal du souffle d'un soupir. »

JOB.

« J'ai trempé mon roseau dans le fiel de mes larmes,
J'ai fait de mes sanglots ma raison et mes armes,
J'ai jeté mes douleurs, mes résignations
Dans les échos lointains des générations;
J'ai de mes désespoirs crié la patience,
J'ai montré l'homme et Dieu luttant de confiance.
Quand Dieu m'avait tout pris, j'ai dit à Dieu : c'est bien;
Dieu m'a dit : Je suis tout; j'ai dit : Je ne suis rien. »

ALEXANDRE.

« J'ai dans des coffres d'or conservé le génie
Pour relever l'esprit aux âges d'agonie.
Je suis le conquérant. Les noms évanouis
Des grands teneurs d'épée aux oublis inouïs
Sont tombés. Phul, Cyrus, ne sont qu'une fumée
Et tous ces durs vainqueurs qui feraient une armée.
J'ai rêvé l'unité du monde en nation,
La débauche a tué la grande vision.
Au loin comme un semeur j'ai répandu la Grèce.
Dieu m'a fait grand, moi Dieu. C'est le jour où Dieu laisse. »

SALOMON.

« Mes ardeurs ont gémi dans des accords brûlants,
Ma raison a poussé des cris étincelants.

J'ai fait pleurer l'amour, adorer la sagesse,
J'ai par le feu des sens montré le feu du ciel,
J'ai de la royauté de l'âme à sa bassesse
Montré que l'homme est loin et près de l'Éternel. »

PLATON.

« Dans ton essence, ô Dieu, je frappe ma poitrine,
Aussi moi j'exhalai vers la divinité
Cet hymne que gémit sans fin l'humanité.
Moi qui t'entrevoyais, belle unité divine,
J'ai mutilé dans l'homme un sentiment sacré,
Par le rêve ignorant d'un faux ordre inspiré.
O famille, pardon, maternité, pardonne,
Homme, femme, oubliez Et que Jésus vous donne
La loi de l'amour pur que son sang a scellé.
Arrière, faus-eté, quand le Christ a parlé. »

LE CHRIST.

« Cesse au sein de ton Dieu, de te pleurer en homme,
O cher et doux Platon, toi que le Verbe nomme
Avec l'austère Jean comme deux précurseurs.
L'homme tombe en marchant, ignorants ou penseurs;
Enfant, qu'il tente un pas, homme fait, la science,
Il tombe : tout savoir naît de l'expérience.
Frère, c'est une loi loi, c'est fatalité;
L'erreur à la science est une utilité.
Ne te suffit-il pas, ô Platon, quel Dieu t'aime,
Toi, divin sur la terre et divin dans les cieux!
Vous tous et toi, ses fils, vous êtes en Dieu même,
Et vous êtes comme des Dieux. »

CHOEURS DE DEMI-DIEUX PAÏENS.

« Oh! les pleurs ont brisé les digues de nos âmes :
O honte! on nous fit Dieux! Faites-nous purs, ô flammes
Du ciel qui transformez notre Olympe païen.
Nous tous qu'on nommait dieux, dans ton sein, Dieu chrétien,
Nous le sommes; mais dieux, non plus comme sur terre,
Volant l'Un éternel par un culte adultère;
Nous le sommes, mais dieux sans adoration,
Dieux par le Dieu vivant. — Divinisation
Autant sainte que l'autre est basse et sacrilége.

Nous pardonnerons-nous d'être tombés au piége
Que nous tendit l'orgueil, ce gouffre des vainqueurs? »

LE CHRIST.

« Amis, plus que les dieux, vous fûtes les sauveurs
De l'homme et plus divins que leur ciel, cet abîme
Où vos vertus ont fait pénétrer le sublime.
La force vient d'en haut; forts, on vous fit des dieux;
N'étiez-vous pas le bras et le front radieux? —
Olympe, triste Olympe, impudeur innocente;
Corps enfantant l'esprit; mal fait bien; tête absente;
Pan fait Dieu; noir fait jour; satyre en action;
Transport de brute pris pour la création;
Débauche du chaos, des cieux; blasphème énorme; ·
Esprit toujours caché par la chose et la forme,
Aplati jusqu'au corps immonde et bestial;
Matière faite idée et servant d'idéal !
Trop longtemps l'univers vous a chanté ses psaumes,
Il s'est trop ravalé vous donnant ses grands hommes.
Jupiter, on te crut la beauté de l'azur;
Satyres effrontés, ruant dans l'antre obscur,
On vous a cru féconds créateurs de matière :
La matière est l'idée, et l'idée est lumière.
Viols de la nature et de la vérité,
Ils t'ont mis le bâillon, ô noble humanité,
Le joug à ton beau front, aux dents le mors infâme.
Ils ont pris l'homme esprit, bonté, beauté, force, âme;
Sous leur affront divin ils me l'ont abruti;
Celui que Dieu fit homme, ils me l'ont abêti.
Couronnés du néant, faux dieux, faiseurs d'esclaves,
Engluant tout de mal, comme un serpent de baves;
Traquant l'esprit dans l'ombre et dans l'absurdité,
Parquant l'homme, troupeau dans la société ;
Volant son âme au ciel, la noyant dans la brute,
Faux dieux de tous les temps, c'est l'heure de la chute!
Qu'on me donne le fouet qui chassait les vendeurs,
Que l'Olympe honteux s'enfuie aux profondeurs
De l'absurde, et que l'homme inondé de mystère,
Sente le Christ et Dieu reféconder la terre!

Assez dévorer d'âme, assez broyer d'esprit,
Plus de luxure aux cieux et plus de sang aux nues,
Dieux-vices, dieux-douleurs, hors des cieux ! dans la nuit !
Laissez voir à l'esprit les sublimités nues.
O Vérité, par qui je suis Verbe et suis Dieu !
O Père ! toi mon sacre et mon trône au ciel bleu,
Si je n'étais le vrai je voudrais disparaître.
Maudits soient les faux dieux, et maudit le faux prêtre !
Maudits, maudits, maudits, car c'est la cécité :
Le seul droit d'être, c'est d'être la vérité. » —

XII

Cependant de la terre un cri strident et sombre
Montait ; battement sourd de sang tombant dans l'ombre ;
Froissement sec des dents des brutes dans les nuits ;
Mystère frémissant, frissonnant ; heurts et bruits.
C'était comme les voix qui montent des batailles,
Murmure immense et fait d'immenses funérailles,
Incohérent, obscur, forçant à regarder,
Et quand on l'avait vu, forçant à le sonder ,
C'était un grand combat de tués sans défense,
De tueurs sans insulte, acharnés sans vengeance ;
            C'était le meurtre fait démence.

XIII

Une clarté venait du visage de Dieu,
Qui faisait voir cette ombre. Ici se tord un feu ;
Là des pincés, des fers, des grils et des tenailles ;
Des crics tirant dehors le cordon des entrailles ;
Les vierges, nudités ; les mères, seins coupés ;
Les hommes, les soldats à la face frappés ! —
C'étaient des cris : A moi ta flèche ! — A moi ta roue ! —
Ton charbon sur mes yeux, qu'il aveugle et qu'il troue ! —

— Ta lance dans mon flanc ! — Ton crachat à mon front !
— Ton insulte ! — Ta dent ! Ta bave ! — Ton affront ! —
Et les bourreaux frappaient... ils violaient les mortes...
Et l'on voyait toujours de nouvelles cohortes...
Et nul ne défendait sa vie et ne tuait...
Et c'était des cris longs comme si l'on huait.
Mourir, tuer ; tuer, mourir, c'était leur gloire ;
Victimes et bourreaux ont leurs chants, leur victoire,
        Qui plane immense dans l'histoire.

XIV

Ces victoires volaient toutes deux d'un seul coup :
L'une, aile de la nuit, œil fixe du hibou,
Envergure farouche, apparition fauve,
Étrange oiseau de l'ombre au front de vautour chauve
Et l'ombre de son aile était de sang fumant.
L'autre, oiseau fait de jour et de rayonnement,
Planait calme, immobile au rayon de lumière,
Qui, descendant des cieux, remontait en prière.
Douce, sa voix chantait à chaque râlement ;
Ses ailes, en s'ouvrant, ne faisaient pas une ombre.
Et la lueur de Dieu montrait, dans ce décombre,
        L'âme qui monte au firmament.

XV

Les meurtres enfantaient des Héliogabales
Et des saints ; mal et bien déchaînés ; tourbillons
Qui dans la mer des temps creusent deux grands sillons ;
Odeur de mort sortant des baisers, des cymbales ;
Odeur de vie éclose aux lèvres des mourants...
Et les siècles venaient regarder ces courants.
Ils mouraient ou vivaient sous l'une ou l'autre haleine,
En respirant l'amour ou respirant la haine. —
Hommes, comprenez-vous comment le seigneur Dieu
Peut rester aux éthers et jouir du ciel bleu,

                                    17.

Quand il voit une main de l'homme au sang de l'homme?
Comment au premier meurtre il n'a pas bondi comme
Un juste, comme un fort? De l'homme a-t-il horreur?
Son insensible front n'a-t-il que la terreur?
Absurde. — Et cependant il sait, il voit! — Mystère
Épouvantable, horrible, où la raison s'altère.—
Oh! le mal! oh! le mal! Oh! je le creuserai
Ou mon esprit vaincu périra sous le vrai! —

XVI

Pierre, Humanus et Paul parlaient sans prendre haleine,
Ils relevaient les cœurs qui tombaient à la peine.
Ils mettaient aux tombeaux tous les corps lacérés,
Que les tyrans frappaient par la peur égarés.
L'ombre était éternelle aux vastes catacombes
Et les vivants cherchaient le refuge des tombes! —
O mon Dieu, faut-il donc désirer Attila?
Appeler le massacre et la mort sur ceux-là
Qui vont, traîneurs de sceptre et de nos destinées? —
Etre roi c'est donc trop pour l'homme? — Fortunées
Les nations qui vont dans le juste, sous Dieu,
Mais au-dessus des rois! Hélas! Mais combien peu
Font de leurs libertés une justice austère!
Pour se passer de rois il faut Dieu sur la terre.
Alternative étrange en sa sublimité:
Esclavage avec l'homme, avec Dieu liberté.
        Homme, l'as-tu bien médité? —

XVII

On entendit des cieux comme une voix humaine:
Humanus, Pierre, Paul ont longtemps travaillé.
Le temps est donc venu qu'ils ont assez veillé.
Ils se lèvent, ils vont où cette voix entraîne.

C'est l'heure.—Un front puissant sous le glaive a bondi,
C'est Paul. — Christ l'a nommé.—Vingt siècles ont redit
Son nom libérateur. — Il meurt dans les huées.
Pour étancher son sang, Dieu lui tend les nuées
  Et les lumières incréées. —

XVIII

Un vieillard, une croix, des bourreaux, l'empereur,
Des blasphèmes, des cris, des heurts, pas de terreur.
Cloué, la tête en bas, c'est Pierre, il se redresse,
Jette en haut son regard, prière sans détresse.
Les chrétiennes pleuraient, serrant d'un geste étreint
Leurs âmes dans leurs bras ; regardant l'œil éteint,
Le vieillard qui tombait en murmurant encore
Le nom sacré de Dieu dans un mot insonore.
Humanus vit bleuir la bouche qui priait,
Il vit le corps couler, la tête qui pliait ;
Les poings crispés, le sang battant dans chaque artère,
Sa lèvre frémissait, tel frémit un cratère.
L'ami du Christ râlait avant d'être endormi :
  Douleur ! voir souffrir son ami !

XIX

Le souffle haletait au fond des deux poitrines...
Et l'empereur riant : « Dis-nous donc les doctrines,
Prophète. » — Et Pierre ouvrit les yeux vers Humanu...
Il meurt... on entendit: Vérité, Dieu, Jésus. —
Humanus a bondi sur les lèvres de Pierre,
Il jette les bourreaux, les licteurs ; joie altière !
Il a son dernier souffle et son embrassement.

HUMANUS.

« O mon père, à moi seul ton sacré râlement !
Mort, porte à l'Eternel cette âme, ce cadavre,

Il sait transfigurer ce que la tombe navre.
Pierre, monte à ton Dieu ! »

CALIGULA.

           « Bourreaux, tuez, tuez !...
Non, ne le tuez pas... — Des chaînes et liez,
Licteurs, arrachez-le de sa toge romaine :
Un sénateur chrétien est trop digne de haine;
Un gril et des charbons lentement allumés,
Ainsi meurent ces fous, de mourir affamés. » —
Humanus rayonnait de la suprême joie :
C'est l'heure où Dieu permet qu'enfin on se revoie.
Il fut attaché nu sur le gril, le martyr.
On entendait l'horreur du fond des cœurs sortir. »

HUMANUS.

« Empereur, elle est douce et bénigne ta flamme ;
Vois briller sous mes chairs le feu divin de l'âme,
C'est celui-là qui brûle, empêche de sentir
Ce feu sans aiguillon qui va m'anéantir.
Chrétiens, le Dieu de paix fait fraîches ces brûlures :
O quelles voluptés, César, dans tes tortures !
Mais fais-moi retourner, car ce côté du corps
Est cuit. »

CALIGULA.

« Tournez-le donc. — Ah ! lâche, tu te tords.

HUMANUS.

« Non, j'aidais tes bourreaux pour accomplir ton ordre. »

CALIGULA.

« Des tenailles, du fer, je veux le voir se tordre. »

HUMANUS.

« O glaive ivre de sang, ô bouche ivre de chair !
Mon corps est cuit à point, César, tu peux manger. »

CALIGULA.

« Tuez-moi ces bourreaux qui jettent ces tenailles.
Tuez-moi ces lâcheurs qui pleurent... ah ! canailles !

Tuez tous ces chrétiens, ces célestes braillards,
Ces hommes, ces enfants, ces femmes, ces vieillards. » —
On massacrait autour. — Le sang éteint la flamme.
Humanus, ce charbon, criait encor de l'âme :

HUMANUS.

« Homme injuste, vois, crois, et monte par l'amour ;
Homme ignorant, vois, crois, et monte vers le jour ;
Homme matière, fais ta nouvelle naissance ;
Homme esclave, surgis vers la toute-puissance ;
Homme mortel, vois, crois et monte à l'immortel ;
Homme immortel, vois, crois, et monte à l'Éternel. »

L'EMPEREUR.

« Te tairas-tu ? »

HUMANUS.

« Salut, Fausta ! — Salut, Dieu-Père ! »

L'EMPEREUR.

« Tais-toi ! (Il le frappe de son épée).
    Je savais bien que je te ferais taire. » —

LE PEUPLE.

« Meurs, ton âme est notre âme, et nous allons venir ;
Meurs, nous sommes chrétiens et nos cœurs vont bondir ;
    Humanus, tu ne peux mourir. » —

XX

Et pendant que la mort frappe, amoncelle, entasse,
Des sons purs éclataient dans les cieux, beaux d'espace.
Les bienheureux parlaient au fond des éléments,
Ils regrettaient en Dieu la terre et les tourments :
    « Nous sommes dans la paix radieuse où l'on t'aime,
Te recevant de toi, te rendant à toi-même,
Seigneur, mais qu'il est grand de voir l'homme affronter !
Ne plus pouvoir mourir, ne plus pouvoir dompter,

Ne plus braver le fer, le meurtre, la torture,
Ne plus faire d'effort, n'avoir plus la blessure !
Tu te donnes, Seigneur, nous ne nous donnons pas !
Bienheureux qui souffrez, hommes des beaux combats,
Bienheureux, bienheureux ! Oh ! qu'il est grand d'être hom-
Il nous font oublier, Seigneur, ce que nous sommes ! » [mes,]

LE CHRIST.

« O fils de la sagesse et fils du vieux limon,
L'odeur du sang vous trouble ainsi qu'un fils d'Ammon,
Vous êtes le repos et vous rêvez la rage,
Vous êtes la victoire et rêvez le courage ;
Vous n'êtes plus vertu, vous en êtes le prix,
Enivrez-vous du Christ et non du crucifix.
Vous combattez en eux, c'est votre esprit qu'on tue,
L'esprit, comme un sang fort, coule et se perpétue ;
Vous êtes le flambeau dont le bien est le feu ;
    Frères, vous avez gagné Dieu. » —

XXI

Humanus, l'homme immense, entre Paul et saint Pierre,
Montait au ciel d'un vol grand, majestueux ;
On vit dans la lumière un signe, et la lumière
Inonda les martyrs, intense, auguste, entière.
L'homme, comme un beau vase, était rempli des cieux ;
C'était la grande extase au fond du grand mystère !
Les lèvres n'avaient plus un murmure, et les yeux
Fixés sur l'Éternel, ils se sentaient des dieux.

XXII

Et le Christ fit un signe ; il dit à ses prophètes :
« C'est l'heure, déchaînez vos trombes, mes tempêtes,
Allez et parlez tous ; criez aux quatre vents ;
Réveillez les vieux murs et les sables mouvants,

Les lions aux déserts, les hommes dans les villes ;
Clairons fatals, sonnez la paix des Évangiles,
Dites ces mots, présent, avenir et passé :
« Il est venu Celui qui s'était annoncé. »

XXIII

« Il est venu ; » le mot s'engouffre dans les âges,
Et bat incessamment ces grands flots sans rivages
Dans les échos des cœurs, écho du ciel béni ;
Rome comme un taureau, sous le mot a bondi,
Et débouchant du vice, a cherché l'infini...
Et tout flanc s'agitait des êtres et des choses ;
De nouvelles vertus partout étaient écloses ;
Et les vents comprenaient le mot qu'ils charriaient ;
Et les rocs comprenaient le mot qu'ils renvoyaient.
C'étaient des bonds d'humains, de troupeaux, de collines,
Des palpitations d'astres et de bruines,
De déserts et de monts, d'objets, d'âmes, de cieux ;
Les étoiles voyaient de leur œil radieux ;
La terre bouillonnait dans des lueurs d'idées,
En tourbillonnement immense débordées ;
Et les hommes sentaient tout leur sang agité
De l'éternel frisson de l'immortalité.
« Il est venu : » C'était un bruit de consciences,
De larmes, de remords, de sombres incroyances ;
La volupté hurlait, se tordait, se mourait,
La matière sentant l'esprit, se déchirait ;
L'athéisme hagard s'enivrait de sa lie ;
Les tyrans se cachaient au fond de la folie.
Ils dansaient sur le monde et pleuraient à la fois,
Et leurs mains s'enlaçant à des brutes, ces rois
S'effrayaient... Et c'était une danse infernale :
Caligula traînait un Héliogabale ;
César, épileptique, et les yeux déchirés,
Pleurant sans fin les pleurs qu'il a déjà pleurés,

A travers cent rois morts entraînant Augustule,
Disait : ce sont mes fils, cette immense crapule !
» Il est venu ; » le mot traverse l'infini :
es tyrans du passé dans la tombe ont frémi ;
,es tyrans du présent dans leurs mains se cachèrent ;
es g ermes des tyrans à naître palpitèrent
Dans des flancs inconnus et qui n'existaient pas.
L'on eût vu frissonner, comme des vers en tas,
Les molécules d'où devaient naître les formes,
De ces grands monstrueux, âmes toujours difformes.

XXIV

« Il est venu » le mot devient la chrétienté !
La femme se leva, belle de dignité ;
Un long soupir sortit des poitrines d'esclaves,
Et l'esprit tressaillit, libre de ses entraves ;
Le cœur des mères fut épanoui d'espoir,
Et tous les innocents sourirent... blanc sourire,
Ineffable, inconnu, grand, qui semblait prédire.
De l'idée en travail surgissait le devoir,
Et des forces naissaient, prenant de la pensée,
Des formes. En rosée invisible versée
L'absolu descendait sur l'âme fiancée.

XXV

C'est le déchirement du monde ; dans ses mains
Dieu l'a pris, et coupant passés et lendemains,
Il en a fait deux parts par l'éternelle épée,
La Parole. — Elle abat. — Torche aux cieux échappée,
Enigme à front de jour, à face de soleil,
Clairon mystérieux du suprême réveil,

A mots vertigineux, sous les fronts, dans les rues,
Dans les champs, dans les airs, dans les camps, dans le
Elle avance, et son pas est immense, fatal,   [nues]
     Son trône est le débris du mal.

XXVI

Le ciel a fécondé d'une semence auguste
La terre, vierge encore, et de son sein, le Juste,
Ce Christ éternel a surgi. L'homme meurt s'il est né
Mais quand le vrai, sorti de Dieu, s'est incarné,
Il vit, il marche, il plane, il fascine les âmes,
Il passe sur la nuit, lui met au sein des flammes ;
Il traverse le mal, abîme, immensité,
    .Cet aigle de l'éternité.

XXVII

On entendait au loin hurler la mer Egée :
« Pan, le grand Pan est mort, c'est l'heure de l'esprit. »
L'âme pleine des cieux, monte de Dieu gorgée ;
Et le ciel s'est ouvert devant l'homme proscrit.
Peuples, entendez donc, c'est l'instant, heure immense,
Où par le vrai les temps ont perdu leur distance ;
Vérité sur le jour, vérité sur la nuit,
Vérité sur le mal, sur la paix, sur le bruit,
A l'aurore, au couchant, sur le germe et la race.
Peuples, levez-vous tous, voyez le ciel en face ;
O peuples du présent, peuples de l'avenir,
Hommes de chaque peuple, écoutez-le venir :
    C'est le Juste infini qui passe !

XXVIII

Et le Christ assemblant d'un regard tous les sages,
Dit ces mots éternels, faits pour les grands courages,

Ces mots, la mort du lâche et du faux : mots sacrés :
« Aimez Dieu, par l'esprit, par le cœur, et mourez;
Aimez Dieu, sa justice et rejetez le reste;
Aimez l'homme et tuez le vice qui l'infeste;
Haïssez à jamais sa fausse vérité :
Dieu seul, entendez-vous, Dieu seul et charité! » —
Et puis tout disparut sans laisser nulles traces;
Et la lumière allait d'espaces en espaces;
Et le ciel resta vide, et la terre au milieu...
L'on voyait seulement les étoiles de Dieu.

FIN.

VERSAILLES. — IMPRIMERIE CERF, 59, RUE DU PLESSIS.

Librairie de L. HACHETTE et Cie, boulevard Saint-Germain, no 77, à Paris.

EXTRAIT DE LA BIBLIOTHÈQUE VARIÉE
FORMAT IN-18 JÉSUS, A 3 FR. 50 CENT. LE VOLUME.

About (Edm.). Causeries. 1 vol. — La Grèce contemporaine. 1 vol. — Le Progrès. 1 vol. — Madelon. 1 vol. — Le salon de 1864. 1 vol. — Théâtre impossible. 1 vol.

Achard (Amédée). Album de voyages. 1 vol.

Ackermann. Contes et poésies. 1 vol.

Arnould (Edm.). Sonnets et poèmes. 1 vol.

Barrau. Histoire de la Révolution française. 1 vol.

Bautain (l'abbé). La belle saison à la campagne. 1 v. — La chrétienne de nos jours. 2 vol. — Le chrétien de nos jours. 2 vol. — La religion et la liberté. 1 vol. — Manuel de philosophie morale. 1 vol.

Bellemare (A.). Abd-el-Kader. 1 vol.

Belloy (de). Le Chevalier d'Aï. 1 vol. — Légendes fleuries. 1 vol.

Bersot (E.). Mesmer ou le magnétisme animal. 1 v.

Beulé. Phidias, drame antique. 1 vol.

Byron. Œuvres complètes, trad. de Laroche. 4 vol.

Colemard de la Fayette (Ch.). Le poème des champs. 1 vol.

Caro (E.). Études morales. 1 v. — L'idée de Dieu. 1 v.

Castellane (de). Souvenirs de la vie militaire. 1 v.

Cervantès. Don Quichotte. 2 vol.

Charpentier. Les écrivains latins de l'empire. 1 v.

Chateaubriand. Le génie du christianisme. 1 vol. — Les martyrs. 1 vol. — Atala, René, les Natchez. 1 v.

Cherbuliez (V.). Le comte Kostia. 1 vol. — Paule Méré. 1 vol. — Roman d'une honnête femme. 1 vol.

Chevalier (M.). Le Mexique ancien et moderne. 1 v.

Chodzko. Contes slaves. 1 vol.

Crépet (E.). Le trésor épistolaire de la France. 2 v.

Dante. La Divine comédie, trad. par Fiorentino. 1 vol.

Dargaud (J.). Marie Stuart. 1 vol. — Voyage aux Alpes. 1 vol. — Voyage en Danemark. 1 vol.

Daumas (E.). Mœurs et coutumes de l'Algérie. 1 v.

Deschanel (Em.). Physiologie des écrivains. 1 vol.

Duruy (V.). Causeries de voyage; De Paris à Vienne. 1 vol.

Enault (L.). Constantinople et la Turquie. 1 vol.

Ferry (Gabr.). Le coureur des bois. 2 vol. — Costal l'Indien. 1 vol.

Figuier (Louis). Histoire du merveilleux. 4 vol. — L'alchimie et les alchimistes. 1 vol. — Les applications nouvelles de la science. 1 vol. — L'année scientifique, 10 années (1856-1865). 10 vol.

Fléchier. Les grands jours d'Auvergne. 1 vol.

Fromentin (Eug.). Dominique. 1 vol.

Garnier (Ad.). Traité des facultés de l'âme. 3 v.

Guizot (F.). Un projet de mariage royal. 1 vol.

Hœfer. La chimie enseignée par la biographie de ses fondateurs. 1 vol.

Houssaye (A.). Le violon de Franjolé. 1 vol. — Histoire du 41e fauteuil. 1 vol. — Voyages humoristiques. 1 vol.

Hugo (Victor). Notre-Dame de Paris. 2 vol. — Bug-Jargal, Le dernier jour d'un condamné. 1 vol. — Odes et ballades. 1 vol. — Les voix intérieures, Les rayons et les ombres. 1 vol. — Légende des siècles. 1 vol. — Orientales, Feuilles d'automne, Chants du crépuscule. 1 vol. — Théâtre. 4 vol. — Les contemplations. 2 vol. — Le Rhin. 3 vol. — Mélanges. 2 vol. — Han d'Islande, Discours. 2 vol.

Jouffroy. Cours de droit naturel. 2 vol. — Cours d'esthétique. 1 vol. — Mélanges. 2 vol.

Jurien de la Gravière (l'amiral). Souvenirs d'un amiral. 2 vol. — Voyage en Chine. 2 vol. — La marine d'autrefois. 1 vol.

La Landelle (G. de). Le tableau de la mer. 2 v.

Lamartine (A. de). Méditations poétiques. 2 vol. — Harmonies poétiques. 1 vol. — Recueillements poétiques. 1 vol. — Jocelyn. 1 vol. — La chute d'un ange. 1 vol. — Voyage en Orient. 2 vol. — Lectures pour tous. 1 vol.

Lanoye (F. de). Le Niger. 1 vol. — L'Inde contemporaine. 1 vol.

Laugel. Études scientifiques. 1 vol.

La Vallée (J.). Zarga le chasseur. 1 vol.

Lecoq (Henri). La vie des fleurs. 1 vol.

Lindau (R.). Un voyage autour du Japon. 1 vol.

Loiseleur. Les crimes et les peines. 1 vol.

Lucien. Œuvres complètes, par M. Talbot. 2 vol.

Macaulay (lord). Œuvres diverses. 8 vol.

Malherbe. Œuvres choisies. 1 vol.

Marmier. En Alsace: L'avare et son trésor. 1 vol. — En Amérique et en Europe. 1 v. — Gazida. 1 v. — Hélène et Suzanne. 1 vol. — Un été au bord de la Baltique. 1 vol. — Le roman d'un héritier. 1 vol. — Les Fiancés du Spitsberg. 1 vol. — Lettres sur le Nord. 1 vol. — Mémoires d'un orphelin. 1 vol. — Sous les sapins. 1 vol.

Michelet. L'amour. 1 vol. — La femme. 1 vol. — La mer. 1 v. — L'insecte. 1 v. — L'oiseau. 1 v.

Moges (le marquis de). Souvenirs d'une ambassade en Chine et au Japon. 1 vol.

Molènes (P. de). Caprices d'un régnier. 1 vol.

Monnier. L'Italie est-elle la terre des morts? 1 v.

Mortemart (baron de). La vie élégante. 1 vol.

Mouy (Ch. de). Les jeunes ombres. 1 vol.

Nisard (Ch.). Curiosités de l'étymologie française. 1 v.

Nodier (Ch.). Sept châteaux du roi de Bohême. 1 vol.

Nourrisson. Les Pères de l'Église latine. 2 vol.

Ossian. Poèmes gaéliques. 1 vol.

Patin. Études sur les tragiques grecs. 4 vol.

Perrens (F. T.). Jérôme Savonarole. 1 vol.

Pfeiffer (Mme Ida). Voyage d'une femme autour du monde. 1 vol. — Mon second voyage autour du monde. 1 vol. — Voyage à Madagascar. 1 vol.

Pouchet (le Dr A. P.). L'univers; les infiniment grands et les infiniment petits. 1 vol.

Pouchkine. Poèmes dramatiques. 1 vol.

Prevost-Paradol. Études sur les moralistes français. 1 vol. — Histoire universelle. 2 vol.

Quatrefages (de). Unité de l'espèce humaine. 1 v.

Raymond (X.). Les marines de la France et de l'Angleterre. 1 vol.

Renaud. Les pensées tristes. 1 vol.

Rendu (V.). L'intelligence des bêtes. 1 vol.

Roland (Mme). Mémoires. 1 vol.

Roussin (A.). Une campagne au Japon. 1 vol.

Saintine (X.-B.). Piccolia. 1 vol. — Seul! 1 vol. — Le chemin des écoliers. 1 vol. — La mythologie du Rhin. 1 vol.

Sand (George). Jean de la Roche. 1 vol.

Scudo. Critique et littérature musicales. 2 vol. — Le Chevalier Sarti, roman musical. 1 vol. — L'année musicale, 3 années (1859-1861). 3 vol.

Sévigné (Mme de). Lettres. 8 vol.

Simon (Jules). Le devoir. 1 vol. — La religion naturelle. 1 vol. — La liberté. 2 vol. — La liberté de conscience. 1 vol. — L'ouvrière. 1 vol.

Strada (de). Essai d'un ultimum organum, ou considération scientifique de la Méthode. 1 vol.

Taine (H.). Voyage aux Pyrénées. 1 vol. — Essai sur Tite Live. 1 vol. — Nouveaux essais de critique et d'histoire. 1 vol. — La Fontaine et ses fables. 1 vol. — Les philosophes français du XIXe siècle. 1 vol.

Théry. Conseils aux mères. 2 vol.

Töpffer (Rod.). Le presbytère. 1 vol. — Nouvelles genevoises. 1 vol. — Rosa et Gertrude. 1 vol. — Réflexions et menus propos. 1 vol.

Trémaux (P.). Origine et transformations de l'homme et des autres êtres. Première partie. 1 v.

Vapereau (Gust.). L'année littéraire, 8 années (1858-1865). 8 vol.

Viardot (L.). Les musées d'Allemagne. 1 vol. — Les musées d'Angleterre, de Belgique, etc. 1 vol. — Les musées d'Espagne. 1 vol. — Les musées de France. 1 vol. — Les musées d'Italie. 1 vol.

Viennet. Fables complètes. 1 vol.

Vigneaux. Souvenirs d'un prisonnier de guerre au Mexique. 1 vol.

Vivien de St-Martin. L'année géographique, 4 années (1862-1865). 4 vol.

Walton. Vie de N.-S. Jésus-Christ, selon la concordance des quatre Évangélistes. 1 vol.

Wey (Francis). Dick Moon en France. 1 vol. — La haute Savoie. 1 vol.

Widal. Études sur Homère. 1re partie: Iliade. 1 vol.

Zeller (J.). Episodes dramatiques de l'histoire d'Italie. 1 vol. — L'année historique, 4 années (1859-1862). 4 vol.

Zschokke (H.). Contes suisses, traduits. 1 vol.